COLLECTION FOLIO

Leonardo Sciascia

Les paroisses de Regalpetra

SUIVI DE

Mort de l'Inquisiteur

Traduit de l'italien
par Mario Fusco

Gallimard

Titres originaux :
LE PARROCHIE DI REGALPETRA
MORTE DELL'INQUISITORE

Le Sicilien Leonardo Sciascia est né en 1921, à Racalmuto, dans la province d'Agrigente. Petit-fils de mineur, fils d'un employé des mines de soufre d'Agrigente, il a passé la plus grande partie de sa vie dans son pays, où il a été tour à tour fonctionnaire et instituteur. Depuis 1970, la retraite lui permet de se consacrer à son œuvre, et aussi de voyager.

Son premier livre, *Les paroisses de Regalpetra*, date de 1956. Il a un caractère documentaire. Mais l'écrivain passe bientôt à la fiction, avec les brefs récits qui composent *Les oncles de Sicile* (1961) et les nouvelles de *La mer couleur de vin* (1973). Puis il semble inventer un nouveau genre littéraire : le conte policier. De brefs récits satiriques comportent une énigme policière. Quant à la morale, elle a en général un sens politique, et il n'est pas difficile d'y voir une dénonciation de la mafia. Aussi certains ont-ils été adaptés au cinéma, comme *Le contexte* (1971), porté à l'écran par Francesco Rosi sous le titre *Cadavres exquis,* et *Todo Modo* (1974), tourné par Elio Petri. D'autres « contes policiers » ont pour titres *Le jour de la chouette* (1961), *Le Conseil d'Egypte* (1963), *A chacun son dû* (1966).

Il faudrait citer encore des enquêtes historiques ou contemporaines, des pièces de théâtre et un essai sur Pirandello.

Dans le présent volume, *Les paroisses de Regalpetra* sont complétées par un récit, *Mort de l'Inquisiteur,* inspiré d'un de ces faits divers historiques dont Sciascia aime à s'emparer pour éclairer l'actuelle vérité de la Sicile.

Au début du XVIIe siècle, un prisonnier enchaîné assomme dans un couloir du Palais l'Inquisiteur venu pour l'interroger. Il est jugé, torturé et brûlé vif. Sciascia se livre à une enquête minutieuse à travers les textes et les témoignages de l'époque, et dégage peu à peu le visage héroïque du meurtrier épris de liberté, et celui, odieux, de son puissant oppresseur : l'Eglise.

AVANT-PROPOS

En 1954, vers la fin de l'année scolaire, tandis que je rédigeais, pour le registre de classe, ce document administratif qu'est la *chronique* (à peine une colonne pour un mois entier, et qui est, comme tous les actes administratifs, un banal compte rendu à l'enseigne du *tout va bien*) il me vint l'idée d'écrire une chronique plus fidèle de cette année d'école qui allait s'achever. Et je l'écrivis en quelques jours, j'en fis même quelques pages à l'école, pendant que les enfants dessinaient ou résolvaient quelques problèmes d'arithmétique. J'avais un cours moyen, c'étaient des enfants que je suivais depuis trois ans, ils m'étaient donc très attachés, et je ne l'étais pas moins à leur égard. Quand je retourne dans mon village, il m'arrive d'en rencontrer quelques-uns ; ils ont déjà fait leur service militaire, certains sont mariés ; mais la plupart ont émigré, et ne viennent qu'à Noël ou pendant l'été. Il y en a un qui m'a écrit du Canada qu'il avait lu un de mes livres.

A l'automne, je portai le manuscrit à Italo Calvino. Il le lut, le texte lui plut, mais il était trop bref pour sortir dans la collection des « Gettoni », et il le passa à la revue « Nuovi Argomenti ». Les *Petites chroniques scolaires* furent publiées dans le numéro 12, en janvier-février 1955. Comme je me trouvais à Bari alors que ce numéro de « Nuovi Argomenti » venait de sortir, l'éditeur Vito Laterza me demanda d'écrire un livre entier sur la vie d'un bourg de Sicile. Tommaso et Vittorio Fiore m'encouragèrent à essayer. Quelques mois plus tard, j'envoyai quelques pages à Vito Laterza. Il me les rendit avec de bons conseils. Et ainsi, avant la fin de l'année, le livre était fini. Il n'avait pas de titre : et ce fut l'éditeur, qui, de façon fort heureuse, le trouva.

Telle est, en bref, l'histoire des *Paroisses de Regalpetra*. Je dois ajouter que le nom du bourg, Regalpetra, répond à deux raisons : la première est que, dans les documents anciens (auxquels les chroniques de ce livre se réfèrent partiellement) Racalmuto est indiqué comme Regalmuto ; la seconde, que je voulais de quelque manière rendre hommage à Nino Savarese, l'auteur des *Evénements de Petra*. Beaucoup, sans doute, s'étonneront de cette deuxième raison ; mais à part l'affection que j'ai toujours eue pour l'œuvre de Savarese, et spécialement là où elle touche les mythes et les histoires de la terre de Sicile, je dois avouer que c'est précisément avec les auteurs de « La Ronda »[1] — Savarese, Barilli, Cecchi — que j'ai appris à écrire. Et bien que mes intentions aient mûri en une tout autre direction, il reste en moi, même intimement, des traces d'un tel apprentissage. C'est précisément en parlant des *Paroisses* que Pasolini notait, de façon pénétrante, que : « la recherche documentaire, et la dénonciation elle-même se concrétisent en formes hypotaxiques, bien que toujours simples et lucides ; des formes qui non seulement ordonnent ce qui est connaissable de façon rationnelle (et l'exigence marxiste du national-populaire a été observée jusqu'à ce point) mais aussi de façon délectable, car, à travers ces formes particu-

1. « La Ronda », revue littéraire publiée à Rome de 1919 à 1923.

lières de l'essai survit le type stylistique de la prose d'art, du *chapitre* ». C'est ce que l'on pourrait répéter, et à plus forte raison peut-être, pour un livre comme *Le Conseil d'Egypte*. Je tiens cependant à déclarer qu'ayant commencé à publier après l'âge de trente ans, c'est-à-dire après avoir essayé en privé tous les jargons possibles qui s'imposaient aux gens de ma génération, je n'ai jamais eu, depuis lors, de problèmes d'expression, de forme, sinon subordonnés à l'exigence d'ordonner rationnellement le connu plus que le connaissable, et de documenter et de raconter avec une bonne technique (ce pourquoi, par exemple, il m'importe davantage de suivre l'évolution du roman policier que le cours des théories esthétiques).

On a dit que dans les *Paroisses de Regalpetra* sont contenus tous les thèmes que j'ai, par la suite, diversement traités dans d'autres livres. Et je l'ai dit moi aussi. En ce sens, le critique qui a retiré des *Paroisses* le jugement que j'étais un de ces auteurs qui n'écrivent qu'un seul livre, et puis se taisent (et s'ils ne se taisent pas, c'est tant pis pour eux), ce critique avait raison, (mais il avait tort et se trompait lourdement en ne voyant pas qu'il y avait dans le livre un certain arrière-pays culturel qui, même en l'absence d'autre chose, aurait suffi à me faire écrire d'autres livres). Tous mes livres, en effet, en font un seul. Un livre sur la Sicile qui touche les points sensibles du passé et du présent, et qui vient s'articuler comme l'histoire d'une continuelle défaite de la raison, et de ceux qui furent personnellement emportés et anéantis dans cette défaite. Ces victimes, ces personnages (et qui sait pourquoi) ont été pris par certains critiques pour des personnages « positifs », d'obédience pour ainsi dire stalinienne. C'est une erreur assez grossière, me semble-t-il. Mais cette note ne veut pas répliquer à des jugements, ni corriger des interprétations; elle veut simplement justifier la réimpression, après environ dix ans, et dans une collection destinée à un plus vaste public, de ces *Paroisses* que vraiment, je ne me sentirais pas le courage de proposer à nouveau si je les avais effectivement écrites dans l'observance de ce qu'on appelle le réalisme socialiste et de quelques autres idées reçues, et justifier aussi le fait que *Mort de l'Inquisiteur* soit réimprimé en même temps ; il s'agit d'un essai, ou d'un récit, comme on voudra, qui ramène trois bons siècles en arrière de la réalité rapportée dans les *Paroisses*.

Je dirai tout de suite que ce bref essai ou récit, concernant un événement et un personnage presque oubliés de l'histoire de Sicile, est, de toutes les choses que j'ai écrites, celle qui m'est le plus chère, et la seule que je relise et qui m'agite encore. La raison en est qu'effectivement, c'est un livre qui n'est pas fini, que je ne finirai jamais, que je suis toujours tenté de recommencer à écrire, et que je ne récris pas, en attendant de découvrir encore quelque chose : un nouveau document, une nouvelle révélation, surgissant des documents que je connais déjà, un indice quelconque qu'il m'arriverait au besoin de découvrir dans un demi-sommeil, comme cela arrive à Maigret quand il est pris par une enquête. Mais, à part cette passion pour le mystère qui n'est pas encore dévoilé, que je ne suis pas encore arrivé à dévoiler, le fait est que ce bref récit a provoqué autour de lui comme un vide : de méfiance, d'irritation, de rancune. L'an dernier, en Espagne, je cherchais dans les librairies d'occasion des œuvres d'Azaña et des livres sur l'Inquisition, et je remarquai que les libraires ne cillaient pas à ma demande des livres du dernier président de la République, mais qu'ils se crispaient en m'entendant demander des livres sur l'Inquisition. A Barcelone, un libraire se laissa aller à me confier que désormais il n'y avait plus de danger à avoir et à vendre des livres sur la république ou sur des personnalités comme Azaña (et du reste, on pouvait voir dans toutes les vitrines *Le Capital* et la traduction des lettres de Gramsci), mais que, pour ce qui était de l'Inquisition, il fallait y aller avec prudence. et, à ce qu'il semble, il faut y aller avec prudence même en Italie, et partout, en fait d'inquisition (avec une minuscule) : il y a des personnes ou des institutions qui ont bien quelques petits reproches à se faire ; et cela fait penser au passage des *Promessi Sposi,* de Manzoni, où le sacristain, sur les supplications de Don Abbondio, se met à sonner le tocsin, et chacun des bravaches qui sont aux aguets dans la maison de Lucia « crut entendre dans le son de ces cloches son prénom, son nom et son surnom ». C'est ce qui se passe dès qu'on touche à l'Inquisition ; beaucoup d'honnêtes gens s'entendent appeler par leur prénom, leur nom et le numéro de la carte du parti auquel ils sont inscrits. Et je ne parle pas seulement, cela est évident, d'honnêtes gens catholiques. L'humanité a souffert et souffre encore d'autres inquisitions ; c'est pourquoi, comme dit le polonais Stanislaw Jerzy Lec, la prudence veut que l'on ne parle pas de corde dans la maison d'un pendu, ni dans celle du bourreau.

Ainsi l'effet que *Mort de l'Inquisiteur* a produit sur ces honnêtes gens, la suffisance avec laquelle ils en ont parlé ou l'ont passé sous silence, est l'autre motif pour lequel je tiens à ce travail. En ce qui concerne sa publication à la suite des *Paroisses,* la justification en est qu'il s'agit en définitive d'un document relatif au même village, avec un écart assez large dans le temps, mais qui n'est malheureusement pas si large en ce qui concerne les conditions de vie. En fait, ce n'est pas un hasard si, pour la publication de *Mort de l'Inquisiteur* je suis revenu chez l'éditeur Laterza, comme si, précisément, il s'agissait d'un appendice ou d'un complément de mon premier livre.

Il me reste à dire que j'ai apporté quelques corrections à *Mort de l'Inquisiteur,* en tenant compte des suggestions que certains lecteurs m'ont généreusement données, et que j'ai ajouté en note un article sur une découverte récente dans le palais palermitain du Steri, qui fut le siège de l'Inquisition. Je n'ai rien changé aux *Paroisses,* et je n'avais du reste, ni subjectivement ni objectivement, aucune raison d'y changer quelque chose. Ce qui, subjectivement, peut être une présomption ; mais objectivement, en ce qui concerne la réalité inchangée du bourg, c'est une tragédie.

L. S.

1967

Les paroisses de Regalpetra

AVERTISSEMENT

Il y a des gens qui aiment « mettre un drapeau rouge au rez-de-chaussée, et puis monter à l'étage pour voir l'effet que cela produit » : c'est ce que disait de lui-même Edward Carpenter. Carpenter mettait le drapeau rouge au rez-de-chaussée, puis il prenait l'ascenseur pour s'en aller sur la terrasse regarder les étoiles, l'harmonie, l'esprit, et je ne crois pas que le drapeau rouge lui faisait tellement d'effet.

Dans ces pages, je ne mets pas un drapeau rouge au rez-de-chaussée, je ne saurais pas en apprécier l'effet du haut de la terrasse, et, demeurant au rez-de-chaussée, je ne pourrais le saluer avec foi. Je crois à la raison humaine, et à la liberté et à la justice qui en découlent, mais il semble qu'en Italie il suffise de se mettre à parler le langage de la raison pour être accusé de mettre un drapeau rouge à la fenêtre. *As you like.* Dans les pages qui suivent, j'ai rappelé la dure seigneurie des Del Carretto sur un pauvre bourg de Sicile, et je me souviens ici de ce ministre de la police, portant le même nom, qui envoya dans les prisons du royaume des Deux-Siciles les hommes qui parlaient alors le langage de la raison : le ministre Del Carretto semble destiné à demeurer comme un fantôme familier de l'histoire d'Italie ; nous disons : Mazzini, Garibaldi,

Pisacane, le *Risorgimento,* la Résistance, la République, — et l'ombre du Ministre Del Carretto s'agite comme un spectre de famille dans un château d'Ecosse.

J'ai essayé de raconter quelque chose de la vie d'un village que j'aime, et j'espère avoir donné le sentiment de la distance qu'il y a entre cette vie et la liberté et la justice, c'est-à-dire la raison. Les pauvres gens de ce bourg ont une grande confiance dans l'écriture, ils disent « il suffit d'un coup de plume » comme ils diraient « un coup d'épée », et croient qu'un coup de plume vibrant et précis suffit à rétablir un droit, à mettre en fuite les injustices et les abus. Paul-Louis Courier, vigneron de Touraine et membre de la Légion d'Honneur, savait donner des coups de plume qui étaient comme des coups d'épée ; j'aimerais avoir la poigne de Courier pour asséner quelques bons coups de plume, une « Pétition aux Deux Chambres » pour les ouvriers sauniers de Regalpetra, pour les *braccianti,* pour les vieillards sans retraite, pour les enfants qu'on place en service. Certes, j'ai, moi aussi, un peu de confiance dans les choses écrites, comme ces pauvres gens de Regalpetra ; et c'est la seule justification que j'avance pour ces pages.

Regalpetra, cela se conçoit, n'existe pas : « toute similitude avec des faits réels ou des personnes existantes est purement fortuite ». Il existe en Sicile des quantités de bourgs qui ressemblent à Regalpetra, mais Regalpetra n'existe pas. A Racalmuto, un bourg qui, dans mon imagination, est tout proche de Regalpetra, il y a des ouvriers sauniers ; dans toute la Sicile, il y a des *braccianti* qui vivent 365 jours, une longue année de pluie et de soleil, avec 60 000 lires ; il y a des enfants que l'on met en service, des vieillards qui meurent de faim, et des personnes qui, comme disait Brancati, laissent pour unique trace de leur passage sur terre une empreinte dans le fauteuil d'un cercle. La

Sicile est encore une terre amère. On fait des routes et des maisons, et même Regalpetra connaît l'asphalte et les maisons neuves, mais, au fond, on ne peut pas dire que la situation de l'homme soit très différente de ce qu'elle était l'année où Philippe II signait un privilège conférant aux Del Carretto le titre de comtes et élevait Regalpetra au rang de comté.

Il y a quelques jours, quelqu'un de ma famille me disait : « On m'a dit que tu as écrit des conneries sur les enfants qu'on utilise comme domestiques ; ce sont vraiment des conneries, je suis en train de remuer ciel et terre pour chercher un garçon pour la maison, et on n'en trouve pas, même à prix d'or ». Je dis : « Bien, c'est signe que cela va mieux ». Alors, il m'attaque en jurant : « Bien, mon œil ! je n'arrive pas à trouver un gamin et tu me dis que c'est bien ; mais comprends-tu que si je n'ai pas de gamin, je ne peux pas aller à la campagne ? Et puis, ne va pas croire que c'est impossible à trouver parce qu'on est mieux maintenant ; mieux, mon œil ! Ce qu'il y a, c'est qu'ils ne veulent plus se placer, par orgueil, ils se contentent de mourir de faim ». Involontairement, je dis encore : « Bien ». Heureusement, il ne m'entend pas, il continue : « Tu sais ce que m'a dit une mère qui voulait placer son fils chez moi ? Elle m'a dit qu'il était délicat, et qu'il faudrait que je lui donne au moins un œuf chaque jour, et voilà comment ils sont aujourd'hui, les pauvres, et toi, tu écris... ».

L'orgueil, voilà ce qu'il y a de nouveau : et l'orgueil masque la misère, les filles des *braccianti* et des sauniers se promènent le dimanche, habillées de façon à ne pas faire trop piètre figure à côté des filles des *galantuomini*, et les *galantuomini* commentent : « regardez-moi comment elles s'habillent : elles se retirent le pain de la bouche pour s'habiller comme ça » — et je pense « bien, peut-être que c'est un début ; peu importe la façon dont on commence, l'important, c'est de commencer. Mais c'est un commencement difficile. C'est comme si le cadran solaire de la cathédrale marquait une heure du 13 juillet 1789 ; demain, l'ombre de la Révolution Française passera sur le cadran, puis Napoléon, le *Risorgimento,* la Révolution russe, la Résistance, et qui sait quand le cadran marquera l'heure d'aujourd'hui, l'heure qui, pour tant d'autres hommes dans le monde, est l'heure juste.

L'HISTOIRE DE REGALPETRA

Dans l'église du Carmine, il y a un massif sarcophage de granit, que soutiennent deux panthères renfrognées. C'est là que repose « l'Illustrissime don Girolamo del Carretto, comte de cette terre de Regalpetra, qui mourut, tué dans sa demeure par un serviteur, le 6 mai 1622 ».

Nous en parlions il y a quelque temps avec le curé du Carmine : « J'aimerais bien voir comment il est, on dit qu'il a été embaumé », dit le vétérinaire. Une idée illumine le curé ; il dit : « Je vais faire ouvrir le sarcophage, ceux qui voudront voir le comte paieront cinquante lires, mon église a besoin de tant de choses... »

Et puis, au contraire, il a reçu cinquante millions du gouvernement pour restaurer l'église, la jeter à terre et la reconstruire plus laide qu'avant ; il a dû faire déplacer le sarcophage, et les habitants de Regalpetra ont vu gratis l'Illustrissime Don Girolamo del Carretto. Pas tous cependant, car le curé se lassa tout de suite de ce tumultueux pèlerinage ; il n'y avait pas de profit, et il ferma les portes de l'église.

Girolamo, deuxième du nom dans la famille des comtes de Regalpetra, est vêtu à l'espagnole : mantelet de brocart de soie, pourpoint vert à ramages d'argent, culottes bouffantes aux genoux, sans bas ni chaussures, aussi grand qu'un héros du Far West, le visage carré où le petit nez et les lèvres désagréablement minces mettent une note de perfidie glaciale, les mains fines, légèrement crochues, les ongles parfaits. L'embaumeur connaissait son métier. Près de sa main gauche, il y a un crâne, de la taille d'une orange, celui d'un enfant de quelques mois ; entre les jambes, un autre crâne, un peu plus grand, celui d'un de ses fils dont les chroniques disent qu'il mourut encorné par une chèvre, dont il s'était approché pour jouer.

Evidemment, dans l'espace de trois siècles, il a dû se trouver quelques curés qui ont eu des idées d'un profit plus immédiat sur l'Illustrissime Don Girolamo Del Carretto. Un spécialiste d'histoire locale parle avec assurance d'une dague avec une garde en or, de boutons faits avec de lourdes pièces d'or et d'un étui, lui aussi en or, qui renfermait un parchemin. Il ne nous est pas très difficile d'imaginer la scène ; au moins quatre membres de la famille, de toute confiance, auront soulevé le couvercle avec des pieux ; le sacristain tient une lampe à la main, non sans quelque tremblement, et le prêtre s'escrime avec un couteau pour faire sauter les boutons, dégainer la dague, retirer les souliers de ce mort qui devait avoir un aspect terrible dans cette lueur vacillante. Pour se donner du courage, l'un des complices a dû prendre dans ses mains le crâne de l'enfant, et le replacer à la hâte entre les jambes du comte. Ensuite, il y a eu sans doute une grande beuverie, avec le meilleur vin des terres du Carmine.

Le comte se tenait sur le balcon du haut, entre les deux tours et regardait les pauvres masures amassées au pied du château, lorsque le domestique Antonio Di Vita, « s'approchant de lui, l'assassina d'un coup d'arme à feu ». Etait-ce un tueur, un serviteur qui se vengeait, ou bien son geste naissait-il de quelque aventure plus secrète et à peine soupçonnée ? Donna Beatrice, la veuve du comte, pardonna à Di Vita, et elle le cacha, affirmant, avec un bon sens plus que chrétien, « que la mort du serviteur ne rendrait pas la vie à son maître ». En tout cas, le soir de ce 6 mai 1622, les habitants de Regalpetra mangèrent assurément *avec une serviette,* comme le disent nos paysans pour exprimer une satisfaction solennelle ; et ils le disent précisément dans des cas tels que celui-ci, lorsqu'une mort violente renverse leur ennemi, ou l'usurier, ou l'homme qui est investi d'une injuste autorité.

Une chronique anonyme témoigne de la voracité de Don Girolamo del Carretto : « Outre les nombreuses taxes, charges et impositions féodales qui pesaient sur les pauvres vassaux de Regalpetra, les seigneurs de cette ville avaient coutume d'exiger, depuis le XVe siècle, deux taxes dites de *terraggio* et *terraggiolo* des habitants de la campagne et des bourgs. Les Del Carretto avaient l'habitude d'exiger ces impôts non seulement de ceux qui ensemençaient la terre dans leur fief bien qu'ils la possédassent en qualité d'emphythéotes et qu'ils en payassent le fermage annuel, mais également de ceux qui cultivaient des terres n'appartenant pas au comté, mais avaient toutefois leurs habitations à Regalpetra. Il s'ensuivait donc que ces derniers devaient payer la capitation, le *terraggio* et le *terraggiolo* au seigneur à qui appartenaient les terres, et, de plus, le *terraggio* et le *terraggiolo* aux seigneurs de notre commune... Jadis, les habitants de Regalpetra, forts de leur bon droit, avaient intenté une action légale contre ce seigneur féodal, afin d'obtenir l'abolition des taxes arbitraires. Le comte intervint auprès de certains d'entre eux, et l'on en vint finalement à un accord suivant lequel les vassaux de Regalpetra devaient lui payer trente-quatre mille écus, après quoi ils seraient libérés à jamais de ces impôts.

Sur l'autorisation du Tribunal Royal, les habitants de Regalpetra se réunirent alors en Conseil, avec la faculté d'imposer au comté toutes les taxes nécessaires au prélèvement de cette somme énorme. Les taxes furent imposées, et les choses prenaient une bonne tournure. Mais, au moment où les habitants de Regalpetra croyaient leur liberté rachetée, *pretio sanguinis,* voici que Don Girolamo del Carretto jette dans la balance l'épée de Brennus... et reniant tous les accords, piétinant toutes les promesses et tous les serments, il continue à exiger le *terraggio* et le *terraggiolo,* et s'empare en outre de ces nouveaux impôts ».

Le père de Girolamo, lui aussi, mourut assassiné par deux tueurs du baron de Sommartino, et c'était, lui aussi, un homme vindicatif et rapace. Mais le premier Girolamo fut au contraire un homme de grands mérites, selon l'opinion de Di Giovanni. C'est pour lui que Philippe II datait de l'Escorial de Saint Laurent, le 27 juin 1576, un privilège qui érigeait Regalpetra en comté. Mais nous ne savons pas grand-chose des mérites de Girolamo Ier ; il fut juge de paix à Palerme, et je ne pense pas que le soulèvement des Palermitains contre son autorité ait été dû à « une opinion bizarre *seu* présomption », comme l'affirme au contraire Paruta. Et il ne me semble pas non plus qu'il faille compter comme un titre de gloire le fait que sur son ordre, le 16 mars 1600, trente-sept portefaix aient subi le châtiment du fouet, nouvelle que note, sans commentaire, l'érudit local précédemment cité.

L'an 998 de l'ère chrétienne, le gouverneur arabe de Regalpetra écrivait à l'émir de Palerme : « J'ai dénombré toute la population et j'ai trouvé qu'il y avait 446 hommes, 655 femmes, 492 garçons et 502 filles ». Sous la seigneurie de Girolamo Ier del Carretto, le nombre des habitants s'élevait à 4447. Mais, sous le second Girolamo, en raison du *terraggio,* du *terraggiolo* et de tous les autres impôts, la population diminue de façon notable : « les habitants de Regalpetra quittaient le pays pour se confier à un seigneur plus humain ».

Les impôts redoublés de façon tyrannique restèrent les mêmes jusqu'en 1783, année où les habitants de Regalpetra présentèrent une supplique au Secrétaire Royal, et celui-ci daigna accorder une réduction. Les prêtres bénéficièrent toujours de l'immunité fiscale et Regalpetra tout particulièrement en regorgeait ; un document du XVIIIe siècle parle de quatre-vingts prêtres pour une population d'environ cinq mille âmes. En proportion, on devrait voir prospérer ici aujourd'hui environ deux cents prêtres ; le peintre Nino Caffè aimerait une farandole de deux cents chapeaux de curé dans l'une de ces salles vides de l'abbaye, et je connais aussi quelqu'un qui aimerait un rêve construit de cette façon.

Même s'il avait échappé au valet Di Vita, Don Girolamo del Carretto n'aurait peut-être pas réussi à passer au travers de la peste qui, deux ans plus tard « tel un vieux soldat, capable de mille stratagèmes » — ce sont les paroles d'un médecin de Regalpetra qui fut célèbre dans les Deux Siciles et en Espagne — « arriva à Regalpetra, ma patrie, et dans la terre de Grotte, et ne se manifesta qu'au moment où les gens moururent au nombre de cent par jour » ; sensible à la fatalité de certains noms, je ne veux pas négliger le fait que la peste débarqua à Trapani, du vaisseau « Rédemption » en provenance de Tunis : j'imagine qu'un théologien, lui aussi, et pensez si au XVIIe siècle, un prédicateur laissait échapper une chose de cette sorte, a bien dû prêter attention au nom de ce navire. Et c'était là la troisième mémorable *rédemption* de Regalpetra : les Arabes la trouvèrent ravagée par une épidémie de peste, et c'est pourquoi, dans leur langue, ils l'appelèrent « le village mort » ; puis, en 1355, après une horrible invasion de sauterelles, la peste éclata avec une telle violence qu'elle rendit la région déserte, et que les rares survivants reconstruisirent leurs maisons plus haut sur la colline, laissant vides et mortes leurs vieilles maisons, dans une région pleine d'arbres et bien arrosée que les Arabes aimaient particulièrement. En 1624, une moitié de la population fut fauchée par la peste. Le fameux médecin de Regalpetra, qui n'était pas disposé à s'en prendre aux étoiles, en recherche les origines et les développements dans des ouvrages qui eurent une grande diffusion et une grande célébrité à l'époque ; il traite abondamment de la protection contre cette maladie et des remèdes, et donne des conseils de politique et d'hygiène à l'Illustrissime Sénat de Palerme avec une telle pénétration et un si grand bon sens que nous sommes surpris de son insistance, qui est presque une obsession, sur la responsabilité des prêtres dans la diffusion du fléau : « Il faut que le confesseur soit un excellent religieux, soucieux du bien commun, d'une vie exemplaire et bien connue de son gouvernement, de façon à ne pas se laisser corrompre par le détestable intérêt ; car nous avons constaté que, par les temps de peste, les maux causés par la religion furent plus graves que ceux causés par la peste elle-même ».

En 1645, il restait de la peste un souvenir de *châtiment* et de *rédemption* : Regalpetra comptait alors 1 236 maisons et 5 106 habitants. Le troisième Girolamo, qui était allé se fourrer dans une conjuration contre la souveraineté de Don Philippe IV, mourut avec une bonne compagnie de nobles et de juristes, exécutés à Palerme, grâce à un valet nommé Mercurio et au père jésuite Spucces, auquel le valet avait raconté toute l'affaire ; son fils, quatrième du nom, reçut l'investiture de la seigneurie de Regalpetra le 15 août 1654 ; il fut mestre de camp au cours de la guerre et gentilhomme de chambre de Charles II. Avec lui s'éteignit la famille, l'investiture passa aux marquis de Sant'Elia, et, aujourd'hui encore, les habitants de Regalpetra paient un impôt aux descendants des Sant'Elia ; mais, assurément, ce fut une grande réforme que celle qu'ils introduisirent, cent cinquante ans plus tôt : ils divisèrent leur fief en petits lots, établirent une imposition qui n'était pas excessive, et ainsi naquit la petite propriété, querelleuse et féroce ; un différend pour des limites ou des bornages passe vite de l'expert arpenteur à l'expert armurier : les *borgesi*[1] ont faim de terre comme de pain, chacun tente de manger la terre de son voisin, se met à ronger les limites comme une taupe, les déplace imperceptiblement chaque année ; jusqu'au moment où éclate une procédure civile, qui souvent débouche au pénal. A cause d'un arbre qui poussait sur la limite de deux

1. *borgesi :* le borgese, c'est le paysan, petit ou moyen propriétaire ; il y a, de fait, une distinction entre le simple *borgese* et le *borgese riche.* Il est en effet le bourgeois d'une région qui n'a pas eu de bourgeoisie. Il se situe entre le *galantuomo* et le prolétaire, mais, à la différence du *galantuomo,* il travaille même quand il a atteint une pleine aisance. En Sicile occidentale, il était difficile de trouver un *borgese* qui ne fît pas partie de la mafia ou qui n'eût pas de rapports avec elle. La manière de s'enrichir du *borgese* s'identifiait souvent avec celle de la mafia : violence aussi bien à l'égard des grands propriétaires que des ouvriers agricoles *(braccianti).* Quant au *galantuomo,* c'est une catégorie sociale difficile à définir exactement ; strictement parlant, il ne s'agit pas des nobles ou des riches, même si les nobles et les riches entrent dans cette catégorie. L'employé de mairie et le médecin, le maître d'école et l'avocat sont aussi des *galantuomini,* comme tous ceux qui, en somme, sont sortis de la condition de travailleurs manuels — paysans ou ouvriers — et qui, grâce à la place qu'ils occupent ou aux liens qu'ils possèdent, se trouvent en mesure d'imposer aux pauvres des vexations, grandes ou petites. L'identité du *galantuomo* est donnée par son appartenance au *Circolo dei Civili,* appelé communément Cercle des *Galantuomini,* institution importante en Sicile, et première cible des révoltes populaires. (Note de l'auteur)

propriétés, il y a eu un procès qui s'est prolongé pendant quarante ans ; il fut gagné par celui qui avait le plus de souffle, à un moment où il ne restait plus de l'arbre qu'un tronc mort.

En 1819, dans un *Dictionnaire Géographique, statistique et biographique de la Sicile,* imprimé à Palerme, Regalpetra est considérée comme un ancien fief; la *réforme* des Sant'Elia avait déjà été réalisée, mais une bonne partie du territoire était aux mains des prêtres, et le commissaire royal Venturelli, envoyé quelques années plus tôt pour voir pourquoi les *borgesi* de Regalpetra s'agitaient à ce point et envoyaient tant de suppliques et de recours, ne pouvait s'empêcher de noter que « l'on constate à l'évidence que les *borgesi* et les ouvriers agricoles sont plus lourdement imposés que les gentilshommes ; et les prêtres, les mainmortes et autres biens conventuels ne sont absolument pas compris dans les impositions de chaque année, parce qu'ils estiment qu'ils en sont exempts, à ce qu'on m'a rapporté ; la plus grande partie des parcelles importantes sont possédées par les susdites mainmortes et par le clergé, qui sont ceux qui font tout le commerce et le négoce de la région » ; et il écrivait encore bien d'autres choses, dont je doute qu'aujourd'hui, par exemple, un commissaire envoyé faire une enquête sur l'application des impositions unifiées aurait le courage de les écrire. Ainsi, l'estime que j'éprouve pour le gouvernement des Bourbons grandit en moi, et de temps en temps, il m'arrive de lire des documents qui me laissent amer à l'égard de l'honnêteté et de la liberté que possédaient les fonctionnaires de ce gouvernement. Lorsque j'étais enfant, je fis la connaissance d'un chanoine, très âgé et presque aveugle, qui jouissait encore d'une grande réputation pour la réponse qu'il avait faite à un colonel de l'armée de Savoie : le colonel commandait un régiment de cavalerie qui campait sur les terres du chanoine ; le chanoine demanda des dommages-intérêts, le colonel répondit que les chevaux l'avaient dédommagé en fumant ses terres, et le chanoine : « voilà qui est bon à savoir, les Bourbons payaient avec de l'or, et les Savoie avec de la merde ». Les vieux répétaient cette phrase, ils étaient pleins de regrets pour ce gouvernement qui payait avec de l'or, ignorait la conscription, ne faisait pas de guerres ; mais, par la suite, le nom de Garibaldi à lui seul avait suffi à éteindre le miroitement de l'or des Bourbons, et la guerre était devenue en eux une musique bouleversante ; ce dont les vieux ne se souvenaient plus, c'est que le gouvernement des Bourbons avait des fonctionnaires honnêtes ; peut-être n'étaient-ils pas tous honnêtes, mais il y en avait bien quelques-uns qui l'étaient.

Voici le rapport d'un autre fonctionnaire au Tribunal de la Cour Royale sur les « exactions commises par le prêtre Giuseppe Savatteri envers les pauvres gens ». « Comme ce prêtre avait reçu la charge de la contribution du tiers des semences, il compensait cette proportion à l'aide de certains crédits passés, sans que les pauvres aient pu obtenir la semence nécessaire à leurs semailles. En outre, comme certains prenaient chez d'autres les semences dont ils avaient besoin pour leurs terres, cet homme, en raison du crédit relatif au *terraggiolo*, a obligé les villageois à porter chez lui une bonne partie de la semence nécessaire aux terres en question, pour compenser le prétendu *terraggiolo* des années passées. Les terres étant ensemencées de la sorte, elles étaient hypothéquées en attendant la récolte à venir, et il saisissait non seulement les instruments nécessaires à leur subsistance, mais également les vêtements qu'ils portaient, les couvertures, les bois même de leurs lits, les manteaux, pèlerines et jusqu'aux bonnets des enfants ». Ce qui est remarquable, c'est qu'à la suite de ce rapport, le Tribunal de la Cour Royale ordonna au juge criminel de Regalpetra « de faire restituer aux villageois tous les objets que le prêtre Savatteri leur avait fait saisir » ; les lecteurs ne le croiront peut-être pas, mais c'est ainsi que les choses se sont passées. De la même époque, voici également un ordre du Signor Vagginelli, délégué du Roi à Palerme, adressé au magistrat Sileci d'Agrigente — « Il ne fallait pas faire exiger à Regalpetra la taxe sur le *terraggiolo,* étant donné que de nombreux procès pour son abolition étaient en suspens ; que toute contrainte fût évitée aux habitants de la commune, jusqu'à la prochaine récolte, pour des raisons de semailles, impôts fonciers, droits de propriété et autres semblables ; et que seuls les riches soient obligés à payer les taxes et gabelles... »

On croit rêver : que, entre Don Girolamo II et le *commendatore* Aristide Lauria, heureusement régnant aujourd'hui sur les impôts unifiés des habitants de Regalpetra, il y ait eu un temps où des hommes comme Venturelli ou Vagginelli se sont préoccupés des événements de ce village avec un si manifeste sentiment de justice, cela semble réellement impossible, les villageois de Regalpetra n'arriveraient jamais à le croire. Ce qui se passe aujourd'hui pour les impôts unifiés est digne de l'époque de Girolamo II, et donc l'habitant de Regalpetra pense que c'est son destin que les taxes et les impôts doivent s'acharner ici depuis des siècles, et c'est la même histoire depuis des siècles. Sur les registres du cadastre, les agents des contributions voient double, le territoire de la commune, qui est de sept mille hectares environ, a doublé à la suite d'une mystérieuse opération, et celui qui a un arpent de terre se voit implacablement obligé de payer pour deux. Il suffit de prononcer le seul nom du *commendatore* Lauria pour susciter des visions fiévreuses chez les petits propriétaires ; ce petit homme reste bien tranquille derrière son bureau, les réclamations voltigent autour de lui comme des papillons, réclamations expédiées depuis cinq ou six ans, avec des lettres recommandées urgentes, mais jamais le *commendatore* ne lève la main pour en attraper une au vol, il les regarde tourbillonner avec délices ; il suffit d'un courant d'air et les réclamations s'envolent : « la réclamation que vous nous communiquez par votre lettre du... ne peut être prise en considération, parce qu'elle ne nous est pas parvenue dans les délais prescrits », ou bien : « parce qu'elle n'est pas accompagnée d'un extrait cadastral historique ». En présence de la demande d'un extrait cadastral *historique,* la dévotion envers la Madone, qui est professée par les habitants de Regalpetra jusqu'à l'institution d'une surtaxe sur les produits alimentaires, s'écroule d'un seul coup ; un monceau baroque de blasphèmes explose dans l'air, avec des souhaits de cancer accéléré, de coup de sang immédiat, de coups de fusil bien envoyés, d'un écroulement soudain de planchers et de plafonds, et s'envole vers le bureau d'où provient la lettre ; sans compter les attributs qui fleurissent trois par trois, comme le recommandaient les vieux traités de rhétorique, concernant les femmes, les sœurs et les filles nubiles de tous ceux qui gagnent leur pain en travaillant dans ce bureau. Le *commendatore,* homme d'une piété notoire, devient une figure diabolique, il flotte dans l'imagination des petits propriétaires avec des ricanements et des grimaces, il les réveille la nuit en chuchotant le chiffre qu'il faudra payer au percepteur, suggère l'image de la saisie, et d'une année de blé et d'amandes dévorée par les contributions... Du *commendatore,* le cauchemar remonte jusqu'au préfet, au président de la Région, au président du Conseil ; l'Etat, sourd, ricane dans le lointain.

Il faudrait une carabine, dit le *borgese,* et c'est une

mauvaise pensée. Mieux vaut espérer que le Signor Venturelli et le Signor Vagginelli arrivent comme des conviés de pierre dans la villa au bord de la mer du *commendatore* Aristide Lauria.

Voici ce que le *Dictionnaire Géographique* de 1819, déjà cité, dit de Regalpetra. « Population : 7 360 habitants. Située à 16 milles de la mer d'Afrique et 68 de Palerme. Exporte du blé, du vin et du soufre, car il y a des mines de soufre dans les environs ; riche en sulfate de calcium ou plâtre de belle qualité ; l'on y trouve également du sel gemme. » On parle de mines de soufre et de salines dans les privilèges royaux relatifs à Regalpetra, à partir du XIVᵉ siècle ; mais l'âge d'or des mines de soufre est assurément le XIXᵉ siècle, au moment où de nouveaux venus commencèrent à creuser les terres arides du plateau : des villageois qui au-dessous de la terre maigre qu'ils cultivaient sentirent des veines jaunes de richesse resplendir soudain ; on raconte l'histoire d'un homme qui, pendant la pause d'un après-midi, vit le soufre affleurer dans une fourmilière, et qui devint riche ; si quelqu'un se trompait, il creusait pour rien et s'endettait jusqu'aux cheveux ; ceux qui fondaient de grandes fortunes n'étaient pas rares, et la chaîne d'or qui dessinait deux courbes sur le gilet de futaine devenait l'emblème de la nouvelle richesse. A cause de soufrières qui surgissaient un peu partout, l'air de Regalpetra avait pris un je-ne-sais-quoi d'âcre, il ternissait l'argenterie qui venait orner les maisons des nouveaux riches, et l'amère odeur de soufre brûlé passait jusque dans les vêtements. Les collines qui ferment le pays vers le nord, le plateau qui, à l'ouest, commence comme une demi-lune, prenaient un ton fossile rougeâtre, et dans les champs situés auprès des soufrières, les épis ne donnaient plus de grains à cause des relents des chaudières. L'ingénieur français Gill, inventeur d'un nouveau type de four pour la combustion du soufre, arpentait la région, et, de nos jours, les mineurs parlent encore des fours Gill, ils ne savent pas que pour leurs grands-parents, c'était le nom d'un homme sympathique, avec une belle barbe, arrangeant : j'ai connu un vieillard qui se souvenait de lui, il se souvenait de l'ingénieur Gill qui se préparait du bouillon avec de l'extrait de viande ; le mineur se rappelait cette opération magique : avec une cuillerée de mastic, disait-il, il se préparait son bouillon. Il n'arrivait pas souvent aux mineurs de rencontrer des dirigeants aussi arrangeants. « Essayez, essayez de descendre par ces escaliers escarpés — écrit un habitant de Regalpetra —, visitez ces immenses cavernes, ce dédale d'allées boueuses, débordant d'exhalaisons pestilentielles, sourdement éclairées par la flamme charbonneuse des lampes à huile : une chaleur lourde, oppressante, des jurons, un grondement de coups de pioche, partout des hommes nus, ruisselants de sueur, des hommes qui respirent avec peine, des jeunes gens épuisés qui se traînent à grand-peine le long des escaliers glissants, des adolescents, presque des enfants encore, auxquels conviendraient mieux des jouets, les baisers et les tendres caresses de leurs mères, qui prêtent leur organisme délicat à ce travail ingrat, pour accroître ensuite le nombre des misérables infirmes ». Et quand, de la nuit de la soufrière, les mineurs et les *carusi* montaient vers le jour incroyable du dimanche, vers les maisons, dans le soleil ou la pluie qui battait les toits, ils ne pouvaient que refuser tout cela, et chercher dans le vin une manière différente de s'enfoncer dans la nuit, de perdre toute pensée, et tout sentiment du monde.

Il n'y a pas très longtemps, et bien mieux que ne firent les lois, ce fut l'énergie électrique qui mit un terme au travail des enfants dans les soufrières ; mais le bon moment était déjà passé, et, à Regalpetra, il ne restait plus, de tant de mines, qu'une seule qui fût encore en activité, celle de Gibili où travaillaient encore une centaine de mineurs. Les autres restèrent abandonnées dans la campagne, et les bandits qui ont pris le maquis y trouvent une retraite sûre.

Les garibaldiens passèrent par Regalpetra, ils mirent un homme contre le mur de l'église et le fusillèrent : un pauvre voleur de campagne, fusillé contre le mur de l'église Saint-François. Le grand-père d'un de mes amis s'en souvenait, il avait huit ans au moment du passage des garibaldiens ; ils avaient laissé leurs chevaux sur la place du château, le temps de fusiller cet homme et ils étaient repartis ; leur officier était blond comme un allemand. *Carusi* et mineurs continuèrent à travailler dans l'enfer de la soufrière pendant douze ou quatorze heures par jour, les terres ne rendaient pas et les *braccianti* travaillaient toute l'année, uniquement pour payer les dettes de la semence que le propriétaire leur avançait chichement ; le service militaire arrachait aux familles des bras pour le travail, il y eut des pères qui donnèrent des coups de hachette sur le pied de leur fils pour les faire réformer ; j'ai entendu parler d'un vieux paysan qui, lorsque vint pour lui le moment de se présenter au conseil de révision, entendit, pendant la nuit, son père qui demandait conseil à sa mère : « qu'est-ce que tu en penses, je lui arrache un œil, ou je lui fais sauter les doigts d'un pied ? », et la même nuit, il se sauva de chez lui, et ne revint que pour se faire enrôler. C'est pour cela qu'en 1866, les habitants de Regalpetra firent une émeute, ils brûlèrent la mairie, brûlèrent les maudits papiers dans le vieux couvent où l'on avait transporté les bureaux municipaux ; les soldats piémontais arrivèrent, ils emmenèrent les hommes qui avaient fait l'émeute, et la conscription continua. Mais les *galantuomini* étaient d'accord avec le gouvernement, et aussi les producteurs et les contremaîtres des mines de soufre, les villageois enrichis par le vol, l'usure et les faux titres de propriété (à Regalpetra, la quantité de propriétés qui ont changé de mains avec de faux actes de ventes ou de faux testaments est incroyable) ; mais on y trouvait aussi des gens que le peuple respectait à cause de leur honnêteté et de leur gentillesse, on avait perdu le souvenir de la façon dont leur richesse s'était faite, le souvenir des hommes durs et avides dont descendaient ces hommes élégants et oisifs, aimables, généreux, pleins de pensées lumineuses, qui parlaient de l'Italie et de la liberté. Ici, on cite encore certaines familles comme favorables aux Bourbons, mais il résulte des témoignages et des documents que ces familles indiquées comme favorables aux Bourbons ont compté, même avant 1860, des partisans de Mazzini et des libéraux, des hommes qui avaient risqué la prison, ou qui en avaient fait, qui publièrent des opuscules, et qui servirent avec liberté et désintéressement la cause de l'unité italienne ; et, jusqu'au fascisme, qu'elles ne servirent pas, ces familles demeurèrent fidèles à leurs traditions. C'est pourquoi je me demande comment il a pu se faire que les positions se soient ainsi renversées, et la réponse m'est fournie par ce que j'ai vu lorsque le fascisme s'est écroulé : les fascistes dans les comités de Libération, les fascistes qui faisaient l'épuration, les vrais antifascistes peinés et bouleversés par les événements ; leur pitié et leur pudeur les éloignaient du jeu des vengeances et des récompenses, et ils coururent le risque d'être considérés comme des fascistes ; c'est ce qui se passait ici, l'objet de la haine devint aussitôt mesquin et vil, les fascistes apparurent abjects et suppliants et, chez un homme véritable, ils ne pouvaient que susciter la pitié ; cela valait mieux là où les fascistes prirent les armes et se mirent à tuer, ils se mirent en dehors de la pitié. De même que j'ai vu les antifascistes abandonner aux fascistes les mérites et les vengeances que l'on croyait réservées à l'antifascisme, c'est cela aussi je pense, qui est arrivé aux Martinez, aux d'Accursio, aux Munisteria qui avaient vécu à Regalpetra des années d'angoisse et de luttes pour l'unité et la liberté de l'Italie ; puis on vit apparaître les Lascuda, qui avaient reçu le titre de barons à la fin du règne des Bourbons, les Buscemi et les Napolitano, usuriers et voleurs insatiables, et c'est de leur côté que furent les préfets du nouveau régime, les officiers de police, l'Etat. Les Martinez luttèrent tant qu'il leur resta un arpent de terre à vendre, ils luttèrent pendant une trentaine d'années en disputant aux Lascuda l'administration de la Commune, et ils réussirent même à entraîner devant le tribunal le plus âgé des Lascuda qui avait fait tuer un garde municipal dont la fidélité lui paraissait douteuse ; mais le baron fut acquitté, et les Martinez ne pouvaient continuer à lutter longtemps avec des gens qui augmentaient leur fortune, et dont la puissance et l'impunité augmentaient proportionnellement à leur richesse. Quant à la fortune des Martinez, elle était dévorée par les usuriers, et, en l'espace de quelques années les Napolitano engloutirent les maisons et les terres des Martinez. Le dernier des Martinez mourut, tout seul, dans l'unique pièce, encombrée de vieux meubles, qui lui était restée, et il en coûta vingt-deux lires cinquante à la Commune, pour la bière et le corbillard des pauvres ; on avait décidé de l'ensevelir dans l'espace réservé aux indigents, et puis quelqu'un se souvint qu'il y avait un tombeau de famille, caché sous un buisson d'orties. Quant à Don Saverio Napolitano, il mourut dans le palais des Martinez, dans une chambre pleine d'une lumière douce, entouré de ses enfants et de ses petits-enfants ; il était commandeur de je ne sais quel ordre pontifical, grand dignitaire du parti fasciste, président d'associations pieuses et d'un consortium commercial; durant toute sa vie, il n'avait bu que de l'eau de Saint-Ignace, chaque matin, un domestique apportait à l'église un *fiasco* de deux litres pour une bénédiction particulière, il faut croire qu'il en avait besoin; il mourut en parlant de traites, et, à son enterrement, il y eut une grand-messe et un orateur du gouvernement; le nom de Martinez ne subsiste plus que sur l'angle d'une ruelle : *vicolo Martinez,* à la peinture noire, et sous le panneau de bois il est écrit « défense de déposer des ordures ». Les Munisteri et les d'Accursio passent pour fidèles aux Bourbons; les Lascuda, les Buscemi et les Napolitano sont encore riches et fort bien considérés. Les Martinez firent des routes, des écoles, des édifices publics, et il y a quelques années encore, le bourg était dans l'état où ils l'avaient laissé; l'administration des Lascuda, associés aux Buscemi et aux Napolitano, n'avait apporté que corruption et usure. Mais les Lascuda demeurèrent dans l'imagination, plutôt que dans le souvenir des habitants de Regalpetra; peut-être parce qu'ils avaient une allure imposante et qu'ils parlaient cordialement. L'un d'entre eux fonda une Caisse d'Epargne, les bourgeois lui confièrent les gros billets qu'ils gardaient cachés derrière une brique. Don Giuliano Lascuda disparut avec tout l'argent, on le rattrapa à Milan; mais, à son procès, tous les habitants dirent qu'ils ne lui en voulaient pas, ils mettaient une croix dessus, ils étaient même plutôt contents. Et c'était vrai : quand Don Giuliano fut remis en liberté, tout le monde s'en alla l'attendre à la gare, avec la fanfare; dans la famille des Lascuda, on le considérait comme un enfant plein de fantaisies et de caprices, et c'est comme cela aussi que le peuple le considérait; mais les siens ne payèrent pas un sou pour lui éviter d'aller en prison, et les gens du pays au contraire lui firent don de leurs économies. Aussi, Don Giuliano commençait ses discours électoraux en disant : « peuple de cocus », mais il voulait dire que le peuple avait supporté patiemment les Martinez et le peuple applaudissait avec conviction. C'est de cela, peut-être, que se souvint récemment un habitant de Regalpetra, candidat aux élections législatives sur la liste des fascistes ; il commença par : « peuple de châtrés », et recueillit une large approbation.

Ce fut grâce aux Lascuda que, à Regalpetra comme dans d'autres bourgs de Sicile, la mafia entra dans le jeu électoral ; la mafia recrutait les électeurs, et, la veille du scrutin, les réunissait tous et les enfermait dans les magasins de Lascuda ; on leur donnait de la viande rôtie et du vin à volonté, ils passaient toute la nuit dans les magasins, ivres morts, et le lendemain, on les conduisait aux urnes, en troupeau, avec leur bulletin tout prêt en poche. Celui qui se trompe paiera — c'était la devise du baron Lascuda. On l'appelait le grand baron, pour le distinguer de ses autres frères ; et c'est pour cela qu'avait payé le garde municipal Varchica, et que payaient tous ceux qui soutenaient avec passion les Martinez. Le grand baron était poète, il écrivit des strophes épiques sur les premières expéditions africaines, et, précurseur de quelques poètes-mages de l'ère fasciste, il écrivit également un poème sur les origines quasi divines de Francesco Crispi ; c'est pourquoi sa réputation, non seulement de sage, mais aussi de grand poète demeure vive chez les habitants de Regalpetra dont les familles militèrent en faveur des Lascuda ; tandis que ceux qui appartiennent à des familles qui leur furent hostiles répètent le jugement que Don Gaspare Martinez donna de l'activité poétique du grand baron, jugement si lucidement condensé en une image obscène qu'il me paraît décent de ne pas le transcrire.

La mafia s'était agglutinée de façon si tenace autour des Lascuda qu'ils ne réussirent même pas à s'en débarrasser lorsque leur importance politique commença à décliner. La famille des barons continua à fournir des faux témoignages et des alibis aux criminels les plus connus : c'est là une tradition à laquelle aucun des Lascuda ne manqua, et l'on raconte de curieuses histoires sur ce point. Une fois, des voleurs de grand chemin tentèrent de prendre sa mule à un paysan, ils lui intimèrent l'ordre de se mettre face contre terre, mais le paysan n'obéit pas, et au contraire se jeta contre eux comme un mâtin, il mordit l'un des voleurs jusqu'au sang et la rapine échoua. Le paysan donna aux carabiniers la description précise de cette morsure, qui était si profonde que la trace n'en disparaîtrait pas avant une bonne quinzaine de jours, et, de fait, les carabiniers trouvèrent le voleur. Mais le grand baron, tout en philosophant agréablement sur les dangers qui dérivent des apparences, alla raconter au brigadier qu'une chienne, devenue irascible parce qu'on lui avait pris ses petits, avait mordu de la sorte le pauvre Angelo Viscuglia, et que, le jour où avait eu lieu la tentative de rapine contre le paysan, le pauvre Angelo n'avait pas bougé de la maison des Lascuda : il était donc innocent. Le brigadier avait la prétention de distinguer la morsure d'un chien de celle d'un homme, et mal lui en prit, car les juges n'avaient pas la même prétention, et le grand baron avait des quantités d'amis ; le pauvre Angelo revint auréolé d'innocence, par la suite un coup de carabine l'abattit dans l'exercice de ses fonctions ; le grand baron n'avait pas réussi à lui épargner ce coup de feu ; et c'est ainsi que les gens se convainquaient que seule, la carabine pouvait rendre la justice.

La quasi-divinité de Francesco Crispi apparut, fulgurante aux yeux du grand baron, au moment des

Fasci Siciliani[1] : après avoir éliminé l'opposition des Martinez, le baron s'était heurté au Conseil Municipal à une opposition socialiste. Le baron avait l'habitude de liquider l'idéal socialiste avec une épigramme : « voulez-vous qu'on essaie de tout partager ce soir ? demain, soyez-en sûrs, une partie de ce qui vous a été attribué aboutira entre mes mains » — et cela produisait un certain effet : mais le socialisme se développait, et, de son bord, il y avait les maçons, les menuisiers, les cordonniers, des gens qui étaient tous électeurs, et un jeune avocat leur donnait des directives. Le socialisme empoisonnait la vieillesse du baron, et les paysans et les mineurs affluaient dans les Fasci ; un vent de révolte soufflait ; les paysans gagnaient quatre-vingts centimes pour quinze heures de travail, quand il y avait du travail ; les mineurs, à peine davantage, mais ils travaillaient toute l'année. C'est à cette époque que naquit le slogan de Don Filippo Buscemi, repris et approuvé par tous les bien-pensants : « Quelle époque ! Un *galantuomo* ne peut même plus donner un coup de pied à un paysan ! », et il est vrai que les temps changeaient ; les Fasci tenaient un congrès à Grotte, les habitants de Regalpetra y partirent en criant « vive le roi, vive le socialisme » ; le roi invitait à dîner un inspecteur de la police, il pensait pour de bon aux paysans et aux mineurs de Sicile ; la réflexion de Don Filippo Buscemi trottait dans la tête du roi, et rongeait aussi la jolie tête de la reine ; de leur côté, ouvriers et mineurs voyaient cette belle tête de femme attentive à leur douleur, et criaient « vive la reine, vive le socialisme ». On vit venir le général Morra di Lavriano, il vint ici à Regalpetra, c'était un bel homme qui faisait tout ce qu'il pouvait pour ressembler au roi Humbert, avec ses moustaches et ses cheveux en

1. Mouvement révolutionnaire sicilien écrasé par Crispi en 1894.

brosse : il était hors de lui parce que les habitants de Regalpetra, après le passage de Colajanni, à la gare, avaient réagi contre les carabiniers d'une manière qui paraissait au général plus grave que s'ils les avaient assassinés : ils les avaient déshabillés. Le général avait dû se dire que, dans une révolte, on tue les carabiniers, mais qu'on ne les déshabille pas ; un carabinier se fait tuer, il ne se fait pas déshabiller ; et les habitants de Regalpetra bouleversaient toutes les règles du jeu. J'imagine que ces quatre carabiniers ont dû passer un sale quart d'heure : pour un carabinier, mieux vaut être mort que nu. C'est aussi ce que pensait le baron : « s'ils se laissent mettre à poil par quatre croquants, où finira-t-on ? ou bien va-t-il falloir que nous nous mettions à tirer à tous les coins de rue ? » ; mais il ne le dit pas au comte Morra, qui était tranchant et nullement familier ; le baron le jugea grand seigneur mais trop froid : à table il demeura d'une distinction renfrognée ; ce fut un repas mémorable, on y servit une cassata d'un demi-quintal. Cependant les carabiniers, il y en avait toute une compagnie, ratissaient le bourg ; ils arrêtèrent une cinquantaine de personnes, d'autres réussirent à s'échapper. Pour ceux qui avaient été arrêtés, ce fut une longue histoire.

Le grand baron avait déjà laissé « un lumineux héritage de vertus civiles » comme le dit sa stèle funéraire, et il « dormait du sommeil des justes » lorsque le roi Humbert fut assassiné ; c'est son frère qui était maire et qui télégraphia les condoléances de Regalpetra, et il y avait vraiment une grande peine dans tout le bourg. La vieille formule qu'on répète à Regalpetra : « *'ncapu lu re c'é lu viciré* » (au-dessus du roi, il y a le vice-roi) veut signifier qu'il est inutile d'attendre la justice du roi quand il y a un vice-roi entre les deux ; au loin se trouve le roi, juste et bon, et tout près, tout-puissant, il y a le vice-roi ; ce qui revient à dire qu'on pouvait haïr le comte Morra et non le roi, les préfets, la police, les barons, non pas le roi ; le roi *ne sait pas,* il se reflète en lui-même comme une idée, et *ne sait pas,* Mussolini lui-même *ne savait pas.* Pendant un demi-siècle encore, jusqu'à maintenant, le roi, Mussolini et ceux qui sont venus après Mussolini n'ont jamais rien su de ce qui se passait à Regalpetra.

Après le déclin des Lascuda, il se forma deux factions dirigées par des représentants des professions libérales ; les médecins dominaient, car à cette époque, la profession des médecins était différente, je veux dire à Regalpetra ; seul un homme qui avait de la fortune pouvait exercer ce métier, on ne payait le médecin qu'à Noël, en lui offrant un chapon, et la clientèle était donc sûre, même au sens électoral. Les médecins, sagement, ne prescrivaient que de la quinine et de l'huile de ricin, ils conseillaient un séjour à la campagne aux anémiques, et un séjour sous les couvertures à ceux qui étaient enrhumés ; ceux qui étaient sur le point de passer étaient gratifiés d'une piqûre d'alcool camphré. Les habitants de Regalpetra bénissent la mémoire de ces médecins, — s'il était écrit que le malade devait mourir, la famille du moins ne se ruinait pas en médicaments et en radiographies — les médecins de maintenant au contraire écrivent des ordonnances qui n'en finissent pas, ils demandent tout de suite des analyses et des radios, et ils prennent cinq cents lires par visite. A cette époque, on demandait même le conseil du médecin pour prendre une décision à propos d'un *parti* pour un mariage, pour un testament, un achat, un voyage, et ils faisaient partie d'un grand nombre de familles.

Les deux factions électorales ne se distinguaient entre elles ni par leur couleur politique ni par leur programme ; la seule distinction résidait dans le fait que l'un des clans luttait sans la mafia et que l'autre s'appuyait sur la mafia ; les chances de victoire étaient du côté des mafieux, mais il pouvait se produire un résultat imprévu, de telle sorte que les mafieux ne jouaient pas à visage découvert, tout en jetant tout leur poids d'un seul côté. Les socialistes, comme on le dit des mises à cheval au baccara, lorsque la banque ne tire ni ne paie, n'étaient pas dans le jeu ; l'avocat qui, au temps des Fasci Siciliani, était tout plein d'espoir et de courage, ruminait maintenant son amertume et sa déception.

Cette arcadie d'où sortait de temps en temps un assassinat prospéra jusqu'en 1923, et conclut dignement son existence avec cette délibération du Conseil Municipal : « En l'année Mil neuf cent vingt-trois, le quatorze décembre à dix-huit heures, le Conseil Municipal de Regalpetra, à la suite des avis de deuxième convocation, diffusés et transmis suivant les articles 119, 120 et 125 de la Loi, s'est réuni en séance extraordinaire dans la salle habituelle de la Mairie, avec la participation de MM... ; les dix-neuf autres conseillers, dont un décédé, étant absents à l'appel de leur nom, le quorum légal pour la validité de la délibération étant atteint... *Proposition* : Attribution du titre de Citoyen d'Honneur à Son Excellence Benito Mussolini. Le président rappelle à l'honorable Assemblée la lutte acharnée que de nombreuses municipalités de Sicile, y compris la nôtre, ont menée auprès des précédents gouvernements pour la solution du grave problème de l'eau. Finalement, ajoute-t-il, seul le Gouvernement Fasciste a su rapidement et pleinement satisfaire les vœux de ceux qui sont privés de ce don de la nature. Devant un si grand bienfait, le Conseil municipal, interprète des sentiments de tout le peuple de Regalpetra, ne pourra exprimer sa reconnaissance et son dévouement au Gouvernement Fasciste d'une autre façon qu'en attribuant le titre de Citoyen d'Honneur à son chef suprême, Son Excellence Benito Mussolini. Le Conseil, par un vote unanime et avec des acclamations enthousiastes a conféré à S. E. Benito Mussolini le titre de Citoyen d'Honneur ».

Le gouvernement fasciste résolut si rapidement et si pleinement le problème de l'eau que les tuyauteries qui devaient apporter l'eau à Regalpetra arrivèrent à notre gare en 1938, furent entassées derrière les entrepôts; les gamins s'en occupèrent les premiers, ils s'amusaient à se nicher à l'intérieur, puis l'herbe les recouvrit, et elles restèrent, oubliées, sous l'herbe haute. L'eau arriva en 1950, ce fut une grande fête pour tout le bourg. En ce qui concerne les onze conseillers municipaux qui votèrent pour la citoyenneté d'honneur à Mussolini, un ou deux restèrent dans les filets du préfet Mori, les autres ne s'inscrivirent jamais au parti Fasciste, et remâchèrent leur amertume pendant vingt ans. En revanche, les dix-huit (avec le mort, cela faisait dix-neuf) qui avaient été absents le jour de la délibération, et ils s'étaient évidemment absentés en signe de protestation, devinrent fascistes.

Le maire avait fait cette proposition pour se mettre à l'abri, c'est du moins ce qu'il se figurait; peu après le télégramme qui annonçait à Mussolini le vote de la citoyenneté d'honneur, il en envoya un autre pour dénoncer le préfet comme protecteur de la délinquance, il voulait dire de la délinquance des fascistes, et non de celle de la mafia; mais l'ordre de dissolution du Conseil municipal arriva en un éclair, et le chef des fascistes de Regalpetra fut nommé commissaire.

Au cours des années 1920-23, les assassinats perpétrés à Regalpetra atteignent des chiffres impressionnants. Il y eut des mois où l'on relevait une victime chaque matin; Regalpetra finit par héberger quatre-vingts carabiniers, en plus d'un contingent de police, commandé par un délégué; les habitants de Regalpetra avaient un faible pour les délégués, c'étaient des gens qui ne voulaient pas d'ennuis, ils s'adaptaient tout de suite, et passaient leur temps à jouer aux cartes, ou en compagnie de quelque maîtresse locale. Après 1923, la courbe des assassinats fléchit; puis Mori, avec des méthodes déjà connues, ramassa mafieux et maquereaux, mais il ne faudrait pas croire qu'il parvint à les extirper définitivement, et ce n'est qu'à travers la nostalgie pour le fascisme que l'on peut croire une chose pareille. Pour ce dont je me souviens, et mes souvenirs ne remontent pas plus loin, il y avait à Regalpetra, pendant les années les plus euphoriques du fascisme, un homme qui avait pris le maquis, et auquel on attribuait, par commodité, tous les vols et tous les incendies de maisons de campagne qui furent particulièrement nombreux à ce moment-là. On mit sa tête à prix (c'était un pauvre homme, qui devait purger une peine pour vol et ne se décidait pas à se constituer prisonnier, il vivait des maigres sommes qu'il extorquait aux *galantuomini*), on l'assassina pour toucher la rançon, quelqu'un l'hébergea et le tua, et le frère du *bandit* tira ensuite, sur la place et en plein midi, contre l'homme qui avait rendu ce service à la société; de l'avis des gens de Regalpetra, il fit une juste vengeance.

En plus de délits incessants contre la propriété, deux homicides furent commis pendant l'année où le Duce nous donnait l'empire : on tua, pendant la promenade du soir qu'il faisait par habitude, le percepteur des impôts, crime typique de la mafia, parce qu'il n'avait pas de mobiles apparents et en raison du mystère dont il demeura entouré; de même, un homme assez riche fut tué dans sa maison, il vivait seul et l'on croyait qu'il avait beaucoup d'argent. Pour cette dernière affaire, la police déploya une activité frénétique; elle arrêta la famille de la victime, tous les repris de justice de

Regalpetra, et jusqu'à un groupe de jeunes gens qui, la nuit du crime, avaient fait une sérénade dans le quartier; en tout deux cents personnes environ. Ces deux cents personnes furent maintenues pendant des mois dans les sections de police judiciaire, système approuvé de toutes les *personnes d'ordre,* on imagina des tortures, capables, dit-on, de dépasser celles de l'Inquisition (de fait, en plus des *Reali di Francia* et du *Rutilio*[1], quelques paysans qui savent lire possèdent aussi *les Mystères de l'Inquisition d'Espagne*). Enfin, un tel système ne pouvait que porter son fruit, et il se trouva parmi ces deux cents personnes, quelqu'un qui savait quelque chose; mais le responsable principal du meurtre était un veilleur de nuit, et qui aurait pu soupçonner un veilleur? Tous les autres furent renvoyés chez eux.

La mafia étant, comme l'a définie un juriste, un « phénomène d'hypertrophie du moi », il est parfaitement évident qu'à l'intérieur d'un état totalitaire, ses manifestations extérieures se réduisent notablement; mais il est également évident que seule, l'éducation que l'on peut obtenir dans un régime de liberté et de justice peut finir par déraciner ce phénomène. Les méthodes de Mori, (et avec ces méthodes, même un singe aurait su rétablir cet ordre dont raffolent les fascistes) ne firent que frapper la mafia d'anesthésie; c'est si vrai que son réveil fut brutal dans l'après-guerre. Malheureusement, le fait que les mafieux, en raison d'un idéal de *démocratie,* se soient tenus à l'écart du fascisme ou qu'ils aient subi du fait du régime fasciste des mesures de relégation, a constitué un point d'avantage initial, sous l'A.M.G. (le Gouvernement

1. Les *Reali di Francia,* ou Histoire des Souverains de France, est le livre le plus populaire en Sicile, depuis des siècles. Le *Rutilio,* du nom de son auteur, Rutilio Benincasa, est un recueil de précisions astrologiques et de prophéties.

Militaire Allié) et, dans le jeu électoral actuel, la mafia est bien loin de perdre cet avantage. En tout cas, la force politique de la mafia, sa noblesse dont certains illustres parlementaires siciliens eux-mêmes se flattèrent, tout cela ne recouvre que l'assassinat, le vol de bestiaux et, dans certaines zones, jusqu'au vol dans les poulaillers. C'est dans *cette* démocratie que la mafia trouve une sève ancienne et nouvelle, et, après l'aventure séparatiste, elle s'est repliée sur des positions plus réalistes. C'est ainsi qu'il peut arriver à beaucoup de gens ce qui arriva à l'avocat Cravotta, natif de Regalpetra.

On avait volé les moutons de l'avocat ; on lui avait laissé le berger, ligoté à un arbre, et on avait emporté les moutons. L'avocat en parlait avec quelqu'un qu'il avait rencontré en ville. Ce quelqu'un lui dit : « Pourquoi ne vous adressez-vous pas à Gaspare Lo Pinto ? ». L'avocat lui dit : « Mais je me suis adressé aux carabiniers ». Et l'autre : « Dans des cas comme celui-là, Gaspare vaut mieux que les carabiniers ». L'avocat, qui est un homme d'une candeur parfaite, dit : « Mais il sait bien, lui aussi, qu'on m'a volé mes moutons, nous sommes amis, et il ne m'a rien dit ». — « Mais, bon sang, lui dit l'autre, vous ne voulez pas me comprendre. On vous a volé vos moutons ; combien valaient-ils, cent, deux cent mille ? Bon, vous allez chez Gaspare, et vous lui dites que vous seriez disposé à en payer vingt-cinq, cinquante mille ; et puis dites-moi si vos moutons ne vont pas revenir ». — « Mais Gaspare est le maire de mon village », dit l'avocat médusé. — « Je sais bien, conclut l'autre, en tant que maire, il réussit ces choses-là mieux que d'autres ; c'est un *ami des amis*, restez en bons termes avec lui. »

BRÈVE CHRONIQUE DU RÉGIME

Un cousin de mon père apporta chez nous le portrait de Matteotti. J'habitais avec mes tantes, elles étaient trois sœurs ; deux d'entre elles ne sortaient jamais de la maison, mais recevaient souvent des visites de la famille. Mon grand-père était paralysé : je me le rappelle, assis près du balcon, tenant une canne dont il frappait le plancher avec impatience et qui lui servait à réclamer son infusion de feuilles de séné ou son café au lait, ou simplement à demander qui était la personne qui passait. Entre ses pieds dormait un chat roux que j'appelais Gesuele parce qu'il me donnait l'impression de ressembler à quelqu'un que je connaissais. De temps en temps, je lançais à Gesuele un coup de pied furtif; en le voyant bondir, mon grand-père comprenait, et il me menaçait de sa canne.

Un jour donc, ce cousin de mon père vint chez nous, et il apporta le portrait. Il raconta la façon dont on l'avait assassiné, les enfants qu'il laissait. Ma tante cousait à la machine, elle disait : « Le Seigneur y pourvoira », et elle pleurait. Chaque fois que je vois quelque part le portrait de Matteotti, les images et les sensations de ce jour-là renaissent en moi. Le balcon était ouvert et il y avait une âcre odeur de poussière et de pluie. Je glissais des bandes de papier dans la roue de la machine à coudre qui tournait, pour lui faire faire un petit bruit. Cet homme avait des enfants ; et on l'avait assassiné. Ma tante mit le portrait, roulé, dans un panier où elle rangeait du fil à coudre et des bouts d'étoffe. Il resta dans ce panier pendant des années. Toutes les fois que l'on ouvrait l'armoire où se trouvait le panier, je demandais le portrait. Ma tante se barrait les lèvres avec l'index pour me dire qu'il ne fallait pas en parler. Je demandais pourquoi. Parce que c'est *lui* qui l'a fait assassiner — disait-elle. Quand je demandais cela, si mon autre tante était là, la plus jeune, celle qui était institutrice, elle se mettait en colère contre sa sœur : « Il faut que tu fasses disparaître ce portrait, tu verras qu'un jour ou l'autre il va nous tomber une tuile ». Je ne comprenais pas. Mais je comprenais qui c'était, *lui*. Une fois on me conduisit à la gare pour *le* voir passer, mais je ne pus rien voir ; je me souviens d'un train qui arrivait, j'avais soif et on me donna une boisson gazeuse, de couleur rose, et je fis une tache sur mon costume blanc.

Mon père s'était inscrit au parti fasciste pour travailler, mais il croyait à Mussolini même s'il ne croyait pas au fascisme. Un frère de mon père ne se préoccupait pas de ces choses : il était tailleur et il avait pour la chasse une passion si totale qu'il négligeait tout le reste. Il avait des chiens et des furets. Sa boutique était considérée par les chasseurs comme leur cercle, on n'y entendait que des pan ! pan !, on n'y parlait que de lapins qui sautaient hors des fourrés, du battement d'ailes des perdrix, ou des furets qui restaient coincés dans les terriers. Les rares fois où, dans les réunions de sa boutique, la conversation tombait sur Mussolini, mon oncle disait « c'est un diable » pour dire qu'il savait y faire ; ou bien : pour dire que c'était un criminel « c'est un grand salaud », mais il disait toujours cela sans passion. Une fois, il avait un employé qui était de la milice, il voulait aller à je ne sais trop quel camp, et mon oncle ne voulait pas, parce qu'on était avant les fêtes et qu'il y avait beaucoup de travail. L'autre s'en alla le dire au centurion, le centurion fit appeler mon oncle, il lui dit qu'il devait laisser libre son employé et le reprendre ensuite, sinon il aurait des ennuis. C'est peut-être depuis ce moment-là que mon oncle eut à propos du fascisme une opinion plus passionnée.

Quelquefois, un autre cousin de mon père venait lui aussi. Il était riche. Il avait une voix qui faisait trembler les vitres. Aujourd'hui, il est fasciste. A cette époque-là, il criait : « c'est moi qui vous le dis, ce salaud nous conduira à la ruine ». Il pensait aux impôts qu'il payait et il disait : « vous verrez qu'il nous laissera tout nus, et pour finir, il ne nous restera que nos mains pour nous couvrir le cul ». Puis il racontait aussi une histoire que je n'ai réussi à reconstituer que plus tard. Il avait donné une lire pour le monument de Matteotti, et lorsque, par la suite, il avait présenté une demande d'inscription au parti fasciste, le secrétaire politique lui avait dit que le parti n'avait pas besoin de salauds, que les listes de ceux qui avaient versé une lire étaient entre ses mains. La chose le frappa : et il se rongeait à cause de cela. Jusqu'au jour où il trouva une solution : il y avait un de ses parents, très pauvre, qui avait le même nom et le même prénom que lui ; en échange de quelques centaines de lires, il lui fit déclarer par écrit et en la présence du secrétaire politique, que ç'avait été lui, le pauvre, qui avait donné une lire pour Matteotti. Le pauvre n'avait rien à perdre, et à la rigueur, le fait d'aller en prison lui paraissait une aubaine en comparaison de la vie qu'il menait.

A l'exception de quelques petites invectives, je n'entendais dire que du bien de Mussolini et du fascisme. Il y eut les expéditions au Pôle Sud, et je découpai les photos des membres de l'expédition. On me donna aussi un carton à découper avec toutes les pièces nécessaires pour faire un dirigeable. Je réussis à le construire et je l'attachai au plafond avec un bout de ficelle, où il pendait, tout léger avec ses trois nacelles. Le soir, dans mon lit, j'imaginais le Pôle ; et le général Nobile qui avait une petite chienne qui s'appelait Titina, et la viande en conserve qu'ils mangeaient ; moi, j'aimais bien ça, mais on me disait toujours que c'était malsain.

On me donna la carte de balilla ; on me fit faire pour la carte une photo avec la chemise noire, de soie brillante, le foulard bleu, les cordons et le bonnet à pompon. Je lisais le serment qui était écrit sur la carte avec le règlement de l'assurance ; car, en payant la carte, on bénéficiait aussi d'une assurance. Je pensais : si je meurs, mon père recevra quinze mille lires ; si je perds une jambe, j'en recevrai trente. Je ne réussissais pas à me figurer comment je pourrais mourir ou perdre une jambe.

Je n'allais pas volontiers à l'école. Je lisais toujours des petits journaux, des livres. Le dimanche, j'allais aux réunions. Un de mes oncles était président de l'Opera Balilla. J'allais de bon cœur aux réunions quand on y tirait des jouets au sort. Quand il n'y eut plus de tirage au sort, je continuai à y aller parce que mon oncle voulait que j'y sois. On nous mettait en rangs, on nous faisait marcher dans une cour. De temps en temps, on nous interrogeait sur le serment, sur la discipline : « Qui est le président national de l'Opera Balilla » ? Ça, je le savais, « c'est son Excellence Renato Ricci ». Pendant que nous étions en rangs, il y en avait qui demandaient : « M'sieu le centurion, je peux aller aux cabinets » ? Le centurion criait : « non, tu peux crever ». A la fin, je vis ce :

« non, tu peux crever » comme une devise, comme une inscription héraldique de ces réunions du dimanche.

On me fit suivre le cours de chef d'équipe. Je ne réussissais absolument pas à crier les ordres. Je n'ai jamais été capable de commander. Mais je fus quand même promu. Et on me donna même une croix du mérite. Mon oncle y tenait. Une fois, on me fit même porter le fanion. J'avais des gants blancs, et il fallait tenir le fanion avec le petit doigt entortillé. Je sentis mon doigt engourdi pendant toute la journée. C'étaient des choses qui m'agaçaient. Laid comme j'étais, ce bonnet avec un pompon m'allait à faire peur. Je n'ai jamais voulu porter de casquette, et pour éviter de porter un béret basque, je m'étais décidé un jour à me sauver de la maison ; pourtant, pour les réunions, il fallait que je mette un bonnet, et avec un pompon encore. Moi qui chante faux comme une jarre fêlée, je devais chanter les hymnes ; et on voulait même me faire jouer dans l'une de ces petites saynètes qui s'appelaient *Le petit balilla* ou *La petite italienne*. Toujours à cause de mon oncle, cela va de soi. Mais si je ne voulais plus marcher, ils me disaient de sortir des rangs et de rester à regarder. Si ce n'avait été à cause de mon oncle, ils m'auraient dit : « non, tu peux crever ». J'étais content qu'il y ait mon oncle, avec son ceinturon doré, son écharpe bleue et son petit poignard. Il m'évitait des tas de choses. Par la suite, il m'a même évité la préparation militaire.

A la fin du cours élémentaire, je ne voulais pas entendre parler de continuer mes études et je m'en allai chez le tailleur. Je ne pouvais imaginer que l'on pût vivre sans le fascisme. Je savais qu'il y avait des subversifs, des gens qui n'en voulaient pas ; j'entendais parler d'un maçon, d'un sellier, ils étaient socialistes, et on les arrêtait pendant deux ou trois jours, puis on les relâchait. Farinacci vint à passer, et le maçon et le sellier restèrent quelques jours en cellule. Le roi Boris vint pour épouser la princesse Giovanna, j'avais une carte postale avec leurs deux portraits réunis par un nœud, et ils furent tous les deux enfermés une autre fois. J'en entendais parler à la maison. Une fois j'entendis dire que l'on avait mis une bombe sur le passage du roi. Puis on avait pris un type qui avait l'intention d'assassiner Mussolini. C'étaient des choses qui me secouaient. Je haïssais les gens qui mettaient des bombes sur le passage du train, l'homme qui emportait des bombes pour assassiner Mussolini. Et il me semblait bizarre que l'on n'envoyât pas pour toujours en prison un type dont je savais qu'il disait du mal de Mussolini. Il s'appelait Celestino. On disait qu'il avait mené une vie de débauche, qu'il n'avait jamais travaillé. Il était très pauvre, dormait dans une de ces bicoques qui servaient jadis d'octroi, sur de la paille, et avec la porte toujours ouverte. Il ne mettait pas de chemise, et portait seulement un vieux foulard de soie sous sa veste. Très maigre, l'hiver on voyait ses jambes fragiles qui tremblaient de froid dans ses légers pantalons en tuyau de poêle. Toujours étouffé par l'envie de fumer, il allait plutôt à la recherche de vieux mégots que de pain. Il avait autrefois joué de la clarinette dans la fanfare municipale; et il avait toujours la tête pleine de musique, il marchait en sifflotant et agitait en cadence une baguette qu'il n'abandonnait jamais. Je le voyais descendre chaque matin, je savais quelle serait sa première halte. C'était comme un rite. Il y avait, dans la rue où j'habitais, un marchand de tissus qui avait accroché sur ses rayons des portraits du Roi, de la Reine et du Duce. Il y avait aussi un Sacré-Cœur avec une veilleuse toujours allumée. Le marchand n'aimait pas le fascisme, il disait que Mussolini faisait autant de dégâts qu'un porc dans une vigne, c'est pourquoi il tolérait la visite quotidienne de Celestino. Celui-ci s'arrêtait sur le seuil, le saluait : « Don Cosimo, je vous baise les mains », et puis, regardant le portrait de Mussolini, il disait : « oui, tu peux courir, mais il viendra bien un jour où je te verrai attaché à la queue d'un cheval ». Il regardait le roi : « Et toi, cocu... » et il crachait par terre. Et, après une allusion au Sacré-Cœur impossible à répéter, il reprenait son chemin en sifflotant.

Ils ne le mettaient pas en prison parce qu'ils savaient que cela lui aurait fait plaisir. Mais, une fois, un fasciste avait essayé de le convaincre. Il parlait et lui donnait de quoi fumer. Celestino suçait avidement sa cigarette, et il avait un visage si attentif que l'autre se persuada qu'il l'avait impressionné. Il termina son discours et lui dit : « es-tu convaincu ? » Celestino consuma sa cigarette jusqu'à s'en brûler les lèvres, et puis il ajouta : « je suis convaincu, mais le fait est que tant qu'on ne l'aura pas tué, nous ne réussirons pas à voir un peu clair ».

On fit un référendum pour voir, disait-on, ceux qui voulaient le fascisme et ceux qui n'en voulaient pas. On votait dans les écoles. Chez nous, il n'y eut pas un seul *non*. Du reste, le dernier conseil municipal démocratique avait délibéré de donner à Mussolini le titre de citoyen d'honneur : et cela n'aurait pas été bien de dire *non* à un concitoyen d'une telle importance. Ainsi, chacun trouvait le vétérinaire de la commune qui, de son siège, lui tendait une fiche avec un *oui* en calligraphie. Il ne restait plus qu'à lécher la colle, fermer le bulletin et le rendre au vétérinaire. Seul, un ancien brigadier de la garde royale gâta la journée du vétérinaire ; lorgnant le bulletin avec ce *oui*, il le lui laissa dans la main et dit « je vous en prie, crachez donc vous-même dessus ». Et il s'en alla tranquillement. Ils voulurent ensuite l'envoyer en résidence surveillée. Sa phrase demeura proverbiale chez nous, on dit : « crachez donc vous-même dessus » pour parler d'une chose, qui, déclarée facultative, est en fait obligatoire.

A cette époque-là, je fréquentais la maison d'un de mes amis ; c'était un bon camarade, il sortait du séminaire, et portait des lunettes épaisses comme des fonds de bouteille. J'aimais bien son père : un bel homme, sanguin, avec une barbiche blanche. Je finis par me considérer comme plus lié avec le père qu'avec le fils. L'homme aimait bien rester et bavarder avec moi et moi j'aimais ce qu'il me racontait de la liberté et de l'honnêteté qu'il y avait en Italie avant la guerre, comme il disait. Il me disait : « mon petit, tu vas voir ce que ce guignol va encore faire ; il fera la guerre, c'est sûr, il enverra les petits gars à la boucherie ». J'étais un peu scandalisé : entendre traiter de guignol un homme pour lequel, le jour de ma confirmation, et il y avait là des quantités d'enfants, l'évêque avait remercié Dieu, car ç'avait été un signe de grâce que de nous l'envoyer, spécialement pour nous, les enfants, il ne faudrait pas l'oublier dans notre prière le soir. Et puis, il me semblait que la guerre devait être une chose magnifique. Mais j'aimais rester à écouter le père de mon ami. Et le fait que tout le monde aujourd'hui se rappelle de lui comme d'un homme de bien, rend plus cordiale et plus sympathique encore l'image que je garde de lui.

J'en avais assez d'apprendre le métier de tailleur. Il me vint l'idée que j'arriverais peut-être à faire mes études. Je passai l'examen d'entrée, je fus reçu. Et pendant un mois je m'en allai chez mon père, qui était employé dans une carrière de soufre. J'aimais l'odeur du soufre, j'allais me promener parmi les ouvriers, je regardais le soufre couler des fours comme de l'huile, se figer dans les moules, puis les blocs jaunes qui étaient chargés dans les wagonnets jusqu'à la petite gare au milieu des eucalyptus. Chaque soir, je regardais le petit train, qui grinçait en s'accrochant dans la crémaillère, j'étais fasciné par ses petites terrasses où les cheminots bavardaient avec les femmes, et par sa lente ascension au milieu des arbres.

Le bourg était éloigné de la carrière ; c'était le pays de Francesco Lanza [1], mais à ce moment, je ne savais rien de Lanza, je lisais Hugo et Dumas père. Un dimanche après-midi, mon père me laissa aller dans le bourg en compagnie d'un contremaître, les ouvriers me firent fête, ils voulurent que je prenne des gâteaux et des glaces. Endimanchés dans leurs costumes sombres, ils restaient assis dans le rez-de-chaussée qui était leur cercle, ou, comme on disait alors, leur *dopolavoro*. Le lendemain, je les reverrais dans la carrière, avec des bouts de pneu attachés autour des pieds, et leur pain noir : « nous mangeons le pain au couteau » disaient-ils ; comme pour dire qu'ils ne mangeaient que du pain, au mieux ils l'accompagnaient avec un anchois salé ou une tomate.

Je passai un mois à la carrière. En revenant, je voyageai dans un train bondé de soldats en uniforme colonial. A Caltanissetta, tout le monde chantait « *Facetta nera* » [2], les garçons du quartier où j'allai habiter connaissaient une autre chanson, celle qui disait « Pour voir le Duce, je m'en vais en vélo ». Moi, je ne savais pas aller à bicyclette. J'aurais voulu voir Mussolini, mais comme ça, le rencontrer sans que la fanfare se mette à jouer, sans rester en rangs. Un garçon que je connaissais, il ne s'était pas lavé la figure pendant une semaine parce que Mussolini, au camp, l'avait embrassé ; il me dégoûtait. Quand j'étais petit,

1. F. Lanza, 1897-1933, publia des recueils inspirés par les traditions et le folklore de Sicile.

2. *facetta nera,* la chanson en vogue en 1936, qui célébrait les charmes d'une jeune éthiopienne.

je lisais et relisais *Cuore*[1] mais le passage où il est question du père, qui après avoir serré la main du roi, passe la sienne sur le visage de son fils pour lui laisser la *caresse du roi,* me déplaisait franchement : je pensais que le roi pouvait avoir la main moite, le père aussi, et puis je n'ai jamais pu supporter qu'on me caresse.

Un jour, on apprit que Mussolini devait parler, je mis mon uniforme et m'en allai à la réunion. Je compris qu'il y avait la guerre en entendant une femme pleurer. J'étais content.

Tous les matins, en m'en allant à l'école, je m'arrêtais devant le magasin *L'Unica* : il y avait dans la vitrine une grande carte géographique de l'Ethiopie, et de petits drapeaux marquaient l'avance de nos troupes. Cela marchait bien. Cela ne pouvait que bien marcher. En voyant les photos des journaux, j'avais l'impression qu'Eden devait être rongé par ses nerfs : il m'avait l'air d'un type nerveux, de ceux qui se mangent les ongles. Et Mussolini au contraire avait un visage souriant, il riait, sûr de sa victoire. Pour chaque ville conquise par nos troupes, nous faisions une manifestation. Les agents nous souriaient paternellement. Les garçons les plus frénétiques montaient sur les épaules de leurs camarades, et criaient « Qu'est-ce qu'il est, le Négus ? ». Nous étions tous convaincus que le Négus ne pouvait être que dégueulasse. Et Eden aussi. Et la France. Et la Russie. Le monde entier était dégueulasse. Pas nous. Nous étions pauvres et nous voulions une place au soleil. Nous étions un peuple de héros. Le secrétaire fédéral se mettait à la fenêtre en entendant notre vacarme. Il était boiteux. Il ne pouvait être qu'un héros. Puis nous nous en allions chez le préfet. Il était déjà dix heures, dix heures et

1. Récits pour la jeunesse, d'E. De Amicis, en français : « *Grands Cœurs* ».

demie : dès lors, le congé était gagné. La manifestation se dégonflait d'un coup. Nous nous en allions, par petits groupes, hors de la ville.

Nous prîmes l'Ethiopie. Des images crépusculaires du Négus prenant le train Addis-Abeba-Djibouti constellaient les kiosques : il y avait un peu de mélancolie dans l'air, la chanson à la mode était *Chitarra romana*. Les écoles fermaient. Je retournai au bourg pour les vacances. Quand la conversation tombait sur l'Empire, ma tante disait : « le pauvre Négus ». Je pensais que je m'en irais en Ethiopie, courir l'aventure ou au besoin, comme instituteur. Les vitrines étaient pleines de livres sur l'Ethiopie et sur la guerre. Il y en avait un qui s'appelait « *Moi en Affrique* »[1]. J'écrivis *Affrique* dans une composition, à l'école, le professeur souligna le mot en rouge. Il n'aimait pas D'Annunzio, ni dit-il, les imitateurs de D'Annunzio à trois pour cent sous. Cela me fit un peu de bien.

Je passai mes vacances à lire des livres américains, je ne me souviens plus comment ils m'étaient venus entre les mains. Je retournai à l'école en pensant que le temps des manifestations devait être fini. Pourtant, il y avait l'Espagne. Mais, désormais, nous en avions marre ; ce n'était plus la même chose que pour l'Ethiopie, ou peut-être est-ce nous qui avions un peu changé. Le commissaire de police venait tandis que nous attendions la sonnerie de cloche pour entrer en classe, il appelait ceux qu'il connaissait comme les animateurs de manifestations : « alors quoi, on ne va pas faire une belle manifestation ? » disait-il. « Qu'est-ce qui s'est passé ? » demandaient les élèves. « Nous avons pris Santander » disait le commissaire. Nous nous dirigions vers la fédération. Mais ça durait une

1. C'est la graphie utilisée par D'Annunzio.

demi-heure. Nous restions à nous promener avec nos livres sous le bras, en discutant de livres et de filles. J'avais découvert Dos Passos. Et il y avait une fille qui me plaisait. J'avais toujours besoin d'argent, avec deux lires par jour, je n'arrivais pas à aller au cinéma et à fumer, et j'achetais chaque semaine « l'Omnibus » de Longanesi et le « Corriere della Sera » quand il y avait l'article de Cecchi.

C'est à cette époque que je connus C., il avait un an de plus que moi, et suivait les cours du lycée. Moi, j'étais à l'école normale, je ne réussis pas à me souvenir comment j'ai fait sa connaissance, peut-être à l'un de ces matchs de foot que l'on faisait entre les écoles. Il avait l'air d'un homme de trente ans, et il s'aidait à paraître plus vieux en fumant des cigares ; il portait de grosses moustaches. C'était un garçon extraordinairement intelligent, plein de trouvailles fantaisistes et pénétrantes. Il connaissait des milieux d'antifascistes. Il me fit d'abord des discours assez vagues, puis toujours plus précis et plus clairs. Déjà il se passait quelque chose en moi, je me faisais une idée des choses et des hommes dont je sentais qu'elle n'avait rien à voir avec le monde du fascisme. Je commençai à connaître des gens intelligents. A l'exception d'un professeur qui m'avait intelligemment guidé dans mes lectures, je n'avais jamais connu de gens possédant des idées aussi limpides.

Au cercle de l'Action Catholique, on faisait un cycle de lectures de Dante. Lectures chargées d'intentions secrètes. Aux yeux de la préfecture de police, la lecture que fit un avocat du chant des avares et des prodigues combla la mesure : il avait conclu en disant que, dans la personne du tyran, les deux vices se confondaient, il fut extrêmement applaudi, et les applaudissements éveillèrent les soupçons des mouchards.

De toute l'année, je n'allai jamais à l'école le samedi,

l'uniforme était de rigueur, et l'uniforme m'était désagréable, il me donnait l'impression d'être ridicule. Nous étions trois à sécher chaque samedi, et le samedi, il y avait le cours de culture militaire. C'est ainsi que le vétéran de la milice qui enseignait cette matière nous vit pour la première fois le jour de l'examen, il voulait nous le faire payer, mais nous connaissions aussi bien que le Notre Père les différentes parties du mousqueton modèle 1891, et les définitions de l'ordre, de la discipline, de l'obéissance : « rapide, respectueuse, totale », et il ne réussit pas à nous coincer.

Avec l'aide de C., je me retrouvai donc de l'autre bord. Maintenant, ces noms des villes d'Espagne se pénétraient de passion pour moi. J'avais l'Espagne dans le cœur. Ces noms : Bilbao, Malaga, Valence; et puis Madrid, Madrid assiégée : c'était un amour, et aujourd'hui encore je les prononce comme s'ils s'épanouissaient en un souvenir d'amour. Et Lorca fusillé. Et Hemingway qui se trouvait à Madrid. Et les Italiens, qui, au nom de Garibaldi, combattaient du côté de ceux qu'on appelait les rouges. Et quand je pensais qu'il y avait des paysans et des artisans de mon village, et de toutes les régions de l'Italie, qui s'en allaient mourir pour le fascisme, je me sentais rempli de haine. Ils y allaient parce qu'ils avaient faim. Je les connaissais. Il n'y avait pas de travail, et le Duce leur offrait le travail de la guerre. Ils étaient chargés d'enfants, désespérés; si cela allait bien, leur femme leur ferait trouver, à leur retour, trois ou quatre mille lires mises de côté; et le Duce les récompenserait bien avec une petite place d'huissier ou d'appariteur. Mais pour deux ou trois de mon village, la chose tourna mal, et ils restèrent en Espagne : ils moururent d'un coup de fusil en Espagne pour ne pas mourir de faim en Italie. Je sentais des larmes brûlantes à l'idée de ces pauvres diables qui allaient mourir en Espagne; le *podestà* s'habillait en noir, il entrait dans ces pauvres maisons sombres, les enfants le regardaient avec étonnement; en entendant la nouvelle, communiquée en termes de fierté romaine, les pleurs de la femme éclataient avec une violente colère, et elle accusait : « c'est à cause de la faim qu'il y est allé, c'est à cause de la faim ».

Quand je pense maintenant à ces années, il me semble que jamais plus je n'aurai dans ma vie des sentiments aussi intenses, aussi purs. Jamais plus je ne retrouverai une mesure aussi nette d'amour et de haine, et l'amitié, la sincérité, la confiance n'auront plus un aussi vif éclat dans mon cœur. C. est aujourd'hui député, de temps en temps nous nous écrivons : je l'estime énormément, et je crois que, de son côté, il m'a encore gardé son estime. Des gens dont nous nous gardions alors, que nous connaissions comme des fascistes fanatiques, ou, comme on le disait alors, des informateurs capillaires si ce n'étaient pas exactement des mouchards, il les retrouve à ses côtés dans le parti dans lequel il milite; et moi, je le retrouve dans le parti pour lequel je vote. Mais C. lui-même, et moi aussi, nous avons été dans les G.U.F. [1] jusqu'à la fin, pour profiter des conférences et des congrès afin de dire ce que nous pensions; et peut-être que des quantités de gens nous ont regardés avec des soupçons. C'est ça, la dictature : un soupçon venimeux, un réseau de trahisons et de tromperies humaines.

Les congrès du G.U.F. étaient un amusement particulier. Le jeu apparemment était risqué, mais, en réalité, extrêmement facile et commode. Et puis C. avait le goût de la farce. Il était capable de citer dans un congrès un discours de Dimitrov en disant qu'il était de Bottai, de faire dire à Mussolini ce qu'avait dit Staline et, à Starace, des phrases du dernier discours

1. G.U.F. Groupes Universitaires Fascistes.

de Roosevelt. Cela marchait toujours. Nous recevions même des prix. Le secrétaire fédéral était fier de la jeunesse studieuse *qui forgeait les destinées nouvelles de la patrie immortelle.*

Cependant, les destinées nouvelles pendaient comme les chauves-souris au plafond d'un théâtre. Les lumières s'éteignaient, et les destinées nouvelles voletaient, aveugles. Les lumières s'éteignaient pour de bon : l'obscurité ouatait les villes, les sirènes d'alerte déchiraient les nuits. Le vrombissement des avions mordait les frontières de la nuit, à Caltanissetta ; l'alerte sonnait et on entendait des grondements lointains, comme égarés. Les Anglais ne venaient pas. On était en sécurité. Les gens disaient : « ils savent qu'il y a des quantités d'antifascistes ». Cependant Caltanissetta subit un terrible bombardement et fut tout entière comme une coupe géologique atroce.

Chaque jour, à une heure, nous allions écouter le bulletin d'informations dans un café rempli de monde. Cela nous amusait de noter les réactions des gens. Dans la foule, les oreilles des mouchards flottaient comme des nénuphars sur un étang. Nous les connaissions un à un. Une fois C. fut abordé par l'un d'eux à la table d'un café. Le mouchard commença un discours provocateur, C. écoutait, impassible, et à un moment donné, il se leva avec une lenteur solennelle et le gifla. Des gens accoururent. C. expliqua, calmement : « il a osé dire du mal de notre Duce ». Mais le mouchard avait disparu.

Nous écoutions donc les informations, et, chaque jour, il se reproduisait une petite scène amusante. Il y avait un type, fasciste de la première heure et matraqueur notoire, qui venait se placer sous le haut-parleur, le dos contre le mur, le visage tourné vers le public. Si le bulletin annonçait : « quatre avions anglais ont été abattus », le squadriste tonnait, le visage épanoui : « ... de Dieu ! » ; mais aussitôt après : « un de nos avions n'est pas retourné à sa base », et son visage s'assombrissait d'une triste résignation, et il disait : « que voulez-vous ? C'est la guerre ».

C'était vraiment la guerre, et pas seulement à cause des avions qui ne revenaient pas à leur base ou des bombes qui tombaient sur les villes. C'était la guerre, à cause du pain.

Maintenant, il y avait des Allemands dans nos villes, ils entraient dans les magasins et achetaient, voyageaient en première classe, remplissaient les bordels. Notre jeu de propagande trouvait des arguments d'une efficacité immédiate. Aujourd'hui, par exemple, les voyages en première classe jettent le discrédit sur la démocratie parlementaire ; mais à ce moment, il suffisait de faire allusion aux Allemands qui voyageaient en première classe pour susciter le dédain. La première classe des chemins de fer est une chose sacrée.

On lisait beaucoup « l'Osservatore Romano ». A la maison, je lisais à haute voix les *acta diurna* ; mon frère disait que non, nous allions gagner la guerre, que nous étions des fous, C., moi et tous mes amis.

Mais les choses allaient vraiment mal, et, à un certain point, on fit circuler le roi. Il arriva vers huit heures du matin et se montra au balcon de la mairie. Les gens applaudissaient mollement. C'était une journée nuageuse. Le roi était si gris qu'il avait l'air d'être fait d'argile séchée ; on aurait dit qu'on lui avait communiqué la vie uniquement pour ce tic qui lui agitait la moitié du visage : un pauvre vieux bon pour l'hospice. Il avait à côté de lui un général avec un œil de verre ; quelqu'un disait : « il devrait se mettre avec les généraux et *le* chasser, mais il n'en est plus capable, il est foutu ».

Souvent, je m'en allais dans mon village pour faire

des provisions de pain. Entre Serradifalco et San Cataldo, le long de la voie, la division Gœring campait. Les contrôleurs nous invitaient à baisser les rideaux. Par les interstices, les voyageurs regardaient haineusement ces hommes blonds qui se promenaient torse nu entre les arbres. Désormais, on protestait sans prendre de précautions, on racontait de petites histoires. Même parmi les fascistes, les malins avaient senti un air de déménagement ; et ils faisaient des clins d'œil entendus aux vieux antifascistes. De vastes coups de chapeau, à l'ancienne mode, saluaient maintenant le passage de l'*onorevole* Guerrieri-Averna, l'un des députés de l'Aventin. Depuis des années, l'*onorevole* trouvait chez lui, et à toute heure, des carabiniers et des agents, comme des surprises d'arbre de Noël ; il s'était habitué à l'indifférence des autres, à la solitude, et maintenant, les gestes de respect le désorientaient. Parce que c'était ça qui était beau : l'*onorevole* était certain, avec résignation, de la victoire de l'Axe ; nous avions cherché à établir des contacts, et il nous avait répondu que la partie était terminée, et que l'Allemagne allait avaler le monde entier.

Une ville de la côte fut bombardée. On dit qu'une bombe avait révélé l'intérieur de la cave du secrétaire fédéral ; il s'y trouvait des jambons, des dames-jeannes d'huile, des quintaux de pâtes. Quelques jours plus tôt, le secrétaire fédéral avait fait don aux travailleurs de ses cartes d'alimentation, la sienne, celles de sa femme et de ses enfants. Il avait fait une réunion de fascistes et proposé que tout le monde suivît son exemple. Un juge du tribunal fit humblement remarquer qu'un bon Italien n'avait de quoi manger que grâce à ces cartes, et qu'il n'avait pas le sentiment de posséder les divines aptitudes au jeûne du secrétaire fédéral. Cela lui valut une mutation fulgurante. Les autres lâchèrent leur carte.

Dans mon village, l'indignation populaire contre les fascistes s'était condensée en une image digne d'Aristophane : un chat et un filet de morue. On racontait que le chat du secrétaire politique s'était sauvé par la lucarne en tenant solidement un filet de morue entre les dents, et que, des fenêtres du toit, il avait été conjuré de revenir par ses maîtres ; mais c'était un chat digne de la cinquième colonne, et peut-être que, en dépit des fables et de ceux qui le nourrissaient, c'était un chat socialiste. Il ne se contenta pas de rester à l'écart sur le toit pour liquider son morceau de morue, mais il descendit dans une cour, les chats du voisinage accoururent en miaulant d'envie, et d'orageuses agapes en résultèrent. La nouvelle éclata malicieusement dans le village ; il y avait bien longtemps qu'on ne voyait plus de morue, ni avec les cartes d'alimentation, ni par relations ; et je crois que le secrétaire politique lui non plus n'en avait pas vu la couleur. C'était un fanatique, mais il était incapable de quoi que ce soit, fût-ce de voler. Cependant les gens savaient que c'était entre ses mains que passaient les vivres destinés à une colonie de vacances qui se trouvait dans le bourg, et l'on crut à l'histoire de la morue. Même si elle n'était pas vraie, elle était bien trouvée. Les Italiens furent intelligents, à cette époque. Ils eurent de l'imagination. Ainsi, le fait d'avoir pensé à de la morue, qui était la chose la plus introuvable ; il semblait même incroyable qu'il pût s'en trouver quelque part ; et pour les mineurs des carrières de soufre, qui autrefois en mangeaient souvent, et c'était un prétexte pour boire de joyeux coups de vin, cela était comme un rêve, un désir fabuleux.

Je quittai définitivement Caltanissetta. Je revins dans mon village, on m'avait trouvé du travail et il était temps que je me mette à gagner un peu d'argent. C. avait été appelé sous les drapeaux, il était à Parme dans la cavalerie ; mais je gardais le contact avec Michel C., un homme calme, habile, solide. On avait besoin maintenant de ce genre d'homme, ce n'était plus le moment de la passion et de la fureur. J'avais des *amis* jusque dans le village. Ma famille craignait que je ne finisse par aller en prison ; ils écoutaient Radio-Londres, ils comprenaient que tout se défaisait, mais ils croyaient à un dernier coup de dés, et à un atout de Mussolini. Chaque soir, il y avait la comédie de l'émission d'Appelius ; puis je cherchais Londres, qui s'annonçait avec les coups de grosse caisse — c'était le colonel Stevens qui parlait. Bonsoir. Pour me soulager, je faisais à pied quelques kilomètres, jusqu'à Grotte, où habitait mon ami L., ou bien c'était lui qui venait me voir.

Dans le bourg, il y avait une escouade de soldats, on les appelait des *movieri,* [1] et je ne sais pas trop ce qu'ils faisaient là. Le lieutenant venait au cercle jouer au billard, et le sergent jouait à la belote toute la journée. Le lieutenant était un homme intelligent, il disait pis que pendre du fascisme, nous nous prêtions des livres. Le dernier que nous ayons échangé, *Moby Dick,* c'est un motard qui me l'apporta de Castelvetrano où il avait été transféré, la veille du débarquement américain en Sicile. Je ne l'ai plus revu, je sais qu'il habite Rome et qu'il est acteur.

A côté des affiches qui rappelaient les Vêpres Siciliennes et invitaient les Siciliens à de nouvelles Vêpres, *entre le sable et la mer,* là où, selon les mots de Mussolini, allaient s'arrêter les troupes d'invasion, il en apparut d'autres, plus petites et moins voyantes : et les Siciliens qui y collèrent les yeux pour les lire et les relire, tant elles paraissaient incroyables, apprirent

1. *Movieri :* détachement de l'armée, chargé de la police de la route.

ainsi que les *Italiens* étaient prêts à défendre les *Siciliens*, et qu'il n'y avait rien à craindre, tout était solide, lubrifié, prêt à se déclencher. La proclamation était signée du Général Roatta [1]. Finocchiaro-Aprile aurait bien dû s'en rappeler par la suite, et appeler Roatta comme président d'honneur du mouvement séparatiste, et le célébrer comme un grand ancien. Ce fut le premier à avertir les Siciliens qu'ils ne pouvaient pas véritablement se considérer comme des Italiens, que les Italiens se proposaient de les défendre de la même manière et avec les mêmes sentiments que leurs *camarades* allemands.

Quelques jours après, la proclamation de Roatta disparut sous une déclaration en deux langues, de la même dimension : « *I, Harold Alexander...* » Une lueur de sang glaçait soudain la scène : ces *marionnettes* qui s'agitaient vainement entraînaient maintenant des ombres tragiques, des ombres grotesques, boursouflées de peur. Pour moi, c'était le début de l'aventure de la pitié. Un sentiment terrible, la pitié. Un homme doit aimer et haïr ; avoir pitié, jamais. Je dis : un homme. Et moi, j'étais encore un gamin.

1. Le général Roatta commandait l'armée qui devait défendre la Sicile contre les Alliés.

LE CERCLE DE LA CONCORDE

Ce cercle s'appelait autrefois *Cercle des nobles,* puis *Cercle de la Concorde,* puis *Dopolavoro 3 Janvier*; siège, sous l'A.M.G., de la Démocratie Sociale (le premier parti apparu dans cette région de Sicile à l'arrivée des Américains, et protégé par les Américains) il fut enfin derechef baptisé *Cercle de la Concorde.* Il semble avoir été fondé avant 1866, puisque c'est précisément en 66 que la population, révoltée contre la conscription promulguée par le gouvernement de Savoie, et établissant instinctivement un certain rapport entre la conscription qui la privait de ses fils, et les nobles qui restaient tranquillement au cercle, y mit le feu de fort bon gré; mais apparemment, seuls les meubles en subirent quelques dommages; quant aux habitués, ils s'étaient sauvés à la première alerte, et les salons ne furent que superficiellement endommagés. Autour de 1890, la lutte entre les Martinez et les Lascuda étant devenue particulièrement féroce, le cercle traversa une mauvaise passe; les Lascuda et leur suite le quittèrent, et ouvrirent un cercle qui se disait *de culture*; au vrai, on y jouait au bézigue comme dans l'autre, mais, de temps à autre, le baron Lascuda y faisait des causeries sur des thèmes tels que « Regards sur une éruption de l'Etna » ou « La conquête du Pérou »; la scission dura un ou deux ans, puis on entama des négociations, on étudia de nouveaux statuts : et le nom augural de la concorde fut lancé par l'assemblée constituante. Les statuts élaborés à cette occasion comportaient environ quatre cents articles, et un long préambule dans lequel les vastes lectures du baron Lascuda étaient amplement manifestées. Un semblable chef-d'œuvre de culture littéraire et juridique ne survit plus désormais que dans le souvenir des vieillards : au moment où le cercle devint un *dopolavoro* fasciste, les exemplaires des statuts furent perdus. Il semble en tout état de cause que la concorde a véritablement régné, sur le cercle, depuis cette date et jusqu'à nos jours : les affrontements ou les incidents qui s'y produisent fréquemment ne conduisent jamais à des ruptures ou à des pronunciamientos.

Le peuple l'appelle encore *cercle des nobles* (ou des *galantuomini,* des messieurs, des *don*) ; quant aux membres, ils l'appellent simplement le casino. Il est situé sur le boulevard, dans sa partie la plus centrale ; et il consiste en un grand salon de conversation, tendu d'une tapisserie de couleur fanée, avec des fauteuils de cuir sombre, une salle de lecture, trois salles de jeu ; dans la salle de lecture, il y a une radio, presque toujours allumée, et la possibilité d'y effectuer des lectures profitables est fort problématique ; sur la table se trouvent les quotidiens « Il Tempo » de Rome, et « Il Giornale di Sicilia », les hebdomadaires « Epoca », « Oggi », et « La Domenica del Corriere », les revues « L'Illustrazione Italiana » et « Il Ponte » ; pour ce qui est de cette dernière, fort peu lue et dédaigneusement tolérée, elle s'y trouve, par la vertu de la concorde dont le cercle porte le nom et par la volonté d'une dizaine de jeunes gens. A la fin de chaque année, il y a des tentatives pour rayer du budget l'abonnement à « Il Ponte », mais les jeunes gens sont sur leurs gardes, et ils présentent de nouveau au bureau la demande de réabonnement : et, afin que la concorde ne s'évanouisse pas, les autres supportent le scandale d'une telle publication.

Pour être admis parmi les membres, les nouveaux statuts prescrivent un vote réunissant la moitié plus un des membres effectifs, et le candidat doit réunir les deux tiers des voix plus une en sa faveur : de telle sorte que l'admission devient très difficile, et parfois tout à fait impossible, et le cercle vit des périodes d'humeur bilieuse, où l'antique splendeur nobiliaire s'opposant à un présent plébéien, un jeune diplômé, fils d'un *borgese* ou d'un commerçant, court le risque de recevoir des bordées de *non* ; il existe toutefois des périodes *démocratiques,* et alors il est possible qu'un candidat soit admis avec une faveur plébiscitaire. Les périodes que nous appellerons *héraldiques* coïncident habituellement avec certaines attitudes plus marquées d'anticommunisme de la part du gouvernement, ou d'intransigeance gouvernementale à l'égard des grèves, ou de succès électoral de la droite ; les périodes *démocratiques,* avec certaines affirmations locales ou nationales des partis de gauche. Ce sont des réflexes conditionnés, qui ne parviennent pas à la lumière de la conscience. Pavlov agitait une clochette puis il faisait apporter au chien une assiette de soupe, le chien sentait la soupe dans la sonnerie de la clochette, et quand la soupe tardait, le chien avait déjà ce que nous appelons l'eau à la bouche ; de même, si le ministre tient dur contre les professeurs en grève, la salivation réactionnaire des *galantuomini* se fait abondante, ils ont l'eau à la bouche pour ce qui pourrait venir ensuite. Sous le fascisme, cela marchait bien, la soupe arrivait à chaque tintement de cloche, maintenant au contraire, la cloche sonne, mais Dieu sait dans quelle cuisine se perd la soupe. A l'exception de quatre ou cinq, les *galantuomini* furent et sont encore fascistes ; une réunion est restée mémorable, celle qu'un secrétaire fédéral dont on se souvient ici comme d'un imbécile, mais ailleurs comme d'un criminel, fit dans le grand salon du cercle, devenu à ce moment-là *dopolavoro* ; c'était une réunion dont, tout imbécile qu'il fût, le secrétaire fédéral s'était bien gardé de révéler le but à l'avance ; tout le monde pensait que ce serait l'une des séances habituelles, pour illustrer le cérémonial établi par Starace ou augmenter la diffusion du « Popolo d'Italia » ; personne ne manqua à l'appel, et le secrétaire les prit par surprise : il s'agissait de la guerre d'Espagne, et de trouver des volontaires. Les *galantuomini* se sentirent pris comme dans une souricière, ceux qui se trouvaient auprès des portes-fenêtres glissèrent silencieusement dans l'embrasure et sautèrent sur le trottoir, quant aux autres, ils durent parler de maladies de foie, d'hémorroïdes et d'arthrite. Tel était le fascisme des *galantuomini*, de tous les *galantuomini* de Sicile : à bien réfléchir, c'était le vrai fascisme, ils ne voulaient pas d'aventures, au besoin un coup de matraque aux mineurs de soufre qui redressaient la tête, aux paysans ; l'agriculture protégée de façon à accorder une bonne rente au propriétaire qui passait ses journées au cercle, du premier janvier à la saint Sylvestre ; un certain prestige à étaler dans les croisières d'été, à cinq cents lires tout compris, dans les ports de Tunis et de Casablanca. La Sicile, comme put le dire le Duce, était fasciste jusqu'à la moelle (la moelle des *galantuomini*) mais le Duce se trompait lourdement s'il imaginait que cette moelle était parcourue de frémissements guerriers ; à moins qu'il n'ait été décidé, mais décidé pour de bon, que ce seraient les mineurs de soufre et les paysans qui feraient la guerre, et au loin, en Afrique, en Espagne. Pour la guerre en Afrique ou en Espagne, alors oui, des fanfares guerrières s'allumaient dans le cœur des *galantuomini* : « Neghelli a été investie » lisaient-ils dans le « Giornale di Sicilia » du fond de leur fauteuil, dans la douceur de leur sieste, « Bilbao a été conquise », et la fanfare sonnait très haut, et, de la pesanteur de leur digestion, elle les élevait vers d'héroïques rêveries. Les allemands *coventrisaient,* et les fanfares sonnaient encore, puis les explosions se rapprochèrent, et ce fut une musique funèbre : « tout marchait si bien, qu'est-ce qu'il *lui* a pris ? » se demandaient-ils avec angoisse. On *le* trompait, on *le* trahissait. Puis, à mesure que l'air devenait plus sombre, et l'ennemi plus proche, la pensée des *galantuomini* parvenait à un point d'évolution insoupçonnable. « C'est *lui* qui nous a trompés, c'est *lui* qui nous a trahis ». Et c'est ainsi qu'en 1945, il nous arriva d'entendre des dignitaires fascistes, qui, après avoir écouté à la radio la nouvelle des cadavres pendus sur le Piazzale Loreto, s'écriaient, avec une conviction passionnée, « c'est une fin qui *lui* ressemble ; c'est comme ça qu'*il* devait finir, *il* nous a menés à notre perte » — et pourtant, ce sont les mêmes qui disent maintenant : « pourquoi est-ce qu'on ne fait pas un procès à ce Valerio[1] ? il n'y a donc personne qui va se décider à le descendre ? ».

En plus de l'éclat que lui confère un siècle ou presque d'existence, le *cercle de la Concorde* jouit de la tradition glorieuse de donner des maires à la commune ; une fois seulement, la tradition parut chanceler, mais la personne qui fut appelée à cette charge, — c'était le second maire élu après la libération, — présenta aussitôt une demande d'admission au cercle. On y trouvait des maires, des *podestà*, des dignitaires de tout poil. Il eut aussi l'honneur de compter parmi ses membres un agent rétribué de l'O.V.R.A., qui, à vrai dire, aurait pu faire plus de dégâts que la

1. Valerio : c'est le nom du colonel des partisans qui fit exécuter Mussolini.

grêle, et ne fit pourtant jamais ce qu'il aurait dû faire en échange de l'argent qu'on lui donnait, du moins il ne le fit pas au cercle ; ailleurs, il faisait bien quelque chose, et, il faut le dire, c'est une véritable preuve d'esprit de concorde. Au-dedans, des querelles éclatent à tout instant, et souvent les querelles se gonflent en bagarres ; au-dehors, il n'en filtre jamais rien, et c'est tout de suite la réconciliation et une tournée générale. Sur cent cinquante membres environ, au moins une centaine sont ouvertement fascistes, et parmi ceux-ci il y en a un ou deux qui sont fous furieux, bons pour l'asile ; une trentaine de démocrates-chrétiens, un communiste ; les autres, des jeunes pour la plupart, sont à mi-chemin entre le socialisme de Saragat et celui de Nenni. Il faut cependant tenir compte du fait que les fascistes ne votent pas tous pour le M.S.I., beaucoup vont à la D.C. ; quant aux fascistes furieux, ils sont de ceux qui écrivent sur les bulletins de vote « tous des salauds » ou « vive l'Italie », et seule la résurrection de Mussolini pourrait les apaiser. Le seul communiste inscrit ne fréquente pas le cercle. En plus des fous *politiques,* le cercle compte trois fous normaux, si je puis dire ; l'un étudie un piège électronique pour les rats et les fouines, un autre présente chaque année sa candidature au prix Nobel avec un poème inédit de neuf mille vers dans lequel il démontre que la terre ne tourne pas ; le troisième est convaincu du génie des deux premiers et on peut le considérer comme le plus détérioré des trois. Ce sont toutefois des fous tranquilles ; le premier s'agite uniquement si quelqu'un ose mettre en doute que les roches, de l'espèce que l'on appelle ici ferrugineuses, contiennent de l'uranium ; l'autre devient intraitable dans la période de l'automne, à l'approche du prix Nobel, et furieux lorsque les prix ont été décernés ; le troisième en vient à écumer s'il entend insinuer le doute que ses deux amis ne jouissent pas d'une suffisante sérénité mentale. Les fous *politiques* sont plus dangereux, ils accablent sans cesse d'insultes les traîtres à la patrie, ceux qui ont retourné leur veste, et, parmi eux, il y a aussi ceux qui étaient autrefois *figli della lupa* [1], pour ne rien dire de ceux qui étaient dans la Milice ; à partir de ces accusations, ils en viennent invariablement à l'éloge des S.S., des camps de concentration ; les Allemands n'ont pas fait grand-chose, ils auraient dû envoyer aux fours les trois quarts des Italiens. Ce n'est pas que les *galantuomini* aient des sentiments ou des raisons à opposer aux S.S. ou aux fours crématoires, bien au contraire ; mais ce qui les bouleverse, c'est la philippique contre ceux qui ont retourné leur veste ; et, parfois, on en arrive aux affaires personnelles, et c'est la bagarre ; c'est pourquoi les fous *politiques* sont dangereux, ils sont même capables de dire des choses qu'il ne faut pas dire par égard pour la concorde ; dire que certains ont aimé, plus que leur patrie, l'intendance de l'armée de la patrie, et, plus que le Duce, les magasins des colonies de vacances décidées par le Duce.

Après la politique, science dans laquelle beaucoup de membres du cercle se considèrent comme de grands experts et font des prévisions que l'on peut considérer comme très dignes de créance, puisque ce sont des faits exactement opposés qui se réalisent ; après la politique, viennent les femmes. Les jeunes lancent exprès des conversations sur les femmes, et feignent la mélancolie en considérant ceux qui, en raison de leur âge, ne peuvent plus en jouir. Don Ferdinando Trupia bondit de son divan : « j'ai soixante-dix ans, mais moi, une belle femme, je la sens d'ici à l'église du Carmine, et vous, je voudrais bien vous voir quand vous aurez

1. Organisation de jeunesse fasciste.

mon âge ». Les jeunes gens protestent : « mais nous parlons en général, nous savons bien ce que vous êtes encore en état de faire ». — « Oui, dit Don Ferdinando, je suis capable de faire des choses folles, avec une femme. L'autre jour, à Palerme, vous savez ce que m'a dit une femme ? Tu es mieux qu'un garçon de vingt ans, mais ce n'est pas normal, tu devrais aller voir Coppola (Coppola est le directeur de la clinique psychiatrique de l'Université). Voir Coppola, vous comprenez ? Moi aussi, j'ai l'impression que ce n'est pas normal, je vais sûrement y aller, ce sont les nerfs ».

Le baron Lascuda lève les yeux de son journal, se tourne vers son voisin : « Il faut qu'il aille chez Coppola ? Et moi alors, qu'est-ce que je devrais faire ? M'enfermer entre quatre murs, et ne plus sortir de chez moi, voilà ce que je devrais faire. Je n'en peux plus, je t'assure. L'autre soir, je suis allé faire une visite à un ami, il y avait là trois filles qui étaient autour de moi, j'ai dû m'en aller parce que je n'y tenais plus, je pensais : elles vont s'en apercevoir, et de quoi est-ce que je vais avoir l'air ? — Qu'est-ce que tu racontes ? » demande Don Ferdinando, qui vibrait comme un diapason à l'idée qu'on se moquerait de lui, « tu continues à courir les filles ? — Et pourquoi pas, répond le baron, je suis plus jeune que toi, tu es de 83, et moi de 87, tu ne te rappelles pas ? ».

Don Ferdinando s'approche de l'un des jeunes gens et murmure : « maintenant, on va s'amuser ; cet homme passe son temps à braire après les femmes, mais il est comme un âne châtré, il n'y a pas un mot de vrai. » Puis, se tournant vers le baron : « parle-moi de ces filles, je crois savoir qui c'est, peut-être qu'elles voulaient se moquer de toi. — Tu ne sais rien du tout, dit le baron, et je ne peux rien te dire, mais pour ce qui est de se moquer de moi, il faut se lever de bonne heure, et tu le sais bien. Les gamines se frottaient contre moi, comme des chattes, il y en avait une avec de ces yeux, une bouche... et sa poitrine qui me touchait l'oreille, elle se penchait exprès et sa poitrine me touchait l'oreille, là ; c'était une chose... et puis elle s'est mise à jouer du piano, j'étais en face d'elle, et elle me regardait d'une de ces façons... »

« Oui, commente aigrement Don Ferdinando, cette fille voulait coucher avec toi, c'est bien de toi qu'elle a besoin pour ça. J'ai compris qui c'est, avec cette histoire du piano, mais cette fille, mon cher, elle se fait traire par un garçon qui a des poignets comme ça, et elle avait bien besoin d'aller te chercher. Tu veux que je te dise qui c'est ? Tu veux que je te le dise ? » Il s'approche de son oreille, « eh bien — dit-il ensuite tout haut — dis-le-leur à tous, si je n'ai pas visé juste ».

« Ferdinando, dit le baron, tu as visé juste, mais c'est vraiment comme je t'ai dit, la fille ne demandait que ça ; d'ailleurs (et grâce à ce coup habile, Don Ferdinando devient invariablement son allié), à toi comme à moi, il nous est toujours arrivé des choses de ce genre. Tu te souviens ?... »

Et c'est le début du jeu des souvenirs. Maintenant, tout le monde se souvient : une femme, deux, dix : toutes les femmes de l'Italie du Nord sont folles de désir, aux pieds de ces deux hommes ; le sud bruisse de persiennes entrouvertes d'où les femmes, dans un eclair blanc de bras nus et de dentelles, épient le passage de Don Ferdinando, qui porte des moustaches, un col dur et une canne ; des signaux secrets voltigent sur les balcons, des portes s'ouvrent furtivement, des maris aux aguets inventent des ruses diaboliques... A Bologne, en 16 ; à Pignerol, en 25 ; et ici, et je ne peux pas dire quand ; et la sœur d'un ami ; et la femme de..., je ne peux pas dire de qui, parce qu'il est encore vivant ; et la femme de Butera, celui-là je peux le nommer, c'est un cocu de longue date ; elle était blonde, elle avait des yeux !... des nichons comme ça !... des jambes !...

Les mains s'agitent pour modeler dans l'air de grands corps de femmes, des femmes se gonflent dans l'air comme des montgolfières. Ce n'est plus un jeu maintenant, tout le monde est dans le coup, l'étudiant écoute les confidences du président de cour d'appel en retraite, et le vieux docteur Presti raconte à un ami de son fils comment il dut s'enfuir tout nu, sur les toits, un jour où un mari avait tiré derrière lui deux coups de fusil de calibre 12.

Mais si, dans ces discussions qui s'enflamment à propos des femmes, chaque jour avec les mêmes épisodes, sauf quelques corrections ou additions infimes, Don Ferdinando, à cause d'une phrase maladroite, prend conscience que les jeunes sont en train de se payer sa tête, il change aussitôt d'humeur et de sujet.

« Vous n'êtes bons qu'à faire ce genre de discours, dit-il, allez donc plutôt passer un concours, et je vous verrai tomber comme des poires blettes ; oui, je veux vous voir au concours toi, et toi, et toi » et il montre du doigt ceux qui se sont déjà fait recaler à quelque concours ; « ils vous font flamber, aux concours, et à vingt-cinq ans, à trente ans, si votre père ne vous glisse pas cent lires, vous n'êtes même pas fichus de vous acheter des cigarettes pour la journée. Nous autres, à votre âge... ». On sait bien que Don Ferdinando, à vingt-cinq ans, avait déjà liquidé une mine de soufre pour se sauver à Venise avec une danseuse ; et qu'à trente ans, il avait déjà commencé à vendre quelques arpents de terre ; mais, autour de lui, les vieux hochent la tête d'un air désolé. Don Ferdinando continue : « Oui, vous vous en prenez au gouvernement, aux membres du jury, aux intrigues... Moi, si j'étais le gouvernement, vous savez ce que je vous dirais ? vous voulez une place? je vous dirais : J'ai une place pour vous, c'est ce qu'il vous faut, allez décharger les marchandises à la gare ou creuser les routes, vous en avez la force... »

Les jeunes essaient encore de plaisanter : « Mais si nous nous mettons à travailler à la place des manœuvres, ce sont les manœuvres qui finiront par mourir de faim. — Non, répond Don Ferdinando, implacable, j'enverrais les manœuvres faire la classe, écrire dans les bureaux, ils le feront sûrement mieux que vous. Bon sang, est-ce que vous savez seulement écrire? Quand a-t-on jamais écrit l'italien comme vous le faites? L'un de vous a fait dix fautes de grammaire dans sa demande de port d'armes, croyez-vous donc qu'on ne finit pas par savoir certaines choses? Si on ne vous donne pas un coup de pied au cul, vous ne serez jamais fichus de dénicher une place. C'est comme ça que vous avez passé vos examens, et c'est comme ça que vous trouverez une place, si vous en trouvez une, grâce à Monseigneur, grâce au député, grâce à ceux qui ont des c... ; tenez, vous feriez mieux de ne pas me laisser parler, sans ça j'en ai le sang qui me monte à la tête et je finis par dire aussi des choses que je ne devrais pas dire ».

Cette scène, elle aussi, se répète presque invariablement chaque jour. Si ces choses étaient dites par quelqu'un d'autre, elles provoqueraient des drames; mais Don Ferdinando jouit d'une sorte d'immunité, c'est une institution, c'est la voix de la vérité. Cependant, nous sommes dans le pays où le pirandellisme a ses racines, la vérité change sans cesse chez Don Ferdinando, elle change en chacun de nous, et se consume sous le choc de la vérité opposée; d'ici peu Don Ferdinando pensera à son fils, qui a un diplôme d'instituteur et fait des cours du soir gratuits à la paroisse de San Giuseppe, et il dira donc le contraire exactement, que les jeunes gens valent mieux que de son temps, ils ont plus de bon sens, ils sont vieillis par leurs soucis, humiliés. Et puis ce n'est pas leur faute s'ils ont eu des professeurs imbéciles : presque tous fascistes, les professeurs, — « et que voulez-vous qu'enseigne un professeur qui est fasciste ? un fasciste ne connaît ni l'histoire, ni la géographie, vous ne les avez donc pas entendus parler ? ».

Pour Don Ferdinando, l'histoire et la géographie sont l'épine dorsale de l'école, et son slogan coutumier est que Mussolini ne pouvait pas gagner la guerre, parce qu'il ne savait pas la géographie : « Vous n'avez qu'à relire son discours, quand il a déclaré la guerre à l'Amérique » dit-il. Et l'on ne peut pas lui donner tort.

Don Ferdinando bénéficie de l'immunité même quand il formule contre le fascisme de vigoureux jugements de condamnation ; et puis, Don Ferdinando est antifasciste mais monarchiste ; sous le fascisme il s'en prenait au roi ; maintenant que le roi s'en est allé, il est devenu monarchiste parce qu'il est certain que le roi ne reviendra plus, et comme ça il s'est assuré une position *contraire* pendant toute sa vie. Il est anticommuniste « pour raisons de famille » : le nom de Togliatti le fait bondir comme un chat en colère. « Pour le reste, dit-il, les communistes ne me font ni froid ni chaud ; si nous sommes obligés de partager, nous partagerons tout, même les femmes, et comme ça, en plus de la mienne, on m'en attribuera une ou deux autres ». Ce qui est vrai, c'est qu'il est obsédé par le fait que les communistes donnent la terre aux travailleurs.

Don Ferdinando est l'essence même du *Cercle de la Concorde*, l'esprit et la mémoire du cercle, son statut et sa pratique. Il a une espèce de théorie raciste ; pour flatter un membre ou en connaître les défauts et les faiblesses secrètes, il lui suffit d'extirper de sa mémoire la fiche généalogique : le père, la mère, les grands parents, les oncles. Il a une mémoire formidable. D'un homme méfiant et d'une ignorance obstinée, il dit : « C'est le portrait de son grand-père, qui ne voulut jamais croire que les trains avançaient par la force de la vapeur ; quand on le conduisit à la gare pour voir le premier train qui passait, il le regarda bien, avec des yeux grands comme un écu et dit : « ils ne me la feront pas, ils ont dû mettre les chevaux à l'intérieur ». D'un autre qui supporte paisiblement ses cornes : « C'est comme son oncle ; son oncle s'était mis dans la tête de se marier avec une putain ; je lui disais : laisse donc tomber, elle a été la maîtresse du délégué, du juge de paix, de Don Luigi Crisci et du sacristain de la cathédrale — et savez-vous ce qu'il m'a répondu ? — Ferdinand, c'est décidé, je l'épouse et c'est moi qui les fais tous cocus ». Il condense un caractère dans une anecdote, donne à des faits parfois insignifiants le style et le découpage d'un récit ; l'écouter, pendant les longues soirées d'ennui, c'est la seule chose que puisse faire un homme sage, à Regalpetra.

Contre la Démocratie Chrétienne, qui, il tient à le préciser, ne lui a rien fait de mal, Don Ferdinando a un vocabulaire qui n'a rien de châtié ; et nous ne transcrirons pas ses expressions dans lesquelles certaines des parties du corps humain que nous nommons le moins volontiers jouent d'une manière souveraine, et parfois tout à fait surréaliste. D'habitude, les sujets se développent et se succèdent selon l'horaire suivant : de onze à treize heures, le fascisme, la guerre, la renaissance de l'Allemagne ; puis, de cinq à sept, les femmes, et à partir de sept heures, les impôts unifiés, la D.C. et le gouvernement. Vers sept heures, il se trouve toujours quelqu'un pour mettre le feu à la mèche des impôts unifiés, et Don Ferdinando prend feu comme l'une de ces pièces qui terminent en beauté les feux d'artifice : ce ne sont que fusées, girandoles, cascades et grands écarts, de jurons, d'imprécations et de jugements de nature sexuelle à l'égard des fonctionnaires et des membres du gouvernement ; cependant il tient à préciser, au milieu d'une telle furie, qu'en ce qui le concerne, il ne paie que ce qu'il doit payer, et que, personnellement, il n'a pas été victime d'abus, et à cause de lui, tout le monde est sur le fil du rasoir. Quand l'éruption de Don Ferdinando est apaisée, c'est le début d'une discussion générale sur la D.C. et sur le gouvernement. Le cercle se divise en deux catégories, pour ne rien dire de la troisième, constituée par les fils de famille qui font leurs études ou qui attendent une place : la première, traditionnelle et traditionaliste, est faite de petits propriétaires qui vivent de maigres rentes, et qui sont les enfants et les petits-enfants de ceux qui constituaient le cercle *des nobles* ; la seconde, formée des nouveaux arrivés, employés de l'Etat ou de la municipalité, instituteurs pour la plupart. Les vrais *galantuomini*, cela se conçoit, ce sont les premiers ; ils n'ont pas de revenus supérieurs à cinq ou sept cent mille lires par an, et chaque augmentation des impôts fonciers et des contributions les frappe comme une castration, ils poussent des cris de douleur et de rage ; et comme il leur semble que l'augmentation des impôts se produit à la suite des demandes d'augmentation de salaire formulées par les syndicats, il arrive à la fin que le propriétaire terrien se considère comme détroussé par l'employé qui est assis à côté de lui, et qui est d'ailleurs un excellent ami, et partenaire de belote. D'autre part, la D.C. et le gouvernement sont également vilipendés par les deux catégories : à cause des impôts qui augmentent, et à cause des améliorations qui arrivent au compte-gouttes, sans jamais rien résoudre ; dès qu'ils entendent parler d'une augmentation de salaires, les commerçants relèvent les prix, et, pour finir, ce sont les ouvriers, les paysans et les chômeurs qui en paient le prix, avec les petits propriétaires. Par exemple, il se produit ceci : les impôts augmentent, le prix du blé baisse et celui du pain augmente. Et il y a bien dix ans que le grand moment des commerçants a l'air de ne pas vouloir finir.

Mais il est rare que le secrétaire de la D.C. laisse la possibilité de s'achever aux récriminations contre son parti et contre le gouvernement ; il possède une espèce de sixième sens, chaque fois qu'une discussion bouillonne au sujet de la D.C. il s'y précipite, il arrive toujours à temps, il le sent dans l'air et la conversation tombe ou se camoufle. Le dompteur qui entre dans la cage des fauves et fait claquer son fouet : l'image est vieille et peu flatteuse ; mais comment rendre le grognement de don Carmele Mormino qui rentre dans le coquillage de son fauteuil ? Le changement subit de conversation du Dr La Ferla ? Le « pourtant » qui, sur les lèvres de Don Antonio Marino succède à l'invective et ouvre un éloge flatteur de la D.C. ? Le secrétaire, qui, sans la lâcheté des gens qui l'entourent, serait certainement un homme meilleur et un dirigeant plus avisé, commence à décortiquer toutes les mesures publiques commencées et projetées, raconte ses rencontres avec les députés et les dirigeants de son parti, ce qu'ils lui ont promis, les mesures qui seront prises. Presque tout le monde approuve, on dit : « oui, c'est ce qu'il fallait faire, bien, j'approuve » — et puis, quand le secrétaire s'éloigne ils poussent un soupir de soulagement, et la discussion sur la D.C. s'enflamme avec violence.

Aucun de ces *don* n'est riche ; les riches se retrouvent au *Cercle de Secours Mutuel*, une association ouvrière qui s'est transformée, et où l'on voit maintenant les commerçants et les industriels des salines ; le plus riche des *don* ne possède pas dix arpents de terre. Mais les membres du *Cercle de la Concorde* continuent à être le sel de la terre. La preuve que leur richesse s'est évanouie, bien qu'ils continuent à habiter des maisons anciennes et dignes, à garder un valet ou une domestique à mi-temps, à s'habiller convenablement et à envoyer leurs enfants faire leurs études ailleurs, la preuve en est que les *galantuomini* jouent peu ; en un an le cercle n'encaisse pas plus de cinq cent mille lires d'impôts sur les jeux, et l'on ne fait pas de mises supérieures à quarante mille lires, même dans les moments les plus passionnés, au moment des fêtes de Noël. Au contraire, à l'autre cercle, au whist que les *galantuomini* dédaignent maintenant, on joue des millions. Et dire qu'ici, il y a des joueurs-nés, de ceux qui enverraient une propriété en fumée pour une levée ! Mais la leçon de privations qu'ils reçoivent chaque jour de la vie, le fait de devoir chaque jour faire leurs comptes à la lire près, a vaincu l'instinct ancestral du risque, la fièvre du jeu, évidente dans les mouvements de leurs mains et leurs regards brillants ; leurs grands-pères et leurs pères ont brûlé des fortunes entières dans ces salles, mais eux, ils ne peuvent pas risquer plus de dix mille lires.

Devant la table à jeu, chacun révèle des manies superstitieuses. Disposés à se moquer de la croyance aux mauvais sorts, au mauvais œil et autres maléfices, au fond d'eux-mêmes, ils y croient maladivement ; et c'est ce qu'ils laissent voir sans inhibition devant les tables de jeu. Ils croient en Dieu de la même manière : de même qu'ils touchent du bois, ou sortent de leur poche une corne contre le mauvais œil, de même ils vont à la messe le dimanche, on ne sait jamais, si Dieu existe il vaut mieux se mettre en règle, et s'il n'existe pas, ce n'est pas bien terrible après tout d'aller passer une demi-heure à l'église ; sans compter que pour les femmes, pour leur femme, et pour leurs filles, la morale de l'Eglise est bonne, pour les femmes et les filles des autres un peu moins ; maintenant la vie est différente, plus libre, on ne peut pas arrêter le progrès, et il faut bien reconnaître à la femme les mêmes droits qu'à l'homme. Ils vont tous les dimanches à la messe, mais ils n'aiment pas les prêtres, ils disent des choses de feu sur les prêtres ; mais si l'évêque arrive, tout change, pour l'écouter ils se mettent dans les premiers rangs à l'église, ils l'invitent au cercle, ils lui baisent la main ; et chaque fois que vient l'évêque, ils brûlent de foi comme des torches au vent.

La faim intellectuelle des *galantuomini* se contente de la *Domenica del Corriere* ; mais, ces derniers temps, *Oggi* et le *Reader's Digest* ont gagné du terrain. La lecture de deux ou trois livres demeure comme autant d'entreprises mémorables pour toute une vie (l'exploit le plus récent concerne *Navi e Poltrone,* de Trizzino). Pour ce qui concerne l'art, les exclamations : « En voilà un artiste ! c'est autre chose que Picasso ! » lancées devant une reproduction d'une sculpture de Canonica ou un tableau d'Annigoni n'ont rien pour nous surprendre et *la Tunique* reste, naturellement, le plus beau film du monde. Parler à un *galantuomo* du *Voleur de Bicyclettes,* c'est la même chose que lui parler de Parri, de la Résistance, de la République ; et en cela, il faut reconnaître une cohérence granitique. Voilà la caractéristique la plus terrible de ce type humain que, utilisant un mot qui commence à sortir de l'usage, nous appelons *galantuomo* : la cohérence. Et ce type d'hommes passe de son fauteuil du Cercle à celui du Conseil Municipal, de l'Assemblée de la Région, du Parlement, du Gouvernement ; nous lirons sous sa photographie, dans les journaux, qu'il est de gauche, de centre gauche, du groupe de « renouveau » ou de celui de « justice nouvelle » : nous ne lui ferons pas le tort d'égratigner avec cette nomenclature sa cohérence marmoréenne. Pendant de longues années encore, la Sicile connaîtra la cohérence de ces hommes-là.

MAIRES ET COMMISSAIRES

Le Service Municipal d'Assistance accorde à neuf cent vingt-cinq pauvres un versement mensuel de 764 lires. Le président, qui est un jeune démocrate chrétien, convaincu que ce que dit Fanfani contre les petits clans et les profiteurs peut trouver un début de réalisation à Regalpetra, me dit que pour le moins 3 135 personnes auraient droit à l'assistance, soit un bon quart de la population, mais c'est l'argent qui manque, et puis 764 lires par mois ne résolvent rien; c'est du moins ce que nous croyons, mais il est certain que ce n'est pas pareil pour un pauvre qui, ne serait-ce qu'un jour, se retrouve avec 764 lires, et qui attend ce jour pendant tout le mois. Je lui demande si pendant les périodes électorales le nombre des assistés augmente, étant donné que le Service est aux mains des démo-chrétiens; il est inutile de poser une telle question pour les endroits où le Service, qui est élu par le conseil municipal, est formé de socialistes et de communistes. Le président admet que cela s'est produit dans le passé, mais le jeu s'est révélé non productif; dès que le bruit courait qu'on avait ajouté quelques noms à la liste, les pauvres s'agitaient comme un essaim d'abeilles, et pas seulement les pauvres; toute la commune demandait l'assistance, même des gens qui avaient plusieurs arpents de terre ; et lorsque la commission prenait une décision négative, ceux qui avaient été écartés devenaient des ennemis irréductibles de la D.C., alors qu'en laissant les choses telles qu'elles sont, les gens finissent même par oublier l'existence du Service d'Assistance. Etant donné que nous sommes en période électorale, car la campagne pour les élections régionales va s'ouvrir, le président me déclare que, même si l'on envoie de l'argent ou des pruneaux secs à titre d'assistance extraordinaire, il ne fera la distribution que lorsque le résultat des élections sera connu ; il semble vraiment décidé et je m'en réjouis cordialement.

Les assistés sont en grande partie des vieux, et spécialement des femmes qui vivent seules ; leurs enfants sont en Belgique, en France ou au Canada, et dans leurs lettres, leurs enfants disent toujours qu'ils ne gagnent pas beaucoup d'argent, qu'ils ne peuvent rien envoyer, et ce n'est qu'à Noël ou à Pâques qu'ils mettent dans leur lettre un billet de mille francs ou de cinq dollars ; les vieilles restent chez elles, elles ne sont plus capables de travailler, elles regardent leurs mains, noueuses comme des racines, et assises sur une chaise, devant leur porte, elles se laissent mourir.

C'est précisément à cause de l'émigration que le nombre des vieillards qui vivent seuls est surprenant, et il ne doit pas y avoir beaucoup de communes qui ont autant de vieillards que Regalpetra. Si, vivant sur place, vous ne vous en êtes jamais aperçus, mettez-vous le jour des élections dans le préau de l'école, et faites attention au nombre de voitures qui arrivent, elles ont sur le radiateur un drapeau avec l'écusson marqué d'une croix, ou une flamme, et déchargent continuellement des vieillards, que les accompagnateurs conduisent aux bureaux de vote, et souvent ce sont les accompagnateurs qui votent pour les vieux, ils donnent au président du bureau un certificat médical, et la main des vieillards est comme une branche desséchée. Les voitures déchargent aussi des vieux bizarres, il se produit des choses curieuses ; quelquefois, le président du bureau de vote ou les scrutateurs communistes ne veulent pas se faire rouler, ils émettent le doute que tel ou tel vieillard accompagné par une bonne sœur ou par un jeune militant n'est pas en mesure de comprendre et posent quelques questions aux vieux. Une fois, il y en a eu un qui a répondu qu'il venait voter parce que le grand baron le lui avait demandé : « Il m'a dit hier soir : Carmelo, il faut que tu votes pour Cancitano, c'est comme si tu votais pour moi », et le grand baron lui avait effectivement fait cette recommandation, mais il y avait de cela cinquante ans. Les vieux ne comprennent rien à ce qui se passe, ils savent tout au plus qu'il faut voter pour la croix, ou pour le petit prince qui est le père de tous, et qui nous a laissés orphelins quand on l'a chassé, ou pour le *fascio* qui était une bonne chose et qui maintenait l'ordre. Ils arrivent en voiture, haletants, descendent en soupirant : « Seigneur, c'est pour vous que je le fais ; Sainte Madone, vous savez pourquoi je suis venu », ou bien, s'ils ont été amenés par une voiture de fascistes ou de monarchistes, ils demandent, saisis soudain d'un doute après les périls de ce voyage en voiture : « mais est-on bien sûr que le petit prince va revenir ? Mais Mussolini n'est-il pas mort ? » en suscitant l'hilarité des communistes, qui n'ont pas l'habitude d'organiser ce service automobile et qui restent, groupés devant les bureaux de vote pour jouir du spectacle de ce qu'ils appellent le *transport de cadavres*. Mais, quelquefois, les fascistes et les monarchistes se font rouler par les vieux, qui ont déjà été secrètement endoctrinés par les militants démo-chrétiens ou les ursulines ; les vieux se font voiturer par eux, et puis ils votent pour la croix. Il est arrivé à un membre du M.S.I. de mener voter une vieille femme, il croyait que le vote était assuré, et puis, en passant devant l'église, il entend la vieille qui dit « ô sainte Eglise, c'est pour toi que je fais cela » ; le fasciste resta sidéré, il avait été bon pour donner une voix à la D.C.

Trois mille cent trente-cinq pauvres, c'est trop pour une commune d'environ douze mille habitants ; mais ce sont, comme on dit, des pauvres *cachés,* ils ne répandent pas dans les rues le spectacle de leur misère, ils la subissent en silence, il n'y a guère que trois ou quatre mendiants qui parcourent les rues, et ce sont peut-être ceux qui en ont le moins besoin ; le fait de mendier est une espèce de vice. Je demande au président du Service d'Assistance ce qu'il pense que mangent ces pauvres, il me répond « en moyenne, une livre de pain, une poignée de *minuzzaglia* (on appelle *minuzzaglia* le résidu des paquets de pâtes que les épiciers vendent à prix réduit) cinquante grammes de légumes verts. Il arrive que, si la Commission Pontificale ou le Service d'Assistance distribue du beurre ou des boîtes de conserve de viande américaines, les pauvres vendent aussitôt ces choses, ils disent que pour les manger, il faudrait avoir du pain à volonté ; certains pauvres qui ont une teinture d'instruction disent qu'en mangeant du beurre et de la viande ils risqueraient de mourir comme Bertoldo, qui, on le sait, mourut parce qu'à la cour d'Alboino, il ne pouvait plus se nourrir de raves et de haricots. »

Dans le budget de la commune, les pauvres, sous les rubriques *hospitalisation, médicaments, cercueils et transports funèbres,* ont une incidence d'environ trois millions, le bilan est toujours déficitaire et aux yeux de l'administration, ces trois millions pèsent donc d'une manière insupportable. D'autre part, ce n'est pas volontairement que l'administration inscrit cette somme au budget, et ce ne sont pas non plus les pauvres qui résident dans la commune qui en profitent ; ce sont les gens, nés à Regalpetra et qui habitent à Rome, on en trouve dans les vieilles maisons sombres des quartiers misérables : des gens qui ont fait du trafic de tabac dans les années d'or de l'après-guerre, et qui maintenant sont retombés dans la misère dont ils avaient réussi à s'évader pendant deux ou trois ans ; ce sont ceux de Rome, de Milan ou de Turin qui pèsent sur les rubriques *hospitalisations,* ils vont à l'hôpital, et les hôpitaux de Rome, de Milan ou de Turin envoient la note à la mairie de Regalpetra ; ces émigrés absorbent chaque année environ deux millions par an pour frais d'hôpital. Et un million environ part pour les médicaments, les cercueils et le corbillard des pauvres qui résident dans la Commune. C'est une triste chose que de voir le corbillard des pauvres traverser le bourg, avec l'inscription : *service communal* ; et il n'avance pas à pas lents comme pour les gens qui paient, l'aumônier lui-même est un peu pressé. J'en ai vu un par une journée de grand soleil, le bourg était calciné dans la lumière, et le corbillard s'en venait à travers le *corso,* avec le prêtre, tout noir, dix pas devant, puis le corbillard avec la bière, faite de quatre planches de bois blanc, comme une petite caisse d'emballage ; derrière le corbillard, il y avait un homme et un enfant, l'homme pleurait, et l'enfant regardait autour de lui le *corso* désert dans le soleil, et les boutiques qui fermaient à mesure que le corbillard avançait, comme c'est l'usage au passage d'un mort.

En feuilletant l'index des délibérations, de 1944 à maintenant, on trouve fréquemment la mention *approbation de la dépense pour cercueils des pauvres* ; mais, à la vérité, un peu moins fréquemment au cours de ces dernières années, les vieillards se privent de tout de façon à mettre de côté quelques milliers de lires pour le corbillard et une concession de dix ans ; ils ont le cauchemar de cette voiture portant l'inscription *service communal,* de la tombe avec une croix en fer et un numéro ; ils veulent s'en aller d'une manière convenable, avoir sur leur sépulture un morceau de marbre avec leur nom et leur prénom. Les administrateurs, qui font le compte des pauvres au moment de leur mort, lorsqu'ils ont besoin des quatre planches clouées et du corbillard, en profitent pour déclarer avec satisfaction qu'*il n'y a plus de pauvres.* Pour ceux qui sont pauvres pendant leur vie (mais y en a-t-il vraiment ? se demandent les *galantuomini,* puisqu'il est si difficile de trouver une femme de ménage ou un gamin !) ; du reste, il y a le Service d'Assistance, et nous avons vu ce que donnait ce Service ; avec, en plus, quelques petits secours qu'ils appellent secours *extraordinaires* pour des cas de maladie ou pour la soudaine, atroce révélation d'un cas de misère absolue ; de toute façon, on ne peut pas donner plus de trente mille lires par mois à titre *extraordinaire.* Quant à savoir s'il y a des pauvres ou pas, les administrateurs qui, depuis 1944, se sont succédé à la Mairie n'ont pas eu le temps de s'en apercevoir, ils ont eu bien d'autres soucis en tête.

Le maire de 1944, l'homme qui avait été lancé par les Américains, fut assassiné le soir du 15 novembre de la même année ; c'était un dimanche soir, la place était noire de monde, on lui mit un pistolet contre la nuque et on tira, le maire avait des amis autour de lui, personne ne vit rien, et il s'ouvrit autour du corps qui s'écroulait une rosace de vide et de peur. C'était un homme qui avait beaucoup d'ennemis, il traîna pendant toute sa vie des procès de justice de paix en cour de cassation ; il avait même été en procès avec l'un des chefs de la mafia sicilienne, ils avaient d'abord été associés dans une spéculation sur des mines, puis s'étaient brouillés. Les Américains, qui s'abandonnèrent tout de suite aux conseils des vieux hommes politiques qui survivaient plutôt aux compromissions qu'aux persécutions du fascisme, désignèrent cet homme comme maire de Regalpetra ; ils versèrent devant lui un monceau *d'am-lires*[1], et l'investirent d'une autorité absolue. Malgré ses procès et le reste, il aurait peut-être pu tenir en attendant de mourir d'apoplexie, car, selon toute probabilité, c'est à une mort de ce genre que le portait sa complexion sanguine et colérique ; mais ses amis, les amis de ses amis et les Américains le vouèrent à une mort plus violente en l'appelant à cette charge.

Pendant l'après-midi, le maire avait eu une discussion avec un chômeur, un mineur de soufre qui ne manquait pas de précédents en matière pénale, il demandait du travail ou une assistance ; le maire lui répondit durement ; et comme le mineur insistait, un ami du maire dut intervenir pour remettre le fâcheux à sa place. Trois heures plus tard, dans la lumière avare que donnaient les boutiques, le maire faisait une tache sur le trottoir : il y avait encore la défense passive, mais on distinguait l'imperméable clair du maire sur les pavés noirs de pluie.

Le brigadier des carabiniers était un type rapide, qui comprenait les choses au vol ; il ne perdit pas une minute ; il s'en alla chez le mineur, et le tira de son lit ; l'homme était un repris de justice, quelques heures plus tôt il avait provoqué le maire et un ami du maire, on l'avait remis à sa place, il avait donc aussitôt couru à la vengeance.

Le mineur est en train de purger une peine de 24 ans de prison, car c'est ce qu'on lui donna au cours du procès qui suivit, mais je ne suis toujours pas convaincu. Peut-être que les juges, au milieu des

1. Monnaie émise par les Alliés après le débarquement.

indices, ont réussi à reconstituer le crime avec une approximation suffisante pour garder une conscience assurée dans la condamnation. Pour ma part, je connaissais cet homme, je n'aurais eu aucune hésitation à lui attribuer un vol, mais je n'aurais jamais cru qu'il était capable de tuer. Mais tout le monde peut se tromper, les juges ou moi, et j'ose dire que même un brigadier des carabiniers peut se tromper ; c'est pourquoi je tremble à l'idée de devoir juger, et une fois où l'on m'avait tiré au sort parmi ceux qui devaient être jurés, j'ai tremblé pour de bon ; heureusement que je n'ai jamais eu de chance avec les tirages au sort et les loteries.

On raconte que le maire des Américains, après avoir pris ses fonctions, avait dit au trésorier de la mairie : « Nous devons simplifier les choses, laissez donc tomber tous ces registres, il suffit d'un cahier : vous annotez les dépenses, et c'est moi qui garde l'argent. » Cela me dispense d'illustrer plus en détail les mérites de son administration qui, simplifiée au maximum, se déroula tranquillement et ne fut troublée que par un seul incident : une grêle de pierres que les gens lancèrent contre les balcons de la résidence du maire, un jour où le pain manquait plus que de coutume. Je dis : un seul incident, parce que le maire n'eut pas le temps de s'apercevoir du reste, il était déjà mort.

Tout en accompagnant le maire au cimetière, et tandis que ses amis juraient sur son cercueil de punir le coupable sans hésitation et exaltaient les vertus éminentes du défunt, les gens se posaient déjà le problème de la succession. Pour la première fois, on entendait parler de Comités de Libération, qui étaient déjà en fonction depuis quelque temps en Sicile ; mais à Regalpetra, où le maire disposait de pouvoirs d'état de siège, personne n'avait jamais osé parler de Comité de Libération. Hâtivement constitué, le Comité affronta le problème de la succession. Regalpetra est une commune difficile, une décision qui exige l'accord de plus de deux personnes y aboutit rarement ; c'est pourquoi, afin d'éviter de pénibles luttes intestines, le Comité se mit d'accord sur un maire qui n'était pas de Regalpetra, un naturalisé, pour ainsi dire. Les étrangers ont toujours eu de la chance à Regalpetra, la ville a une tradition d'hospitalité généreuse, une passion même : il suffit de dire que les statuts du *Cercle dei Civili,* terriblement rigoureux en ce qui concerne l'admission des indigènes au nombre de ses membres, admettent les étrangers sur la simple formalité d'une demande.

Ce maire « étranger » administra la commune pendant six mois environ, puis le goût du changement l'emporta sur la xénophilie : le Comité de Libération déposa le maire qu'il avait élu six mois plus tôt, et ce pauvre homme abandonna à un ancien capitaine de l'armée la place qu'il avait occupée au milieu de tant de tribulations : en fait, il en sortait avec une perte sèche, une de ses vignes, plantée depuis peu et qui promettait, avait été coupée en guise d'insulte, c'était un travail effectué de nuit, par des spécialistes. Le capitaine en retraite qui sortit avec le titre de maire du laborieux conclave du Comité de Libération était d'une honnêteté tatillonne, il correspondait en tout à l'image que les bourgeois se faisaient jadis des militaires de carrière, ponctualité, scrupules, décision entêtée ; il distribuait personnellement le poisson séché et le sucre de l'U.N.R.R.A. et, en effet, la tâche d'un maire, à ce moment, se limitait à faire une distribution scrupuleuse de poisson séché ou à détourner habilement quelques barils de ce même poisson séché pour le marché noir. L'idée que certains de ses assesseurs pouvaient avoir envie de morue pour leur usage familial ou pour quelques menus trafics, empêchait l'ex-capitaine de dormir; et les assesseurs s'inquiétaient de se sentir l'objet d'une méfiance aussi insomniaque, non qu'ils ne voulussent pas se saisir de quelques plaques de morue, mais la seule défiance les inquiétait. C'est au milieu de ce jeu de méfiance ouverte et de ressentiments chuchotés que l'on arriva aux premières élections administratives; et le peuple montra qu'il n'appréciait pas plus que les assesseurs les scrupules du maire; la liste de la Démocratie du travail, conduite par l'ex-capitaine, eut aux élections de 45 à peine plus de mille voix; les communistes en eurent autant, et il y en eut environ quatre mille pour la liste qui réunissait l'écusson frappé d'une croix, l'étoile des libéraux et l'Homme Quelconque de Giannini[1].

On en arriva à cette concentration de démo-chrétiens, de libéraux et de *qualunquisti* sur l'initiative de la D.C. qui ouvrit les négociations. Un ancien préfet de police, gros bonnet de la Fédération Départementale de la D.C., conduisit à bon port cette difficile entreprise; difficile non pas parce qu'il y avait, comme on pourrait le penser, des scrupules de nature politique, car ces scrupules semblent ridicules en Sicile : des individus plus ou moins honnêtes, les familles, les amitiés, des rancœurs anciennes ou récentes, tout cela entre dans le jeu de ce qui, ailleurs, est une lutte politique. L'entreprise était difficile précisément parce que l'insertion dans les partis politiques intervient en raison de motifs personnels invincibles : si quelqu'un qui n'est pas de mes amis prend la décision de se mettre dans un parti politique, je ne peux que choisir le parti opposé, et ainsi de suite. Au début, le P.C. intervenait lui aussi dans le jeu, ceux qui avaient des

1. Mouvement fondé en 1945, et caractérisé par son opposition à tous les partis politiques italiens.

ennemis dans la D.C. trouvaient au P.C. l'extrême opposé où il était possible de se situer ; puis l'impression que le P.C. allait sortir de la légalité, la crainte de rester à découvert dans un parti destiné, non seulement, *à ne jamais gagner,* mais aussi à des assauts et à des persécutions (dans les songes de tout *homme d'ordre,* il y a pour les communistes une espèce de Saint-Barthélemy ; *l'homme d'ordre* aime à dire : « moi, les communistes, je les ramasserais en une nuit... », il ne dit pas comment, il lui faut carte blanche) ; bref, cette impression et cette crainte exclurent le P.C. du jeu.

Quoi qu'il en soit, l'ex-préfet de police surmonta brillamment les difficultés ; les trois partis, ou mieux les trois groupes, se mirent d'accord ; on lança une liste dont faisaient partie un ancien *podestà*[1], un centurion, et deux ou trois officiers de la défunte Milice, des fascistes de la première heure et des antifascistes de la dernière, et des membres du Comité de Libération se trouvèrent avec des gens qui avaient subi des procès d'épuration. Il est vrai que les démo-chrétiens et les libéraux, au sein des Comités de Libération, s'étaient exclusivement consacrés au sauvetage des naufragés fascistes, mais le regroupement était quand même étrange. Un peu partout, en Sicile, il se produisit des choses de ce genre : dès le début, la D.C. fit une très mauvaise pédagogie ; ce parti venait de la lutte contre le fascisme et n'eut pas le courage de se passer des fascistes. Le fait est que la popularité dont semblaient jouir certains anciens *podestà* ou dignitaires fascistes (et en vingt ans, même des personnes honnêtes et estimées eurent la possibilité et l'occasion, par tentation ou par peur, de descendre dans les rangs des fascistes) impressionnait les démo-chrétiens, qui, comme ils ont

1. Fonctionnaire fasciste, désigné par le Parti, chargé de l'administration municipale à la place du maire élu.

continué à le faire par la suite, n'ont jamais voulu courir de risques, veulent gagner à tout prix, et ne se préoccupent pas des personnes ou des moyens dont ils se servent ; mieux vaut, pour eux, être dans le coup, fût-ce en compagnie épineuse, plutôt que tout seuls à l'extérieur ; ainsi, avec les alliances conclues dans le sud pour les premières élections administratives, la D.C. commençait à digérer, avec les congestions et les dyspepsies que chacun connaît, les restes du fascisme.

L'ancien *podestà* de Regalpetra, en faveur duquel joua l'intervention de l'ancien préfet de police, jouissait d'une popularité effective, il avait été généreux et honnête, et, quand il administrait la Commune, il en avait été de sa poche ; à une époque de rapacité proverbiale, cet homme contribuait avec sa fortune personnelle aux dépenses publiques, et peut-être que Mussolini lui-même n'y aurait pas cru. Avec son nom sur la liste, la D.C. était assurée de la victoire. Du reste, les démo-chrétiens connaissaient parfaitement la loi qui établissait l'inéligibilité des dignitaires fascistes, et c'est de mauvaise foi qu'ils se servaient de l'ex-*podestà* pour embobiner les électeurs ; et l'ex-*podestà,* qui n'ignorait pas la loi, acceptait uniquement pour obtenir un résultat personnel ; après avoir subi un procès d'épuration, il tenait à démontrer que l'estime et le respect dont il était l'objet n'avaient pas faibli. Et le résultat fut effectivement satisfaisant.

Le Conseil Municipal, avec vingt-trois conseillers de la majorité et sept de la minorité (tous membres de la Démocratie du Travail) se trouva dès l'origine dans une orageuse désagrégation, à cause de la défection de l'ex-*podestà,* qui était le seul capable de maintenir l'équilibre dans une majorité mal assortie. On élut comme maire un médecin de tendance démo-chrétienne mais il ne dura pas longtemps. Puis un avocat *indépendant,* naguère officier supérieur de la milice, qui résista deux ans, dans un jeu paradoxal de combinaisons et d'alliances. Enfin la situation se cristallisa ; les conseillers démo-chrétiens devinrent la minorité d'opposition, la minorité de la Démocratie du Travail se divisa entre la majorité libérale-qualunquiste, et la faction démo-chrétienne. A ce point, avec les démo-chrétiens à l'opposition, la nécessité de décréter la dissolution du Conseil Municipal de Regalpetra apparut avec évidence au Préfet ; il était temps, les séances du Conseil devenaient un spectacle, les exploitants du cinéma local s'en plaignaient ; les gens disaient : « ce soir, il y a Conseil » en savourant à l'avance leur amusement, les paysans revenaient au bourg quelques heures plus tôt que d'habitude, pour ne pas manquer le spectacle, et l'on faisait circuler des vers en dialecte où les situations et les caractères offerts par les séances du Conseil trouvaient un éclairage tout à fait comique.

Si quelqu'un avait l'idée simpliste qu'un bon service du ravitaillement et de l'hygiène, une juste application des impôts et un judicieux emploi de ceux-ci dans les services publics sont les activités propres à un maire, cela voudrait dire qu'il n'a pas assez d'imagination, et qu'il ne devrait jamais se risquer à administrer une commune comme Regalpetra. L'ancien milicien, qui avait de l'imagination, était l'homme qu'il fallait ; et ses assesseurs ne l'étaient pas moins. La situation du Conseil se reflétait en effet dans le bureau : car le bureau est constitué de cinq membres, et, à Regalpetra, il est presque impossible d'en mettre plus de deux d'accord, comme on l'a dit. Le maire, qui était avocat, dressa ses batteries professionnelles, et commença à prodiguer plaintes et citations contre les assesseurs, les conseillers et les employés municipaux, non pas pour des délits de trafic d'influence ou de malversations, mais presque toujours pour outrages. Lorsque le maire déclara en plein conseil qu'il n'estimait pas opportun d'augmenter, comme le recommandait la loi, le traitement des employés de la commune, car ceux-ci étaient déjà *riches,* et le peuple dans la misère, un conseiller jugea démagogiques ces paroles du maire : il fut cité en justice. Un assesseur fut dénoncé parce qu'il avait défini le refus du maire de réunir le bureau comme un *acte de mafia,* et le plus beau fut qu'au procès qui s'en suivit, bien que l'accusé eût admis qu'il avait prononcé cette phrase, le juge l'acquitta pour *insuffisance de preuves ;* ce fut un procès mémorable, l'accusé, l'accusateur et le public se demandent encore quelles preuves pouvait donc bien vouloir le juge.

Le maire, constamment outragé, faisait appel à la justice avec une égale constance ; et tous les conseillers en arrivèrent à porter dans leur poche un bréviaire de droit administratif et de droit pénal ; les cordonniers ou les villageois à qui il était advenu d'être élus avaient acquis une grande compétence en droit administratif et connaissaient sur le bout du doigt les articles du code pénal relatifs à la calomnie, à la diffamation, et aux outrages à magistrat. Devenu, comme c'était le cas, une académie de finasseries légales et de subtiles interprétations juridiques, le Conseil ne pouvait que susciter l'intérêt passionné de la population de Regalpetra, en qui s'agite un esprit sophistiqué, et un amour pour les lois à cause des jeux de sophismes que l'on peut en faire jaillir ; un habitant de Regalpetra qui se rend en ville pour régler une affaire ou pour obtenir un papier, s'il lui reste une demi-heure de liberté, il va la passer au tribunal, au risque de manquer son train ; si le procès est intéressant, il le rate immanquablement. Pour cette raison, le décret préfectoral de dissolution du Conseil suscita des sentiments de déception et de rancune, la D.C. qui avait provoqué cette dissolution se fit haïr, et le maire sortant y gagna une auréole de victime. Mais beaucoup de conseillers respirèrent, car ils se sentaient avec un pied dans la salle du Conseil et l'autre à la prison de San Vito, et certains sortaient de ce tohu-bohu du Conseil avec leurs *papiers salis,* une marque en noir sur blanc dans leur casier judiciaire.

Le conseiller préfectoral qui vint administrer la municipalité jusqu'à de nouvelles élections fit appel, en tant que vice-commissaire, au secrétaire local de la D.C., protagoniste victorieux de l'opération de dissolution du Conseil Municipal : tous deux, ils travaillèrent pour démontrer ce qu'un administrateur avisé, et démo-chrétien, pouvait obtenir en fait de travaux publics et d'assistance de la part du Gouvernement central et de celui de la région. Regalpetra eut une petite place pavée et asphaltée, une centaine de mètres d'égouts, un peu de secours pour les chômeurs ; mais le *focatico,* l'un des impôts communaux les plus odieux en raison de l'arbitraire et des injustices qu'il permet aux administrateurs, atténua l'effet que faisait sur la population de Regalpetra la petite place pavée. Le terrible déficit du budget communal ne pouvait être comblé de quelque façon que grâce au *focatico,* mais le Conseil dissous, composé en grande partie de personnes qui auraient dû payer cette taxe, avait fait des acrobaties de tout genre pour ne pas en décréter l'application ; les pauvres ne paient pas le *focatico,* et environ mille familles en étaient exemptées ; les possédants ne peuvent pas avaler cette espèce de privilège ; nous sommes tous égaux devant l'impôt, et ce sont ceux qui possèdent quelque chose qui ont ce vigoureux sentiment de l'égalité : mettons une taxe sur la vente au détail du vin et des fruits, des choses que nous achetons tous, que tous, nous devons payer. En fait, dans un bourg comme celui-ci, ceux qui ont des biens au soleil n'achètent rien, que ce soit le pain, le vin, l'huile, la volaille et la viande de mouton, les légumes et les fruits, tout leur vient des terres qu'ils possèdent ;

et c'est la raison pour laquelle il y a des impôts que paient seulement les pauvres ; ce sont ces taxes-là que le Conseil préférait aggraver, sans jamais faire recours à l'odieux *focatico*.

Par aversion pour le nouvel impôt appliqué par le commissaire préfectoral (et, il faut bien le dire, appliqué avec une louable impartialité), par haine envers la D.C., et plus qu'envers la D.C., à l'égard de la famille de l'archiprêtre qui la dirigeait sur place, on vit se constituer pour les nouvelles élections administratives un bloc réunissant les fascistes du M.S.I. et les fascistes indépendants, les socialistes, les communistes et les indépendants de gauche ; il faisait beau voir l'ancien officier de la milice à la tête d'une équipe constituée de façon aussi paradoxale, mais, dans nos pays, on en voit de toutes les couleurs, et même ceux qui passent pour intellectuels n'y font plus attention. L'avocat, ci-devant milicien, blessé par la mesure préfectorale de *déposition,* se plongea dans la bataille électorale avec une énergie renouvelée. Cet avocat est un homme d'une intelligence pénétrante, d'une conversation amusante. Une conversation amusante est celle au cours de laquelle fleurissent toutes les vérités déplaisantes sur les personnes que nous connaissons, et, sinon les vérités, pour le moins les soupçons malveillants ; s'il n'y a même pas de soupçons, il est bon que l'imagination vienne à notre secours. Mais le secours de l'imagination n'était pas nécessaire à l'avocat ; en dehors des qualités personnelles des candidats de la D.C. qui, toute ironie mise à part, sont véritablement des qualités à l'intérieur d'une société déterminée, l'avocat avait un faible pour les parentés et les généalogies, il connaissait toutes les taches, petites et grandes, des familles des candidats, depuis leurs filles en âge d'être fiancées et dont les amourettes entre fenêtre et ruelle n'étaient pas inconnues, jusqu'aux exploits, parfois très peu édifiants, des ancêtres. L'archiprêtre en sortit transpercé comme un saint Sebastien, à ceci près que l'archiprêtre n'était pas beau. C'était un printemps agréable, et, jusqu'à minuit, l'avocat parlait, il entretenait agréablement la foule du haut d'un balcon, et son enquête généalogique était inépuisable; les femmes elles-mêmes descendaient sur la place pour l'écouter. Un soir après l'autre, la cote du cheval ailé, que l'avocat avait choisi comme insigne en s'inspirant des pièces de dix lires, montait régulièrement; les démo-chrétiens, dont la campagne reposait sur le problème de l'eau, déjà résolu, et sur celui des égouts, encore à résoudre, sentaient déjà siffler le vent de la défaite. Mais le temps estival vint à leur aide, les fèves moissonnées dans les campagnes étaient déjà noires et sèches, et c'était le moment du battage. Le dernier scrutin, qui avait été celui de 1948 pour la Chambre et le Sénat, avait duré tout le dimanche et jusqu'au lundi midi. Peut-être les paysans en prirent-ils à leur aise, en pensant que cette fois encore, ils pouvaient disposer de la demi-journée du lundi, le fait est que beaucoup de paysans ne vinrent pas de la campagne. Ceux de la liste au cheval ailé s'en aperçurent trop tard, les paysans étaient tous de leur bord, et peut-être qu'au dernier moment ils essayèrent de sonner l'alarme dans la campagne. A dix heures du soir il y avait des groupes de paysans derrière la porte des bureaux de vote, mais sur dix, huit fermèrent implacablement, et les paysans restèrent en jurant, avec leur certificat à la main. Les présidents de section qui décidèrent de fermer à dix heures sauvèrent la D.C. qui était sur le point de sombrer, mais ce ne fut qu'une victoire d'une demi-longueur.

Le nouveau Conseil municipal se trouvait constitué de vingt-trois démo-chrétiens (et il y a une fatalité jusque dans les nombres) et de sept fascistes et communistes. Il était établi, entre les démo-chrétiens, que le secrétaire local du parti ou le secrétaire adjoint devait être nommé maire ; ils se faisaient des politesses, chacun se déclarait moins digne que l'autre, et ils se reconnaissaient réciproquement les qualités voulues pour un maire. Pour finir, ils se disputèrent, car dès que l'un d'eux fit mine de céder aux politesses et aux prières, l'autre posa immédiatement sa candidature avec décision. Pour éviter le chaos, le secrétaire renonça en faveur de l'adjoint. C'est avec ces prémisses que s'ouvre l'aventure du second Conseil Municipal de Regalpetra, pour laquelle se passionnèrent d'illustres parlementaires eux-mêmes.

Le maire administrait dans une joie parfaite, lorsqu'un assesseur prit le soin de l'informer secrètement de certains bruits qui couraient ; il fallait assurément les juger calomnieux, le fait est qu'ils couraient, l'assesseur l'avait su par sa femme et sa femme d'une sœur qui était mariée, celle-ci de son mari et le mari... c'était un circuit si long qu'il jeta le maire dans le désarroi, un désarroi digne de Pirandello, car son identité se brisait dans ce circuit de racontars. Quand, dans un pays comme celui-ci, les gens se mettent à s'occuper du *sexual behaviour* d'une personne, il vaut mieux changer de ville : on dit — cocu dans son village, crétin partout — pour signifier que celui qui est affligé de mésaventures conjugales peut devenir un autre en quittant l'endroit où sa mésaventure est connue, mais qu'un crétin ne changera pas de personnalité en changeant de résidence. Mais, dans le cas du maire, il ne s'agissait pas de cornes, et le maire n'était pas disposé à fuir devant une diffamation évidente.

En raison peut-être de la bienveillance chrétienne et de la charité dont s'inspirait ce bruit diffamatoire, le maire crut immédiatement identifier la personnalité qui en était l'origine ; tout comme un critique d'art fait l'attribution d'un tableau : « voici un Mantegna, voilà un Velasquez », le maire dit : « voilà qui vient du secrétaire de mon parti ». Peut-être ne s'agissait-il pas seulement d'une attribution intuitive, et peut-être eut-il aussi des preuves ou des témoins : à un moment donné, il porta plainte contre le secrétaire de la D.C., un de ses vieux amis et camarades d'études. La majorité fatidique des vingt-trois conseillers démo-chrétiens se divisa, douze conseillers se mirent du côté du maire, et dix restèrent avec le secrétaire du parti.

Les élections régionales de 1951 tombaient au beau milieu de ce bouillonnement factieux ; les candidats démo-chrétiens désertaient la place, mais les communistes la fréquentaient assidûment et ils montraient le martyre du maire avec des accents émus. Des parlementaires démo-chrétiens venaient en mission secrète, ils écoutaient les deux sons de cloche, ils ne se sentaient pas le courage de donner tort au maire, le maire voulait satisfaction, et tout le monde était disposé à la lui donner, mais sans trop savoir de quelle façon. Les prélats eux-mêmes invoquaient la paix. Alors que la situation paraissait irrémédiable et désespérée, en ce sens que le Parti devait prendre une décision nette et que chacun sait que la D.C. est particulièrement réfractaire aux décisions nettes, le maire commença à commettre des faux pas ; tout d'abord, il sollicita ou simplement accepta l'appui de la minorité de l'opposition au Conseil, puis il manifesta ouvertement de la sympathie et de la reconnaissance pour les communistes qui contribuaient passionnément à dramatiser l'affaire. Les adversaires reprirent haleine, il ne fallait plus considérer le maire comme un démo-chrétien, le parti pouvait s'en laver les mains ; cette espèce de contredanse dans laquelle s'agitaient les conseillers municipaux (ils changeaient continuellement d'avis, les partisans les plus ardents du maire passaient du côté du secrétaire, et ceux qui se trouvaient du côté du secrétaire venaient s'enflammer pour les raisons du maire) s'apaisa tout à coup. Le résultat des élections régionales, favorable pour les communistes et les fascistes, contribua à réduire les conseillers, c'est le cas de le dire, à des conseils plus réfléchis. Le maire se trouva isolé, il fut considéré par tous les *bien-pensants* comme un communiste, et, pour cette raison et toujours suivant les *bien-pensants*, du côté des torts. Les conseillers de l'opposition eux-mêmes lui firent défaut car ils avaient démissionné par protestation ; en effet un ministre avait été reçu à la Mairie, et les conseillers de la minorité n'avaient pas été invités : considérant que la participation aux fêtes municipales faisait partie de leur charge, les sept conseillers démissionnèrent.

Le maire était un homme jeune, qui allait à la messe chaque matin et communiait avec une telle dévotion que les ursulines et les Enfants de Marie le portaient aux nues ; démo-chrétien de la deuxième heure mais fort zélé et Président de l'Association des Instituteurs Catholiques, le maire devint d'un scepticisme moqueur en fait de religion, comme si Dieu était en quelque façon responsable de cette terrible intrigue ; et pourtant tout laisse supposer l'intervention d'une inspiration diabolique ; en bon catholique, le maire aurait dû tenir compte du diable, mais peut-être s'était-il convaincu que le diable ne se mêlait pas des affaires des démo-chrétiens.

De 1951 à 1954, la situation se cristallisa, personne n'osa présenter au Conseil une motion de défiance contre le maire ; et le maire, en dépit de ceux qui attendaient sa démission, resta cramponné à son poste ; il restait toujours en minorité dans les délibérations, mais il ne s'en allait pas ; et il ne donna pas sa démission du parti. Ce fut alors que les conseillers démo-chrétiens prirent une décision stoïque ; à l'instar des anciens Romains, ils se jetèrent sur leur propre épée, et donnèrent leur démission en masse ; de ce suicide du Conseil surgit comme d'habitude un commissaire préfectoral, et le secrétaire local de la D.C. fut de nouveau le commissaire adjoint.

Il semble qu'à Regalpetra, le régime des commissaires soit le seul capable de résoudre ces problèmes qui, au Conseil Municipal, se résolvent par la volonté commune d'au moins seize personnes ; il est difficile à Regalpetra de mettre seize personnes d'accord, à moins qu'il ne soit question d'agir au détriment de quelqu'un, et de préférence en secret. C'est pourquoi un Conseil Municipal démocratiquement élu ne se trouvera jamais dans un climat de sérénité ; mieux vaut un commissaire préfectoral, même s'il s'agit d'un commissaire *fantôme* et si tout se trouve entre les mains du secrétaire de la D.C. ; le commissaire décide en un jour des choses que le Conseil traîne depuis des années — c'est ce que pensent beaucoup de gens à Regalpetra ; le Conseil Municipal est amusant, mais ce n'est qu'avec un commissaire que l'on obtient quelque chose de bon. A l'idée que le commissaire s'en ira, et qu'il remettra de nouveau la mairie aux *représentants du peuple,* les employés tombent dans un état d'hypocondrie ; leur vie est remplie de tribulations lorsque conseillers et assesseurs circulent à travers les couloirs et les bureaux, avec un maire planté dans son fauteuil comme un monument ; en ce qui concerne les augmentations de traitement, les conseillers, qui sont toujours des gens qui paient les impôts, ne sont donc jamais disposés à en délibérer, et il est même possible qu'il leur vienne au contraire l'idée d'une réduction du personnel ; et le jeu compliqué des partis, à travers lequel se forment et se transforment les regroupements chancelants des majorités, engendre des formes d'asthénie chez les employés qui ne savent plus à qui se vouer, à qui se recommander, à qui obéir. Ce malaise, comme fait une pierre qui tombe dans un étang, se transmet à toute la commune; beaucoup n'en ont pas conscience, mais le malaise existe.

Quand on suit à travers les procès-verbaux des réunions du bureau et du Conseil les épisodes embrouillés des administrations municipales de Regalpetra, on a l'impression d'entrer dans un monde où un jeu de sophismes, de sous-entendus, de tromperies, d'affaires personnelles, en guerre froide ou en guerre ouverte, s'exalte comme une pure arabesque, au-delà de tout rapport avec la communauté. Le seul moment où il existe un rapport concret entre l'administrateur et le citoyen est celui du certificat : lorsque le maire certifie la naissance, l'identité ou la mort, geste qui, ailleurs, peut être considéré comme d'administration courante, et qui est ici investi d'une lumière métaphysique. Parce que ce n'est pas la pensée ou la foi qui nous sauvent du chaos, mais le certificat : sans certificat, nous sommes des fantômes. Le maire et le citoyen confèrent donc au geste de la signature une signification religieuse : la bureaucratie, qui est en Sicile une institution métaphysique, et qui est donc blasphémée en tant qu'institution métaphysique, trouve un point extrême de consécration avec la signature; quand un maire a signé les certificats, il est comme un prêtre qui a dit sa messe, il est pour la journée en paix avec sa conscience et avec la communauté, il est comme un artiste qui a créé des personnages, qui en fait mourir quelques-uns, il a créé pour un jour l'histoire d'une ville. La pire offense qu'un maire puisse faire à ses assesseurs consiste à leur *retirer la signature*; c'est ce que fit le dernier maire quand il eut la révélation de l'atroce diffamation qui circulait, et cela sembla un coup d'État.

En tant qu'entité métaphysique, l'administration communale, sous des signes et des symboles bureaucratiques, est « contemplation de la mort » : c'est pourquoi, dans le registre des délibérations, l'on voit fréquemment affleurer la préoccupation du cimetière ; chaque jour le maire *crée* un mort, les morts pèsent plus lourd que les vivants, chacun vit à sa façon mais nous mourrons tous, et il y a ce sentiment que les morts sont en foule et que le cimetière ne suffira pas à les contenir tous. Il faut qu'un homme soit à son aise au moins quand il sera mort, qu'il ait deux mètres carrés de terre sèche pour lui tout seul. Le paysan qui parle de réforme agraire dit : « bien sûr que j'aurai de la terre ; celle du cimetière, personne ne me la refusera ». Et c'est pourquoi les administrateurs se préoccupent du cimetière. Il y a dix ans qu'un « Projet pour l'agrandissement du Cimetière communal » se traîne, il est dans la vie orageuse du Conseil Municipal comme une phrase thématique qui sans cesse revient et s'évanouit, et c'est peut-être pour cela qu'aucun projet ne parviendra jamais à l'approbation. Cependant les morts affluent, et, par manque d'espace, ils sont disposés par couches ; il y a deux couches de morts au-dessous du marbre et de l'herbe du cimetière. De plus, il y a dans le cimetière une zone qui rend de l'eau ; en l'espace de quelques mois les cercueils pourrissent, et la pensée que les morts sont en train de pourrir dans l'eau obsède les vivants ; je crois que la pensée d'une *place au sec* brille comme une ultime espérance dans l'œil des mourants, et la famille supplie le maire : « Je vous en prie, une *place au sec* ». C'est la seule chose qu'à Regalpetra on puisse demander à un maire.

En ce qui me concerne, j'ai des raisons de croire qu'on ne m'attribuera pas une *place au sec* : il faudrait bien qu'on me fasse un cercueil en forme de barque.

LES CURÉS
ET L'ARCHIPRÊTRE

Pampilonia, dans le dialecte de Regalpetra, cela signifie confusion infernale, vacarme, panique, gaieté sans limites ; pour ceux qui ont lu *Fiesta,* de Hemingway, cela semblera une hypothèse plus suggestive de faire dériver ce mot de la *fiesta* de Pampelune, plutôt que de Babylone, *civitate infernali* des prédicateurs ; et, à cette hypothèse se joint une *pampilonia* de fête qui, pendant la dernière semaine de mai, éclate ici dans la violence et les nuits sans sommeil.

Avec cette fête querelleuse, qui, assurément, aurait plu à Hemingway, les habitants de Regalpetra célèbrent un miracle de la Madone attesté par de vieilles chroniques. En l'an de grâce 1503, Ercole del Carretto était le seigneur de Regalpetra, lorsqu'un après-midi poussiéreux et ensoleillé, Eugenio Gioeni, gentilhomme de Castronovo, fit halte devant l'église de Santa Lucia, où se trouve une fontaine. Laissons la parole au vieux chroniqueur : « Dans la ville de Castronovo habitait le noble Eugenio Gioeni, qui souffrait d'hypocondrie. Les médecins lui ordonnèrent de faire un voyage pour se divertir et dépasser ladite constante hypocondrie. De fait, l'on manda certains parents de Palerme et de Castrogiovanni ; avec leurs serviteurs, ils se réunirent en un groupe de soixante-dix personnes, frétèrent un bâtiment, et commencèrent à longer l'Afrique. C'est ainsi qu'ils passèrent par la Libye, royaume de Barca. Or, comme ils reposaient sur une colline, sous un rocher, ils virent sur ce rocher le dessin d'une porte et, l'ayant ouverte, ils y trouvèrent une statue en marbre blanc de la très sainte Vierge, tenant l'Enfant Jésus dans sa main gauche ». Revenant à Castronovo, Gioeni ramena la statue, placée sur un chariot traîné par des bœufs ; mais lorsque, de Regalpetra, il voulut reprendre son chemin vers Castronovo « on aiguillonna les bœufs et on les poussa pour transporter cette statue, mais les deux premiers s'agenouillèrent, et les quatre suivants, au lieu de se diriger vers les Grottes, pour se rendre ensuite à Passo Fonduto, se mirent à reculer ; le char s'enfonça, avec la susdite statue, et aucune force humaine ne fut en mesure de la soulever. A la vue de ce prodige, Eugenio dit au peuple et au comte de Regalpetra qu'il la laissait sur cette terre. »

Bien qu'ancienne, cette chronique est certainement postérieure à 1576, année où Regalpetra, jadis baronnie, fut érigée en comté. Il faut dire aussi que la statue est de l'école des Gagini, et il semble fort improbable qu'elle ait échoué en Afrique ; mais ce qui, plus que tout, est inquiétant, c'est ce que l'on peut constater à propos du choix de la Madone entre Gioeni et Del Carretto, entre les habitants de Castronovo et ceux de Regalpetra ; inquiétant, comme l'apparition de l'image du Christ sur un mur devant le professeur Pende, précisément parce qu'il s'agit du professeur Pende, et des Del Carretto, et parce que la Madone a voulu s'arrêter parmi les habitants de Regalpetra ; la population de Castronovo étant dans une égale mesure constituée d'honnêtes gens et de criminels, de gens intelligents et d'imbéciles. Je sais bien ce que répondrait un théologien, mais il y a pourtant de quoi s'inquiéter. La Madone a dû rester pour récompenser par la vision et la tradition du miracle les habitants de Regalpetra, pour leur donner une compensation aux taxes de *terraggio* et de *terraggiolo,* aux impositions unifiées, à l'injuste paiement reçu pour l'extraction du sel et du soufre, mais un miracle de ce genre devient alors comme un suc gastrique pour Don Girolamo del Carretto, pour Don Calogero Virzi, qui possédait même les voiliers nécessaires pour vendre le soufre que les habitants de Regalpetra extrayaient pour lui, pour Salvatore Accursio qui accumule des richesses grâce aux salines, un suc gastrique qui aide à digérer la richesse; ici il y a des hommes qui travaillent comme des taupes, et les autres font la sieste pour digérer leur richesse.

Mais finalement, il y a la *fiesta* pour tout le monde, une *fiesta* rougeoyante, une grappe de joie hurlante. Les hommes de Regalpetra qui travaillent dans les mines de Belgique ou qui sont maintenant en Amérique depuis des années ressentiront une poignante mélancolie; les derniers jours de mai, ils écrivent à leur famille à Regalpetra : « avant de mourir, je veux au moins voir la fête pour une dernière fois, faites-moi savoir comment elle s'est passée cette année, et qui a pris la bannière ».

Le sommet de la fête est effectivement constitué par la conquête de la bannière : il y a une *machine* de cinq mètres de haut, qui porte au sommet une bannière brodée d'or, différente chaque année, et les jeunes du bourg se battent pour s'emparer de l'étendard. Il y a tout un rituel; seuls peuvent se battre pour la bannière des garçons du bourg, célibataires mais déjà fiancés, qui doivent se marier dans l'année; il se forme des factions, chacune soutient son champion; il faut respecter l'heure et le lieu où doit commencer la bataille, on n'a pas le droit d'apporter d'armes, mais on peut échanger autant de coups de poing et de coups de pied que l'on veut, et que l'on peut, et malheur au carabinier qui, voyant le sang couler, se jette au milieu ; certains, arrivés depuis peu, le font, mais ceux qui sont au courant se bornent à regarder : celui qui se met au milieu reçoit la meilleure part des coups, c'est bien connu. La bagarre dure dix minutes, un quart d'heure ; puis on voit le champion tout sanglant, monter vers la bannière, ruer comme un mulet contre ceux qui voudraient le tirer en bas ; il arrache finalement l'étendard cependant qu'au-dessous, la lutte se calme tout d'un coup, et la foule qui bouillonnait dans la bagarre devient une mer d'huile. L'année dernière, la lutte pour la bannière, qui traînait derrière elle des rancunes électorales, s'annonçait sanglante ; mais un *borgese* mafieux, un vieux, intervint aux premiers coups ; il était célibataire, et il déclara que c'était lui qui voulait la bannière. Il arriva une chose inouïe, dans un mouvement d'enthousiasme unanime tous les jeunes soulevèrent l'homme qui n'y arrivait pas tout seul à cause de son âge et de sa corpulence, et ils le hissèrent suant et soufflant jusqu'à l'étendard.

A part la lutte pour la bannière, un air de bagarres accompagne toujours les manifestations religieuses auxquelles les hommes prennent part. En 1948, avant les élections, les pères dominicains portaient la statue de la Vierge de Fatima d'un village à l'autre ; un vent de miracles parcourait la Sicile, les vœux et les offrandes pleuvaient sur cette nouvelle effigie de la Madone, et on disait qu'au pied de la statue, des sourds-muets s'étaient mis à crier, que des paralytiques réussissaient à faire quelques pas parmi la foule. Chez nous, à Regalpetra, la Madone arriva du bourg voisin de Castro ; les gens de Castro l'accompagnèrent en procession pendant sept kilomètres, et, aux portes de Regalpetra, ils trouvèrent les prêtres, la fanfare et la population ; ils devaient donc remettre la Madone à ceux de Regalpetra. Or les gens de Castro voulaient la porter sur leur dos jusque dans le bourg, ils voulaient la laisser à l'intérieur de l'église principale, c'est ce qu'avaient fait avec eux les habitants d'un autre village. Mais les gens de Regalpetra prétendirent que la statue leur fût remise aux portes de la ville ; il se fit un tumulte, qui s'envenima de vieilles rancunes, des appréciations méprisantes furent lancées des deux côtés. La bagarre se déchaîna, des guirlandes de blasphèmes étincelèrent autour de l'image céleste, les Pères levaient les mains en l'air pour calmer la tempête. Jamais la Madone n'a été blasphémée par les habitants de Regalpetra et de Castro comme ce jour-là. Les communistes étaient au premier rang dans la mêlée ; si les élections avaient eu lieu pendant la période où la Madone de Fatima était à Regalpetra, le P.C. n'aurait pas eu une seule voix ; mais on vota un mois plus tard, et le P.C. en eut un millier.

A l'époque de la fête, toutes les promesses qui sont faites au cours de l'année à la Madone, que ce soit de blé, d'argent ou de têtes de bétail, sont solennellement accomplies. Ceux qui doivent accomplir un vœu partent du seuil de leur demeure à la tête d'un petit cortège, et, par le chemin le plus long, car c'est une obligation que de traverser tout le *Corso*, ils apportent leur offrande à l'église. Les femmes vont pieds nus, portant le sac de blé, blanc et entouré d'un ruban bleu, en équilibre sur la tête ; les hommes chevauchent des mulets bardés de couleurs vives, tintant de grelots, et portent le blé dans des besaces toutes neuves. Comme l'église domine tout le bourg, au sommet d'un long escalier, la tradition veut que l'homme, à cheval, gravisse rapidement les gradins jusqu'à l'intérieur de l'église, pour s'arrêter devant le banc où doit être pesé le blé. Tout d'abord, le mulet résiste, puis les coups qui pleuvent sur lui, de tous côtés, les cris, le son des trompettes et des tambours le contraignent à monter ; l'œil révulsé, il se rue vers la montée et s'arrête seulement à l'intérieur de l'église silencieuse, soudain surpris de ce silence et tout frémissant. Quand le grain est pesé, le donateur sort à cheval par l'autre porte de l'église. C'est ainsi qu'en deux jours, des centaines d'offrandes sont portées à la Madone.

Mais cette année, il semble que le nouvel évêque, informé de la chose, ait crié au scandale : les carabiniers se sont mis devant la porte de l'église, au risque de se faire renverser par les mulets, et les membres du conseil curial expliquaient aux donateurs l'interdiction de l'évêque. Les gens de Regalpetra, convaincus au besoin qu'un évêque, d'un geste de la main, peut les damner au feu éternel, ne réussiraient jamais à comprendre que leurs rapports séculaires avec la Madone puissent être troublés par des intermédiaires ou des interdictions ; leur église a été édifiée et enrichie grâce à leur argent, tout l'or qui ruisselle en grappes autour de la Madone, des bagues ornées de diamants aux boucles d'oreilles en anneau des jeunes mariées de la campagne, témoigne de leur dévotion ; et la fête, qui, entre les feux d'artifice, les éclairages, les fanfares et les concours, dispose d'un budget égal à celui de la Commune, est payée par une taxe supplémentaire sur les bien de consommation qui fait les délices des boutiquiers. C'est pourquoi, à la communication de cette interdiction, une fureur de révolte agite le peuple de Regalpetra. Hésitants, non par un doute de conscience devant la décision de l'évêque, mais à cause d'une peur antique devant le carabinier, les donateurs ne savaient que faire. Mais les spectateurs firent taire tous les doutes : « pas de mulets à l'église, pas de blé » crièrent-ils, et les mulets redescendirent avec leurs sacoches pleines. C'est ainsi que toutes les promesses arrivèrent devant la porte de l'église et s'en retournèrent en arrière; et, en signe de protestation, les offrandes en argent ne furent pas non plus remises.

La responsabilité de l'interdiction, inutile de le dire, fut attribuée à l'archiprêtre : « qu'est-ce que le nouvel évêque connaissait à cette histoire de mulets ? Il y a sûrement eu quelqu'un qui le lui a soufflé », parce que les gens considèrent que l'archiprêtre prend un malin plaisir à narguer le bourg, en matière de religion ou de politique; et les habitants de Regalpetra seraient disposés à croire n'importe quoi de l'archiprêtre, qu'il possède un harem ou qu'il mange les nourrissons à la croque au sel. Une fois, comme on avait découvert sous le pavage d'une église une crypte pleine d'ossements, les gens se mirent aussitôt à raconter que l'archiprêtre avait emporté chez lui un grand sac d'écus caché depuis des siècles dans cette crypte; et quand la police, à l'époque des restrictions, trouva dans la maison de l'archiprêtre une quantité de blé supérieure à ce qui avait été autorisé par la loi, on ne perdit pas de temps à lui attribuer des plans et des manigances monstrueuses. Et l'archiprêtre sait qu'il porte cette cape de martyr; on lui a coupé scs vignes, volé ses bœufs, il reçoit des lettres de menaces et d'insultes, et, tout comme les saints qui sont représentés avec les instruments de leur martyre, l'archiprêtre de Regalpetra peut figurer sur un rétable, tenant à la main une lettre anonyme. Si le curé de San Rocco dépense quelques milliers de lires et fait ressembler son église à un hall de gare, chacun exalte sa probité et ses soins jaloux; si l'archiprêtre dépense quelques millions, en y allant de sa poche, pour restaurer avec discrétion et bon goût l'église principale, il n'y a pas un chat pour lui reconnaître ne fût-ce que ce mérite. C'est pourquoi, s'il y a un paradis, l'archiprêtre y a bien gagné une petite place; entre autres choses il est de ces prêtres qui arrivent tout noirs au paradis, sans la coquetterie des mouchoirs rouges qu'il est de mode d'agiter maintenant sur la foule ; le *Syllabus* sous le bras, et, à la main, la lampe de reconnaissance pour la chute de la république romaine (et c'est vrai que cette lampe existe dans son église, c'est l'archiprêtre de 1849 qui l'avait fait faire, et il demanda dans son testament qu'on l'allume à chaque anniversaire). Pour notre goût, mieux vaut un prêtre noir qu'un prêtre rouge ; ces prêtres qui descendent en lice avec un drapeau rouge sont en train de faire une confusion infernale, s'ils ont choisi entre le rouge et le noir, *rien ne va plus*, ils n'ont qu'à rester sur le noir jusqu'au bout.

L'archiprêtre de Regalpetra, camérier secret de Sa Sainteté, et, par conséquent, *Monsignore,* est un homme petit et noir, aux mains toujours jointes sur la poitrine, et la tête levée comme quelqu'un qui se dresse sur la pointe des pieds pour essayer de voir au-delà des choses qui sont devant lui ; bon organiste et bon orateur, il n'a rien d'un hypocrite, comme le pensent beaucoup de gens, car tout ce que l'on trouve en lui de déplaisant naît précisément d'une incapacité à la mystification. Parfois, nous nous rencontrons, et je mets à dure épreuve la patience de *Monsignore* en faisant tomber la conversation sur l'Espagne, où les curés se trouvent fort bien, ou sur Perón ; *Monsignore* se rattrape en me parlant du bon Dieu et en me conseillant des lectures édifiantes, il prie peut-être pour le salut de mon âme, et l'idée qu'il prierait avec plus de passion s'il y avait moyen de me faire rôtir sur un beau feu de bois sec me donne un sentiment de sécurité et de tranquillité ; en somme, avec *Monsignore,* je peux parler ; mais je commence à me sentir inquiet avec un de ces *nouveaux* prêtres. Des *nouveaux* prêtres, il y en a aussi à Regalpetra, agités et entreprenants, jaloux de ce peu d'autorité que l'archiprêtre conserve sur eux, et certains d'entre eux disent ouvertement du mal de l'archiprêtre ; la *leyenda negra* de l'archiprêtre s'enrichit ainsi d'importantes contributions.

Les *nouveaux* prêtres sont la croix de *Monsignore* : actifs et essoufflés comme s'ils géraient des entreprises commerciales, chauves-souris qui voltigent dans les bureaux de la région et les antichambres des hommes politiques, les poches remplies de lettres sur papier à en-tête « Chambre des Députés », « Sénat de la République » « Assemblée de la Région » ; lorsque, non contents d'être aussi actifs, ils sont beaux comme le Don Gastone de Goffredo Parise, les ennuis deviennent considérables, et l'archiprêtre en perd le sommeil. Il y a le jeune prêtre qui cause un petit scandale plutôt drôle et qui disparaît ; et il y a ceux qui provoquent le gros scandale, avec les envoyés spéciaux de *L'Unità* qui arrivent comme des vautours, des titres sur trois colonnes et des photos. Les gens s'amusent quand il souffle un vent de scandale, *L'Unità*, qui d'habitude, a deux ou trois lecteurs, se vendait avec des pointes de trois cents exemplaires au moment où le journal publiait une espèce de roman-feuilleton sur le *beau* curé, une histoire qui fit de l'effet, même à l'extérieur, à voir la façon dont le journal la présentait ; et *Monsignore* se sentait comme un escargot sur des braises, parce qu'en effet, les habitants de Regalpetra, bien plus que du fait en lui-même, se préoccupaient surtout de la tête que faisait *Monsignore*, et rien que pour le faire bisquer ils se mettaient à tout coup du côté du scandale et du sacrilège ; ainsi, si une aventure digne de Boccace fleurit à l'ombre d'un confessionnal, la faute, c'est évident, n'est pas celle du jeune prêtre qui cède à la tentation ou de la jeune fille qui cède au prêtre, c'est la faute de *Monsignore*, de ce pauvre homme qui, tout au long de sa longue vie, n'a jamais été effleuré par le moindre soupçon rappelant Boccace de près ou de loin.

Monsignore a une vaste parenté, il a mobilisé tous les membres de sa famille dans la D.C. et il s'est retiré à l'écart, en dehors même de ce qui lui revient selon les décrets du Saint-Office et les lettres pastorales de l'évêque, il ne donne pas l'impression d'être en proie à cette danse de Saint-Guy de la politique à laquelle s'abandonnent tant de prêtres ; du reste, la meilleure politique qu'il puisse faire au profit de la D.C., c'est de ne pas se montrer, car il ferait fuir tout le monde ; et puis, sa famille sait s'y prendre, ils constituent un clan si compact et si actif que personne ne serait capable de l'égratigner.

Cette sorte de vaste népotisme alimente l'aversion contre *Monsignore,* mais la vérité, c'est qu'en Sicile, la politique devient toujours une affaire de tribu, et le membre le plus éminent ou le plus représentatif, d'habitude, entraîne toute la tribu derrière lui, jusqu'aux alliés et aux domestiques ; et un parti politique finit par devenir comme les surveillants d'un grand domaine.

La D.C. de Regalpetra est comme ces photos-souvenirs sur lesquelles, autour du bisaïeul ou de l'oncle d'Amérique se groupent en arbre généalogique tous les parents, jusqu'au dernier-né avec sa tétine dans la bouche ; au centre se trouve *Monsignore,* et il y a trois générations de parents disposés tout autour comme des vagues montantes. Que, dans les rangs de la D.C. aient échoué les restes de la Démocratie du Travail, de l'Homme Quelconque et même du Parti d'Action, assurément avec des intentions qui n'avaient rien de cordial à l'égard du noyau familial, cela n'a servi à rien : la tribu réussit à phagocyter n'importe quelle force d'opposition interne. C'est un bel exemple pour manuel de lecture, l'union qui fait la force, le faisceau de verges qui ne plie pas.

Les autres prêtres ne voient certes pas d'un bon œil ce tableau de famille, c'est pourquoi ils essaient des rapports directs avec les hommes politiques dans le jeu électoral ; chaque prêtre a son candidat, il mise sur un numéro, en dehors de la combinaison lancée par la section du parti. En général, la section du parti mise sur des hommes de la province même, ou, exceptionnellement, de la province voisine de Caltanissetta ; c'est, si l'on veut, un point de vue exact : il est juste d'envoyer au Parlement des gens qui connaissent nos problèmes de près ; mais il est clair que, s'il y a un candidat qui, par son intelligence et sa culture, est supérieur à la médiocrité, nullement dorée, des autres candidats, et, de plus, s'il est incapable de jouer le jeu de la mystification électorale, même si un candidat de ce genre est né dans un village voisin et connaît nos problèmes, il est certain que la section ne misera pas sur lui ; et c'est le cas du député Ambrosini. Mais ceci est une autre histoire. La section choisit donc ses candidats avec l'argument du bon voisinage ; et alors, le curé de San Rocco par exemple, mise sur un candidat de la province de Trapani, qui est précisément la zone la plus éloignée de Regalpetra. De cette façon, le parti est court-circuité, et il naît un rapport direct entre le prêtre et l'homme politique.

Un curé représente une force de trois à sept cents voix, je veux dire un curé qui sait s'y prendre, car il y en a qui dorment, même en période électorale, et qui laissent le catéchisme des votes aux militants du parti. Le curé de San Rocco sait s'y prendre, il manœuvre ses sept cents voix d'une façon pas très orthodoxe à l'égard de la section du parti, il a des préférences dictées par l'esprit de contradiction. Il est jeune, plein d'un tempérament aventureux et polémique, archiprêtre *in pectore,* si ses supérieurs continuent à lui manifester leur estime ; il dit « j'en suis indigne » quand il fait allusion à l'estime dont il jouit, et il n'y a pas lieu de le contredire. Il lit Guareschi et Th. Merton, et, entre Don Camillo et le *sinite parvulos,* il joue gaillardement la comédie. Il a une paroisse de gens de la campagne, petits métayers et ouvriers agricoles, *rouges* en majorité, mais les femmes rachètent par leur dévotion l'erreur des hommes, et ces sept cents voix, tous comptes faits, lui viennent de la foi intacte des femmes. Son église possède un *petit arpent du Bon Dieu* dont les fruits vont au curé *pro tempore,* et, cultivant ce petit champ avec des méthodes rationnelles, il en multiplie les fruits. Il court en lambretta du bourg à la campagne, du bourg au chef-lieu ; il ne reste jamais en place, quand on lui parle, il se distrait toujours derrière Dieu sait quelles pensées fugitives ; et, quand il parle, il ne réussit jamais à finir une phrase, ses pensées lui échappent en quatrième vitesse, dans une grande confusion et non sans dérapages. Mais, ce qui est sûr, c'est que, quand il veut de l'argent pour son église, il devient précis et logique, et on lui donne de l'argent, à Palerme et à Rome. Les gens disent : « quel brigand... » mais avec une satisfaction affectueuse, comme en parlant d'un enfant qui vole des gâteaux et tire quelques coups de fronde contre les fenêtres du voisin.

Les églises du bourg n'ont pas cette « surcharge d'âmes » ou densité excessive, dont s'inspirent les prévisions gouvernementales pour l'édification des églises nouvelles. En l'espace de quelques années, quatre églises ont été fermées, dont l'une, la plus belle et la plus ancienne, tombe misérablement en ruine ; deux autres restent toujours fermées, et on ne les ouvre que pour les enterrements. Seules fonctionnent les quatre paroisses entre lesquelles se divise le bourg, et la basilique. Il y a une vingtaine d'années, la ville ne comptait pas moins d'une douzaine de prêtres ; aujourd'hui nous en sommes à cinq prêtres et demi, car de l'un d'eux, le coadjuteur de l'archiprêtre, aussi docile et rémissif que l'archiprêtre est formaliste, autoritaire et pédant, on ne peut tenir compte comme d'une unité. Les garçons, à Regalpetra, quand ils montrent une certaine inclination pour les études et que leurs familles n'ont pas de moyens, sont envoyés au séminaire de l'évêché ou dans les collèges des jésuites ; mais il y en a peu qui y restent jusqu'à leur ordination, ils y demeurent aussi longtemps que possible, puis s'échappent en se présentant aux examens de l'enseignement public, pour un diplôme d'instituteur ou le bachot. Il y a une bonne vingtaine d'années que les habitants de Regalpetra jouent à ce petit jeu, et ils y réussissent parce que le bourg possède quelques gros bonnets dans la hiérarchie ecclésiastique, et, au-dessus de tous, un *pape noir* ; c'est pourquoi un fils de *borgese* ou de commerçant peut entrer facilement dans les collèges jésuites, en payant une pension dérisoire ; bien entendu, il faut qu'au début ils montrent qu'ils ont la vocation, les parents qui vont le recommander jurent sur cette vocation, puis, tout à coup, la vocation s'éteint, juste au moment où le garçon est en mesure de décrocher une peau d'âne dans l'enseignement d'Etat.

Mais il se produit, chez les jeunes gens qui sortent de ces séminaires, une sorte de complexe d'évasion, un vague sentiment de culpabilité sacrilège auquel sert de contrepartie une attitude de dérision blasphématoire, une fougue revendicatrice et exhibitionniste dans leur activité amoureuse, un *gallismo* qui se mêle de fureur profanatrice. Sur vingt garçons qui entrent au séminaire, on peut bien dire qu'il y en a dix-neuf qui s'échappent au bon moment, et il est possible que, par les temps qui courent, celui qui reste soit une compensation suffisante à la fuite des autres. Autrefois, ceux qui allaient au séminaire, c'étaient ces garçons qui avaient vraiment la vocation, ceux qui jouaient avec les images pieuses et les petits autels, qui servaient la messe et étaient enfants de chœur dans les processions ; qui, lorsqu'on leur demandait ce qu'ils feraient quand ils seraient grands, répondaient « je serai prêtre » ; ils allaient au séminaire et ils y restaient. Il se produisait souvent des conflits entre le père et la mère pour les garçons qui voulaient se faire prêtres, mais maintenant il n'y a pas de danger que la paix familiale soit troublée par une vocation infantile soutenue par la mère et violemment contrariée par le père. Dans l'imagination des garçons, il y avait jadis le carabinier ou le prêtre, maintenant c'est l'ingénieur qui construit des fusées spatiales ou le champion de football, et, s'ils vont au séminaire, ils savent déjà d'avance qu'ils en sortiront à un âge raisonnable. C'est pourquoi, à Regalpetra, beaucoup d'églises sont destinées à demeurer sans titulaire, à moins que l'on n'ait recours à l'importation.

A l'exception du curé de San Rocco, les prêtres de Regalpetra sont des gens tranquilles, ils disent leur messe et renouvellent les bouquets de fleurs sur les autels, font leurs comptes et grognent un peu à propos de l'archiprêtre ; ils possèdent tous un peu de terre au soleil, terre du Seigneur ou terre qui leur vient d'héritages privés. Les incidents avec les communistes à propos des baptêmes se réduisent au minimum indispensable, avec une égale bonne volonté de la part des prêtres et de celle des communistes ; et, lorsque, pour l'émigration au Canada, il faut certifier qu'un communiste n'est pas communiste, les prêtres ne vont pas chercher la petite bête ; *Monsignore,* injustement considéré comme incapable de gestes de clémence, a envers les communistes une vision analogue à celle de Koutousof à l'égard de Napoléon ; tant qu'ils avancent, la D.C., et pour le compte de la D.C. la famille de *Monsignore*, applique la politique de la terre brûlée, manœuvrant brillamment les bureaux de placement, les chantiers-école et les organismes d'assistance ; mais s'ils s'en vont — à l'ennemi qui s'enfuit, des ponts d'or — on leur donne le certificat de non-appartenance au Parti communiste ou au Parti socialiste, viatique indispensable pour que quelqu'un puisse s'en aller couper du bois dans les forêts du Canada. Au moment de leur délivrer le certificat, *Monsignore* fait appel à la conscience de l'intéressé — « je ne sais pas, dit-il, si vraiment tu n'es pas communiste, ta conscience le sait », et, pour le paysan, cette trouvaille de la conscience semble une chose risible, entre mourir de faim à Regalpetra et la conscience, il y a vraiment quelque chose qui ne colle pas.

PETITES CHRONIQUES SCOLAIRES

L'été approche. A l'école, je marche de long en large pour lutter contre le sommeil. Les enfants griffonnent leurs exercices avec lassitude. Je marche pour vaincre cette coulée de sommeil qui, lorsque je m'assieds, me remplit, je le sens, comme un moule vide. Pour les cours de l'après-midi, en ce mois de mai, le sommeil est une lourde menace. Si j'étais chez moi, je ne dormirais certainement pas, je lirais un livre, j'écrirais un article ou des lettres à des amis. A l'école, c'est différent. On est attaché à la rame de l'école ; et il faut ramer, ramer comme dans un rêve où il y a le cauchemar d'une immobilité désespérée, de la fuite impossible. Je n'aime pas l'école ; et je suis dégoûté par ceux qui, du dehors, exaltent les joies et les mérites d'un travail comme celui-là. Mais je ne nie pas que, dans d'autres lieux et dans des conditions différentes, je ne puisse retirer quelque satisfaction de ce métier d'enseignant. Ici, dans un village reculé de Sicile, j'entre dans la salle de classe avec le même état d'esprit que le mineur qui descend dans les sombres galeries de la mine de soufre.

Trente enfants qui ne peuvent tenir en place, qui réclament la correction physique interdite par le règlement, et m'apportent gaiement une badine d'amandier afin que je l'utilise sur leur dos ; les mères, elles aussi, viennent me recommander de les corriger à la trique, ces enfants : « ce sont de mauvaises graines, il faut leur faire peur » ; la peur, ce serait donc l'usage inconditionné de la trique. On dit ici : « que ses mains soient bénies » en parlant d'un instituteur qui rompait le pain de la science avec le concours d'un bâton noueux et qui, grand et vigoureux comme il était, avait une façon particulière de prendre les enfants par les oreilles et de les soulever en l'air ; il y en a un qui en a gardé l'oreille droite large comme une palette de figuier de Barbarie, il est devenu un homme avec cette oreille, et il est allé ensuite faire fortune en Amérique. Trente gamins qui s'ennuient, qui cassent des lames de rasoir dans le sens de la longueur, les plantent dans le bois de leurs tables sur un demi-centimètre et les pincent comme des guitares ; ils échangent des obscénités que désormais je dois faire semblant de ne pas entendre : « ... de ta mère, ... de ta sœur », ils jurent, ils crachent, ils font des lapins en papier avec les pages de leurs cahiers, des lapins qui remuent leurs longues oreilles, c'est tout un tremblement qui se termine en une boulette de papier quand je les appelle à l'improviste. Et ils font des bateaux, des cocottes, des chapeaux, ou bien ils colorient les images des livres en utilisant sauvagement le rouge et le jaune, jusqu'à déchirer la page. Ils s'ennuient, les pauvres gamins. Ils se moquent bien des fables, de la grammaire, des villes du monde et des productions de la Sicile, ils pensent à la cantine : dès que l'appariteur aura sonné la cloche, ils s'échapperont pour prendre leur assiette d'aluminium ; des haricots blancs nageant dans un bouillon avec quelques rares yeux de margarine, une lamelle de corned-beef, un cube de marmelade qu'ils enveloppent dans leur feuille d'exercices, et qu'ensuite ils lèchent dans la rue, marmelade et encre ensemble.

Le directeur vient deux ou trois fois par an. C'est un brave homme, continuellement tourmenté par le fait qu'il se situe politiquement à gauche et suscite pour cette raison les attentions fort peu bienveillantes de son supérieur direct, avec les conséquences normales de la chose. Il a un faible pour l'arithmétique et des préoccupations hygiéniques angoissantes. Celui qui était là avant lui avait au contraire un faible pour la grammaire italienne, et son morceau de bravoure était une tirade philosophique sur le verbe être. Celui-ci est plus tranquille. Il entre, et regarde les élèves assis sur leurs bancs vétustes et incommodes ; à ceux qui sont plus âgés, et qui le regardent en tenant les mains dans les poches de leur pantalon, il leur dit de sortir leurs mains, de les mettre sur la table, « ensuite, ça devient un vice » me dit-il. Je dis oui, j'approuve tout ce qu'il dit. Je suis d'accord : la discipline, les progrès, expliquer de cette manière le 3,1416, le nombre fixe pour trouver l'apothème ; ce garçon me semble un peu simple, ceux-là ne se lavent pas. Oui, ils blasphèment. Ils écrivent sur les murs des cabinets des choses tout à fait scandaleuses. A l'extérieur, ils bousculent les vieux, ils bousculent les appariteurs dans l'entrée. Ils montent sur les tuyaux des gouttières, enjambent les pointes de la grille. Oui, ils font tout cela. Et ils se battent pour la cantine, pour savoir ceux d'entre eux qui vont y aller, dix par jour. Le fait est qu'ils ont faim. D'accord, j'insisterai sur la géographie, et pour qu'ils sachent tout sur le trapèze. Je leur dirai de se couper les cheveux, de se laver les oreilles : « elles sont si sales que des fèves pourraient y germer », et les jambes, et les mains.

Quelquefois, l'inspecteur vient lui aussi. Avec une intuition surprenante, il arrive juste le jour ou l'heure où le directeur est absent. Mes trente garçons crasseux et hirsutes, qui ne sont même pas intimidés par sa présence et continuent à murmurer et à se disputer entre eux, il est très évident qu'il ne peut pas les avaler. Il voit la baguette sur mon bureau, et se représente peut-être des scènes de torture. Pour ma part, je ne les ai jamais frappés, la baguette me sert à indiquer les villes et les fleuves sur la carte de géographie. Mais l'inspecteur ne le croirait jamais. « Il faut les prendre avec douceur » dit-il. Il me raconte qu'un de ses élèves (« parce que, moi, je sors du rang », dit-il avec orgueil) était menteur, violent, et même voleur, et qu'à force de douceur et de persuasion il l'a ramené à l'ordre et au travail. Il entra ensuite dans la police, et ce fut un fonctionnaire estimé de l'O.V.R.A. [1]. Je dis « Oui, la douceur peut tout ». Et, dans cette approbation, je ne gaspille même pas une légère vibration d'ironie.

Chaque semaine, il vient un prêtre pour la demi-heure de religion. Il recommence chaque fois depuis le commencement, Adam et Eve. Les garçons se mettent à pincer leurs lames de rasoir. Quelques blasphèmes flottent à travers la salle, mais l'abbé ne fait pas, comme moi, semblant de ne pas entendre. Il leur promet le feu éternel. Ils se mettent à rire. L'abbé devient écarlate de colère. Je suis obligé, moi aussi, de crier mes reproches inutiles.

Une fois par an, il y a même la visite de *Monsignore*. Il est petit, maigre et noir comme une mèche de veilleuse. Par une boutonnière ouverte, près de son col, on voit briller un peu de violet. Il parle en souriant, invite les gamins à fréquenter le catéchisme, demande combien d'entre eux doivent encore faire leur première communion. Environ la moitié. *Monsignore* est scandalisé. Il n'y a aucun garçon dans la classe qui ait moins de douze ans, et, à douze ans, les garçons comme il faut ont déjà fait leur première communion depuis un

1. La police secrète du Régime fasciste.

bout de temps. Il se renseigne sur la paroisse à laquelle ils appartiennent. L'un dit : « dans mon église, il y avait l'abbé qui est parti avec la fille de Scardella ». *Monsignore* reste comme un gardien de but qui regarde le ballon foudroyer le filet à l'improviste. Le fait est exact, et l'abbé est vraiment parti comme ça. Pour se remettre, *Monsignore* cherche sa montre sur son cœur. Il s'en va, souriant toujours ; « Louanges à Jésus-Christ », dit-il, et ils lui répondent « maintenant et toujours » tout en ricanant.

Le jour de la fête, nous les conduisons à l'école en rangs, avec le drapeau de l'école en tête. Il y a une atmosphère de Jeunesses Fascistes, qui réconforte beaucoup d'instituteurs, ils marchent comme si les notes de *Giovinezza* jaillissaient pour eux seuls, et des ectoplasmes de dignitaires du Parti voltigent dans l'air. Mais les garçons ne savent pas rester en rangs, et c'est bien consolant. Nous défilons le long du *Corso,* et l'ancien secrétaire du Parti fasciste surgit de la porte d'un barbier, il regarde avec indignation cette longue file qui se remue comme un serpent en train d'avaler un petit oiseau. A l'église, ils se jettent à la conquête des bancs les plus proches du chœur, il n'y a rien à faire pour les tenir tranquilles, *Monsignore* crie dans le micro pour réclamer de l'ordre et de la discipline : « vous êtes dans l'église, la maison de Dieu ». Lorsque la lutte s'apaise, il subsiste comme un bruit d'essaim en folie, qui accompagne l'office. Arrive le moment de la communion. Je sais qu'une bonne dizaine de garçons ne se sont pas confessés la veille, et, le matin, j'en ai vu plusieurs manger à grandes bouchées dans l'entrée de l'école, du pain et des anchois salés. Mais je vois que tous se déplacent pour aller communier, j'essaie d'en arrêter quelques-uns, *Monsignore* imagine peut-être que je veux saboter la fête, il me dit de les laisser passer. Il est inutile d'essayer de donner des explications, dans la grande confusion qui règne ; je donne satisfaction à *Monsignore* en les laissant aller. Par la suite, à l'école, je fais des reproches à ceux qui n'ont pas respecté les préceptes. Mais, bien que je m'impose un grand zèle pour traiter le programme de religion, il est étrange de voir comme ils sentent combien j'en suis éloigné. Ils tentent, à leur façon, d'exprimer leur dérision. Ils ont les mêmes opinions que leurs parents, que l'on ne peut même pas qualifier d'opinions, faites, comme elles sont, de trivialités, de blasphèmes et d'un ensemble d'anecdotes obscènes sur les curés et les Enfants de Marie, et, pour finir, de peur superstitieuse. De la même manière, ils redoutent les envoûtements, le mauvais œil, les secrets magiques qui appellent les malheurs et ceux qui les détournent. Un garçon me confie qu'il porte toujours dans sa poche trois clous et une gousse d'ail ; de cette façon, il est sûr que le mauvais œil ne l'atteindra jamais, et il me conseille d'essayer.

Je sais aussi pour quel parti votent leurs parents. Un jour, un garçon me dit, d'un autre avec lequel il s'était querellé, que c'était un communiste. Il croyait que j'aurais dû le punir. Je lui dis qu'en Italie, on pouvait être ce que l'on voulait. Alors, et bien que j'eusse dit que je ne voulais pas écouter, chacun me dit pour qui votait sa famille. Il y avait une vingtaine de communistes, tous les autres étaient démocrates (ici démocrate veut dire démo-chrétien) et un seul était néo-fasciste. Ils tombèrent tous sur le dos du néo-fasciste : « tu es pour le M.S.I. parce que ton père travaille à Gibili ». Gibili est une mine de soufre gérée par des fascistes, et ceux qui y travaillent sont considérés comme des privilégiés à cause de leur salaire qui dépasse mille lires. Les autres, dans les salines, gagnent cinq cents lires par jour. Les ouvriers agricoles, quand il y a du travail, gagnent six cents lires, mais ils ne font pas plus de quatre-vingts journées par an. Ceux de Gibili ont la radio, une cuisinière à gaz, même s'ils continuent à habiter des maisons sans étage qui ne sont éclairées que par la porte. Mais à Gibili, on meurt, les voûtes ne sont pas sûres, il y a le grisou, et les cages peuvent se décrocher dans la descente.

Les enfants de ceux qui travaillent dans les mines ou dans les salines sont un peu plus éveillés que ceux des paysans. Pendant les jours de congé, les paysans emmènent leurs enfants dans les champs et ils les font travailler. Au mois de mai, ils ne les envoient plus à l'école, à moins d'être certains qu'ils seront reçus. Ils ont besoin d'aide pour la récolte des fèves. C'est pour cette raison que, les premiers jours de mai, les pères m'arrêtent dans la rue, le dimanche soir, et me demandent si leurs enfants ont fait des progrès. Pour ma part, je sais pourquoi ils me le demandent et je réponds de la façon la plus évasive : peut-être qu'il sera reçu, finalement cela ne marche pas si mal. Si je disais la vérité, ma classe se dépeuplerait, je finirais l'année avec une dizaine d'élèves. Du reste, je finis par en recevoir plus que je ne devrais, je renvoie au mois d'octobre ceux qui devraient suivre des classes de perfectionnement, ils passent les quatre heures de classe dans une fixité mélancolique, avec des yeux sans regard, et ils ne parlent que pour demander d'aller aux cabinets. Ceux que je recale ne se présentent jamais aux examens de repêchage. Les mères de famille ne veulent pas que leurs enfants commencent à douze ans le dur travail de la campagne, elles cachent la vérité à leurs maris, je dis à ces mères qu'ils ne travaillent pas, qu'ils ne seront pas reçus. Elles me répondent qu'elles espèrent dans l'année suivante, et que d'ailleurs, ils peuvent aussi bien aller à l'école populaire, où on les recevra certainement. En effet un instituteur des écoles populaires reçoit trois mille lires pour chaque élève reçu, et on peut bien imaginer ce qui se passe. Et les mères, elles aussi, ne s'intéressent qu'à une seule chose : la cantine, et que je les envoie manger tous les jours. Mais tous les jours, c'est impossible, c'est à tour de rôle. J'en prends dix chaque jour et je les accompagne. Dans la salle de gymnastique où l'on sert le repas, il y a une odeur grasse d'eau de vaisselle, de viande avariée et de pâtes cuites comme de la colle. Mais ils se précipitent avidement sur leurs assiettes, deux cents garçons affamés et hurlants. Le directeur du réfectoire crie « la prière, la prière » et les gosses bavent un Je vous salue Marie tout en avalant rageusement les dix cuillerées de fayots.

Pour la veille de Noël et de Pâques, et sur leur décision, la répartition habituelle est sans valeur, il faut tirer au sort le nom de ceux qui iront jouir du repas spécial, il y a en supplément un gâteau et une orange et, à Pâques, un œuf colorié.

Une fois, il y a eu une distribution de chaussures, mais celui qui commanda la livraison, grosses affaires, des gens qui sont en ville, croyait que les écoles étaient remplies de gamins avec des petits pieds d'Enfant-Jésus, et les souliers servirent à chausser les petits frères. A l'école je n'ai jamais vu aucun enfant porter de ces chaussures. Ils mettent de vieux souliers de l'armée, ouverts au bout comme des bouches édentées, des chaussures de toile et de caoutchouc, ou des sandales de bois avec de petites lanières de cuir. L'hiver, leurs pieds sont toujours mouillés, la boue les encroûte, et à chaque pas les chaussures pèsent comme du plomb. Malgré le froid, ils portent des chemisettes en lambeaux, de petites culottes de toile, et ceux qui ont le plus de chance, des pardessus taillés tant bien que mal dans des couvertures militaires. Leur tête est protégée par une tignasse qui ressemble à un nid de corneilles, et je ne devrais pas les recevoir en classe avec une coiffure pareille.

L'Assistance Scolaire distribue chaque année les livres de classe aux plus pauvres. Peut-être semblent-ils trop nombreux au Comité. Alors vient le directeur, il fait sortir les garçons de leur banc, et les met en rangs. Il les examine un à un, les vêtements, les souliers, puis leur demande le métier de leur père, combien de personnes compte la famille, s'ils ont un bout de terrain, un mulet, un âne, une métairie. Il finit par les laisser tous sur la liste, de telle sorte que le dernier mot reste au garde municipal qui a la charge de prévenir le comité : suivant la façon d'embobiner le garde, le garçon aura les livres ou non.

Le bourg est humide. Aucune de ces maisons n'est née dans l'œil d'un architecte : construites avec du plâtre, elles se remplissent de brouillard comme du papier buvard, et se couvrent de moisissures à l'intérieur. Ce sont de vieilles maisons avec des pièces qui sortent l'une de l'autre comme un télescope, avec des escaliers tordus et à pic. L'hiver, on fait brûler dans les pièces des braseros chargés d'un maigre charbon d'écorces d'amandes ; la chaleur réveille une âcre odeur de chat, de moisissure et de pipi de chat. Dans les maisons de plain-pied, les pauvres remplissent de vieilles cuvettes émaillées ou des plats de terre cuite avec une braise plus éphémère encore, les gousses des fèves ou les épis de blé que d'abord ils font brûler dans les fours. Les matelas remplis de paille laissent suinter de l'eau. Ils dorment tout habillés, s'écroulent aussitôt dans le sommeil, broyés de fatigue. Les enfants, eux aussi, se jettent sur leur lit de cette façon, couverts de boue et de poussière. Le matin, ils se lavent comme des chats, ils passent une ou deux fois leurs mains mouillées sur leur figure, puis ils prennent un morceau de pain avec un anchois salé écrasé dedans, leurs livres qui sont restés attachés avec une ficelle, (ils n'ont pas fait leurs devoirs, ils n'ont pas appris leurs leçons) et ils se dirigent lentement vers l'école, par petits groupes, en mangeant et en se disputant. S'ils suivent à l'école les cours de l'après-midi, ils consacrent leur matinée à jouer, ou bien ils vont en service. Mais il n'est pas dit qu'ils iront vraiment à l'école, s'il fait beau, ils décideront de faire un petit saut à la campagne ou monteront vers la gare, et ils passeront les heures qui devraient être celles de la classe, cachés dans un wagon de marchandises. Ils emmènent dans leur poche une balle de chiffons, ou une toupie qu'ils lancent habilement avec une ficelle, la toupie se met à tourner, silencieuse, et ils disent qu'elle s'endort. Ils portent aussi parfois un canif, les plus dégourdis ont une breloque à leur ceinture ; ce qu'ils préfèrent, ce sont de petites jumelles où l'on voit généralement des images de l'Année Sainte, mais eux, ils en ont acheté ou s'en sont procuré, Dieu sait comment, avec des femmes en maillot de bain, au besoin avec Marilyn Monroe. S'ils réussissent à chaparder cinquante lires, ils vont le soir au cinéma ; quand le film est interdit aux moins de seize ans, ils restent à l'entrée comme des âmes en peine, en parlant avec une imagination obscène de ce qu'ils supposent se passer dans le film. Une fois, c'est nous qui les avons accompagnés au cinéma, il y avait une vie de saint Jean Bosco, et il s'est produit un chahut qui a duré jusqu'à la fin. Ils sont habitués aux films de shérifs et de danseuses ; quand ils vont au cinéma, ils me racontent le lendemain ce qu'ils ont vu, mais ils n'y arrivent pas, ils savent seulement faire le compte des morts et parler de la beauté des femmes, en me faisant des clins d'œil de connivence. Dans leurs jeux, ils répètent ensuite ce qu'ils ont vu au cinéma. Il y a un jeu qu'ils appellent le jeu du shérif, ils accompagnent avec des éclats de voix le petit déclic des pistolets de fer-blanc, ils se roulent à terre comme s'ils étaient blessés, et se raidissent soudain en laissant tomber le pistolet. Puis ils imitent un galop de chevaux, se déchaînent dans une dernière fusillade, couverte par des sonneries de trompette. C'est là le jeu le plus propre qu'ils sachent faire.

Je les regarde tandis qu'ils sont en train de résoudre un problème ; il y en a deux ou trois qui travaillent vraiment, penchés sur leur cahier, avec un évident effort physique, comme si, au lieu d'écrire, ils serraient les boulons d'une voie de chemin de fer ; les autres attendent la solution pour la recopier. Désormais il n'y a plus rien à faire, c'est une situation chronique. Tout en attendant, ils feignent cependant d'être attentifs à leur travail, et, à force de regarder leur cahier, certains finissent avec la tête sur leur banc, vaincus par une soudaine vague de sommeil.

Quand je donne un problème, il faut que je fasse attention : les données doivent rigoureusement correspondre aux prix du marché, et ils connaissent le prix de chaque chose. Si je dis : « on vend les œufs à trente-cinq lires », il y en a tout de suite un pour me dire « ma mère les vend à trente, c'est le prix ». Ils savent le prix des rares choses qu'on achète chez eux et des choses nombreuses qu'on n'achète pas, peut-être parce que presque tous sont employés dans des familles riches pendant leurs heures de liberté, c'est-à-dire pendant toute la journée, à l'exception des trois heures de classe, et c'est une fameuse école. Ils chapardent sur les dépenses, font voler les commerçants, et reçoivent en échange quelques morceaux de fromage ou de mortadelle ; ils deviennent menteurs, méchants, d'une méchanceté compliquée et gratuite. Ils apprennent à laver la vaisselle, à faire le ménage, à aller chercher des œufs en réclamant à haute voix ; les femmes s'avancent, marchandent avec eux, fixent le cours du jour. Une fois, une femme est venue à l'école, elle accusait l'un de mes gosses de lui avoir volé quatre œufs, qui avaient disparu comme ça, comme par un tour de prestidigitation. Le garçon niait, je ne savais pas que dire ; la bonne femme s'en alla en maudissant les familles qui les rendent voleurs, en maudissant l'école. Le garçon me raconta ensuite qu'il faisait toujours comme ça ; il lui suffit que les bonnes femmes se retournent un moment pour gober un œuf, faire disparaître la coquille, puis il les trompe sur le compte. Il dit que sa mère ne lui donne jamais un œuf, parce qu'elle doit les vendre, et ses patrons ne lui en donnent pas parce qu'ils les achètent cher. Ils me racontent tout, même s'ils savent que je ne les approuve pas, que je leur ferai un sermon. Un jour, il y en a un qui m'apporta un avis de la justice de paix, il me dit « je dois sortir à onze heures, je suis témoin ». Je lui demande de quoi. Il me raconte une histoire de bagarre entre voisins, de quelqu'un qui a tiré son couteau, et lui, mon élève, l'a vu faire ; il le dira au juge de paix. Les autres crient que ce n'est pas vrai, qu'il a reçu cinq cents lires pour attester cette histoire de couteau, il a dépensé l'argent en louant une bicyclette et en achetant des bonbons et des cacahuètes. Avec un sourire, il convient que c'est vrai, il y a eu un couteau dans la bagarre, puisqu'il y a quelqu'un qui en a reçu un coup dans l'épaule ; mais on ne sait pas qui a sorti son couteau, et d'ailleurs il n'était même pas là, il est arrivé quand la chose était déjà finie. Mais celui qui lui a suggéré de donner son témoignage est un ami de son père, son père lui-même veut qu'il aille chez le juge de paix ; et puis il a déjà reçu l'argent. Je risque un discours convaincant sur la vérité, sur le faux, sur les peines qui punissent ceux qui déclarent des choses fausses. Il semble convaincu. Il dit qu'il ira chez le juge, mais pour dire la vérité. J'ai su par la suite qu'il a dit ce qui était faux, mais l'affaire a été aplanie par les avocats.

A l'âge de dix ans, ils sont déjà placés en service, ce sont des bouches en moins à la maison, les employeurs leur donnent à manger, et de plus, quelques vieux vêtements que les mères ajustent et raccommodent patiemment. J'entends souvent parler de ces enfants, au cercle, le cercle *dei civili*, en particulier à l'approche de l'été, lorsqu'ils deviennent plus nécessaires pour le transport de l'eau dans les maisons de campagne où l'on va en villégiature. Ils en parlent comme si c'étaient des animaux, ils préfèrent avoir à leur service des garçons que des filles ; tout comme s'ils parlaient de chats, ils préfèrent les chats aux chattes, avec les femelles il y a l'inconvénient des petits, et puis elles restent trop à la maison et elles salissent (le cercle est le lieu où les événements et les préoccupations domestiques émergent chaque soir, après les discussions où l'on édifie l'Europe et où l'on donne une conclusion de justice et de vérité aux événements de la chronique judiciaire). Ils préfèrent les garçons, parce qu'on peut les envoyer à droite et à gauche chercher des œufs à la campagne, abreuver l'ânesse ; disponibles à toutes les heures, ils sont parfois capables de rendre des services que l'on croyait réservés aux filles : il y en a même un qui se vante de ce que son *ragazzo* sait fait la lessive. Il y a quelques années encore, on les appelait, d'un mot espagnol, *criati*, qui maintenant, tend à être remplacé par *carusu*, garçon ; c'est une expression plus familière : mon garçon. Il y a quelque chose qui est en train de changer si les *galantuomini* sentent qu'ils doivent utiliser des mots nouveaux. Jadis, on employait la forme *voi* avec les pauvres, et l'abolition de la forme de politesse, qui avait été décidée par les fascistes, parut ici plus menaçante que ce qu'on appelait l'attaque à la grande propriété. Maintenant, on emploie la forme de politesse avec tout le monde, et il y a vraiment quelque chose de changé.

Je les rencontre dans la rue, ces élèves, tandis qu'ils demandent en criant si quelqu'un a des œufs à vendre, je les vois autour des fontaines, qui se disputent et jurent en attendant leur tour pour remplir les grandes cruches de terre rouge, et qui vont de boutique en boutique. Puis je les retrouve dans leurs bancs, penchés sur leurs livres ou sur leurs cahiers, feignant de faire attention, et lisant comme des bègues. Et je comprends très bien qu'ils n'aient envie de rien apprendre, mais seulement de jouer, de faire vibrer des lames de rasoir et de faire des cocottes en papier, de faire du mal, et de jurer et de s'injurier. Avant de commencer à leur expliquer une leçon, je dois même dominer un certain embarras, le malaise que nous éprouvons si nous venons à nous trouver en présence de quelqu'un contre qui nous tramons quelque chose, sans que l'autre se doute de rien, et qui, au contraire, a peut-être confiance en nous. Je leur lis une poésie, je cherche en moi les mots les plus clairs, mais il suffit que je les regarde vraiment, que, véritablement, je les voie tel qu'ils sont, éloignés avec netteté comme dans le fond d'une longue-vue retournée, dans le fond de leur réalité de misère et de rancœur, éloignés avec leurs pensées hirsutes, leurs petits désirs de choses impossibles à atteindre, et l'écho lumineux de la poésie se brise en moi. L'un d'entre eux a été chassé de son emploi parce qu'il pissait dans l'eau que buvaient ses patrons, un autre a volé un millier de lires à une voisine ; et tous sont capables de voler, de cracher dans la nourriture des autres, de pisser sur les bonnes choses que reçoivent les autres. Et j'éprouve un malaise et une peine indicibles quand je reste en face d'eux avec mon costume décent, mon papier imprimé, mes journées harmonieuses.

Jadis, chaque classe avait son banc des ânes, sorte de limbes où, dès les premiers jours de classe, étaient repoussés les irrécupérables, des garçons hébétés à la tête en poire; ils restaient pendant toute l'année sur ce dernier banc, comme s'ils n'étaient pas là. De temps à autre, le maître, par un scrupule ironique, leur demandait de répéter une leçon, de faire au tableau un exercice; ils ne se levaient même pas, et disaient, en réprimant un bâillement : « je n'ose pas », c'est-à-dire : je n'ose pas le faire; je crois que je n'y arriverai pas. Ils y étaient encore quand j'allais à l'école primaire, et ils y sont encore dans les classes des instituteurs les plus âgés. Mais les règlements interdisent cela, et certains directeurs ont pensé qu'il était plus pédagogique d'instituer les classes des ânes, une classe d'enfants tous situés au même niveau mental, avec les mêmes connaissances. Il est facile de les créer; il suffit, pour chaque groupe de classes, d'en former une avec les redoublants. Ceux à qui l'on fait redoubler une classe sont habituellement irrécupérables, absolument irréductibles à la discipline, si vague soit-elle, de l'étude, sinon les maîtres ne les recaleraient sûrement pas.

En ce qui me concerne, je ne sais si c'est parce que le directeur a confiance en mes qualités positives ou, au contraire parce qu'il m'en juge tout à fait dépourvu, mais c'est habituellement une classe de redoublants qui m'est attribuée. S'il me considère capable de remonter le niveau de la classe, le directeur se fait assurément des illusions, comme il se ferait des illusions sur n'importe qui d'autre, car personne n'est capable d'un pareil miracle; si, au contraire, il a l'intention d'envoyer un coup de pied à la classe, de l'envoyer au diable, et moi avec la classe, il faut reconnaître que, concrètement, il a le sens des choses de l'école.

Je traite le programme comme s'il s'agissait d'une classe normale, et il y a deux ou trois, au maximum quatre élèves qui me suivent. Depuis six ans, depuis que j'ai commencé à enseigner, j'ai l'impression d'avoir toujours la même classe, les mêmes gosses. Le fait le plus vrai, au-delà des appréciations scolaires, c'est que ce n'est pas une classe d'ânes ou de redoublants qui m'est confiée chaque année, mais une classe de pauvres, la portion la plus pauvre de la population scolaire, d'une pauvreté stagnante et désespérée. Les plus pauvres d'un pays pauvre. Ceux des villages voisins l'appellent le village du sel : la campagne, tout autour, est vermoulue de galeries qui courent après le sel, et le sel s'entasse, blanc, éclatant, à la gare ; le sel, la brume, la misère, le sel sur la plaie, ulcère rouge de misère. Et moi, je reste au milieu de ces gosses pauvres, dans cette classe des ânes qui sont toujours des pauvres, depuis des siècles au banc des ânes, hébétés de lassitude et de faim.

Ils viennent à l'école, ces enfants, lorsque leur famille a reçu la convocation obligatoire qui cite les articles de la loi et rappelle l'amende ; la poste ne leur apporte que des billets de ce genre, pour aller à l'école, pour le conseil de révision, pour le rappel des impôts. Souvent, la convocation ne suffit pas, le directeur remet la liste de ceux qui sont *insoumis aux obligations scolaires* au brigadier des carabiniers ; le brigadier envoie un carabinier à la ronde, les menacer de la prison ; et quand on leur dit : « je vais vous mettre en taule », les pères se résignent à envoyer leurs enfants à l'école. Il y avait un brigadier qui prenait ce rôle à cœur, il faisait appeler les pères et mettait en cellule ceux qui résistaient le plus, pour une nuit qui leur porterait conseil. Alors, moi, l'instituteur, payé par l'Etat qui paie aussi le brigadier, j'avais envie de me mettre du côté de ceux qui ne voulaient pas envoyer leurs enfants à l'école, de leur conseiller de résister, d'échapper à l'obligation. L'Instruction Publique! Gratuite et obligatoire, jusqu'à quatorze ans, comme si les enfants se mettaient à manger seulement après, eux qui mangeraient des pierres tellement ils ont faim, et qui ont, l'hiver, les os pénétrés de froid, et les pieds dans l'eau. Je leur parle de ce que produit l'Amérique, et eux, ils ont froid, ils ont faim; je leur parle du Risorgimento, et ils ont faim, ils attendent l'heure de la cantine, ils jouent pour tuer le temps, et peut-être qu'en pinçant les lames de rasoir, ils oublient la lassitude de leur service, les escaliers à monter avec les cruches d'eau, la vaisselle à laver.

Pendant l'été, le bourg est étouffant, dans une poussière de feu, et l'on dirait que tout s'effrite en poussière sous le feu du soleil. Mais l'hiver, avec, dans le lointain, la montagne de Cammarata couverte de neige, très nette dans le ciel émaillé par le gel, le froid, comme disent les vieux, s'enfile dans les cornes des bœufs ; et même nous, qui sommes habillés comme le veut la saison, nous le sentons se vriller dans nos os. Serrés et grelottants comme des moineaux, les enfants se rassemblent sur les marches de l'école, dans un rayon de soleil qui n'est qu'une lumière gracile. En attendant la sonnerie, la cloche et l'ouverture des portes, ils mangent leur petit déjeuner : le pain noir qu'ils mordent furieusement, la sardine irisée de sel et d'écailles qu'ils mordent à peine, avec précaution. Et il est plus pénible encore de regarder les petites filles qui attendent devant l'autre bâtiment. Quelques-unes portent encore leur petite robe d'été, avec des manches courtes, et elles tremblent de froid, elles ont des yeux d'animaux qui souffrent de façon indéchiffrable. De même que dans toutes les sociétés dominées par une misère pesante et séculaire, par des préjugés qui, nés de difficultés économiques, subsistent sous une quelconque forme superstitieuse, les familles pauvres considèrent ici la naissance d'un fils comme un événement faste, et pensent au contraire que la naissance d'une fille barre la route vers un sort meilleur. Un fils, c'est un espoir, des bras pour le travail, une aide et une défense ; mais une fille n'apportera jamais rien à la maison, elle peut éventuellement la déshonorer, et elle s'en ira toujours en emportant quelque chose avec elle. C'est pour cela que si l'on peut avoir des attentions pour les enfants, elles vont aux garçons. Ils ne commencent à se préoccuper de leurs filles que lorsqu'il sera nécessaire d'attirer à la maison quelqu'un qui puisse les emmener, les épouser. Alors on fait des sacrifices pour les habiller de façon que, comme on dit, elles ne fassent pas trop mauvaise figure, c'est-à-dire qu'elles se fassent remarquer ; et les mères s'évertuent à les conduire dans les églises et dans les magasins. Ils se retirent le pain de la bouche pour acheter à leurs filles des bas en nylon ; il y aurait une étude à faire sur ce que signifie le nylon pour les pauvres ; et, quant aux riches, quand ils entendent les pauvres parler de nylon, il leur semble que le monde ne tourne plus rond, — le monde de ces pauvres riches qui ont leur cercle, et un salon avec des photos agrandies de leurs défunts, quelques arpents d'une terre qui produit chichement une triste aisance. Les vrais riches, ceux qui se sont faits avec les salines, n'ont pas de ces soucis ; pour eux, le monde va bien comme il va si, au cours de ces dix ans, il a fait rouler de leur côté un tas d'argent. Enfin, l'idée que le nylon est en train de faire une révolution n'est pas totalement imaginaire. Les sens des pauvres sont en train de se réveiller au contact du nylon, et les vieilles pratiques du maquerellage familial pour les mariages, le jeu des correspondances amoureuses, des désirs, et même ce qu'on appelle aujourd'hui le comportement sexuel, devient peu à peu plus fin et plus complexe grâce aux bas en nylon. Un léger drapeau de couleur chair flotte au-dessus de la marche des pauvres.

La fête que l'on célèbre ici en l'honneur de la Très Sainte Vierge *del Prato* tombe pendant la dernière semaine de mai; elle commence le mercredi par une grêle soudaine de tambour, avec des fusées qui sifflent dans le ciel et la fanfare municipale qui entonne une marche de fête, toujours la même, pour autant que je m'en souvienne. Etant donné que la fête commence après le déjeuner, l'école reste vide pour les classes de l'après-midi. Nous autres instituteurs, nous signons le registre des présences et nous restons à bavarder par petits groupes dans les classes vides. A partir du lendemain, et pour tout le reste de la semaine, c'est comme si c'étaient des vacances pour les seuls élèves, mais nous restons à l'école pendant l'horaire complet. Quelques rares petits garçons de bonne famille se présentent avec leurs livres sous le bras, les habits bien propres et les cheveux bien peignés avec une raie; mais les appariteurs les découragent tout de suite, et les petits garçons s'en retournent chez eux.

Nous restons à bavarder pendant trois heures par jour, nous, les instituteurs; dehors, il y a la fête, les enfants qui devraient être à l'école suivent en grappes les fanfares qui circulent à travers le bourg, ils se pressent autour des boutiques à rideaux blancs où l'on vend la *cubaita,* une sorte de nougat qu'il faut briser à coups de marteau, disposé en gradins sur les comptoirs, et les mouches qui se posent dessus sont si serrées qu'elles forment comme une mousse noire. Moi qui suis né ici, j'éprouve une pointe de mélancolie à devoir rester enfermé à l'école; j'aime ne rien perdre de la fête, m'asseoir au cercle et regarder les images de la fête comme dans un kaléidoscope, le jeu des couleurs qui sans cesse se composent et se dissolvent — tantôt c'est le rouge qui domine, puis le blanc, puis le vert, le bleu, et l'on revient au rouge — exactement comme si je tournais un kaléidoscope. Et les voix. Et les tambours. Et les mules chargées de blé, les femmes, pieds nus, qui portent sur la tête un sac plein de blé, les enfants qui portent de grands cierges décorés : toutes choses que j'ai vues chaque année, depuis que je suis né, et chaque année, il me plaît de recommencer à les regarder, comme si j'étais encore un enfant.

Et pourtant, je reste à l'école et j'entends les voix au loin, elles s'élèvent dans le ciel comme un pavois. Les classes vides rendent encore plus mélancolique ce petit exil, de la même mélancolie qu'il y a dans un théâtre vide. Nos voix éveillent dans les classes et dans les couloirs des échos mystérieux. Les discussions retombent toujours sur les traitements, les indemnités, les augmentations, et, cela va de soi, sur le gouvernement. Les instituteurs en veulent au gouvernement ; à en croire mes collègues, aucun d'entre eux n'a jamais donné ou ne donnera jamais son vote au parti qui gouverne. Cependant, beaucoup d'entre eux ont une carte de ce même parti dans leur portefeuille. C'est ce qui se passe aussi pour le syndicat, chaque année, ils jurent tous qu'ils ne vont pas renouveler leur inscription ; et ils tiennent leur promesse jusqu'au moment où l'inspecteur les fait appeler un à un. L'inspecteur est secrétaire pour la province de ce syndicat ; et le syndicat est celui qui est le plus proche du gouvernement. Nous sommes des misérables, disent les collègues. On se soulage donc en parlant. Dehors, c'est la fête, mais nous, nous sommes en train de calculer et de discuter les très complexes tableaux des traitements. Le gouvernement nous traite comme des moins que rien, disons-nous. Mais si, demain, nous recevions du syndicat l'ordre de faire grève, ce serait l'opinion des instituteurs les plus âgés, opposés à la greve, qui l'emporterait parmi nous, et les plus acharnés eux-mêmes se rendraient. Réfléchissez un peu, dit à ce propos un collègue, à ces mille et quelques enfants qui s'en retournent chez eux en disant qu'ils ont trouvé l'école fermée à cause de la grève des instituteurs. Et pourquoi les instituteurs font-ils la grève ? parce qu'ils demandent quelque chose en plus des mille deux cents lires qu'ils gagnent actuellement par jour. Mille deux cents lires : Bon Dieu, ici, il faut trois journées de travail à un ouvrier des salines pour en gagner autant, trois longues journées à se crever la peau, à s'encrasser les poumons avec la poussière, le sel et la fumée des mines. Et s'ils entendent dire que nous, qui les obligeons à envoyer leurs enfants à l'école, il nous faut trois heures au plus pour en gagner autant, après quoi nous nous vautrons dans les fauteuils du cercle, et que ce que nous gagnons ne nous suffit pas, il est certain qu'ils nous haïront encore plus qu'ils ne haïssent leur patron qui les exploite. Une fois, avant le fascisme, les *braccianti* vinrent prendre l'école d'assaut, ils voulaient nous bâtonner, et pourtant, à cette époque, beaucoup d'entre nous crevaient de faim, et ceux qui n'avaient pas quelque chose à eux étaient à la portion congrue avec leur traitement. Et puis, quand vint le fascisme, nous étions tous bardés et luisants, et les rues semblaient être à nous tellement nous faisions les maîtres ; le fascisme, c'était nous, les instituteurs, pauvres bonshommes couverts de macarons ; et le samedi, nous partions pour la gloire, avec un uniforme en gabardine et un bonnet à pompon, et les paysans et les mineurs des salines nous regardaient avec de grands yeux.

Le discours est convaincant. Il est tout à fait exact que les pauvres nous haïssent. Mais les petits propriétaires, eux aussi, nous haïssent, à chaque augmentation d'impôts qui leur est notifiée, ils trouvent en nous, les instituteurs, l'objet immédiat de leur haine contre l'Etat, l'Etat qui est si aveugle qu'il leur ronge leurs quelques arpents de terre, qu'il les oblige à vendre et à faire des dettes, et nous, nous sommes payés à ne rien faire, cent quatre-vingts jours de classe en un an, et trois heures de travail par jour. Ils parlent de nous comme si leurs impôts passaient directement dans nos poches. Avec cinq arpents de terre, dit quelqu'un au cercle, il ne me reste pas trente mille lires par mois. Il ne dit pas que ces trente mille lires, il les attend, assis au cercle, du premier janvier à la Saint-Sylvestre, à amasser des points en jouant aux cartes. Les avocats et les médecins aussi nous disent — « vous avez bien de la chance d'avoir un traitement assuré sans rien avoir à faire ». Et l'on dit : « le pain du gouvernement » pour parler d'un gain assuré, qui arrive chaque mois comme le jour après la nuit ; le pain du gouvernement que nous, les instituteurs, nous mangeons comme ces chiens pétrifiés d'ennui, qui ne chassent pas et n'aboient pas, et dont les paysans disent qu'ils mangent leur pâtée par traîtrise. Tout le monde nous regarde de travers, en somme. Si nous faisions grève, l'homme aux cinq arpents et au jeu de cartes écharperait peut-être bien l'un ou l'autre de nous.

Pendant la fête, le bourg s'entoure comme d'une auréole d'odeurs grasses, une auréole rissolée d'agneaux bien gras. Il y a de l'agneau dans toutes les maisons, il pénètre les vêtements d'une vapeur grasse, il appelle le vin, un vin rouge et épais ; l'agneau, le céleri et le vin ; et, dans les auberges, il n'y a pas assez de mains pour servir le plat d'agneau et les carafes de vins à toutes les personnes qui sont entassées autour des tables, et qui appellent le service à grands cris. Pendant ces jours-là, la tâche des gamins, secrètement instruits par leurs mères, est de surveiller leurs pères, pour éviter qu'ils ne s'enivrent ou au moins pour les ramener à la maison quand ils sont gorgés de vin. C'est une fête pleine de bagarres, qui éclate en rouges colères, en une sensualité désespérée. Les enfants des bohémiens (qui sont, en fait, des nomades originaires de la région de Modica) et qui se ruent sur les fêtes de villages comme des sauterelles, crasseux et ruisselants de trachome, lancés comme des furets au milieu de la foule pour demander la charité avec une lamentation indéchiffrable, ajoutent une vive inquiétude : les enfants du bourg en ont peur et leurs mères aussi, ils pensent que ces gens sèment le malheur avec de mystérieuses formules. Tout est excessif, désespéré ; on se saoule pour rouler sous la table, on passe la nuit sans dormir, pour trébucher le lendemain d'un sommeil bourdonnant.

Les enfants s'efforcent de rester éveillés jusqu'aux feux d'artifice de minuit, puis ils s'écroulent de fatigue. Ils sont encore pleins de sommeil le lundi après la fête, et pour les tenir éveillés pendant les heures de classe il faut que je les laisse parler, ils racontent comment ils ont passé la fête, et s'animent, et les choses qu'ils ont achetées, les choses extraordinaires qu'ils voient chaque année et qu'ils oublient. Ils ne souffrent pas d'avoir servi de gardiens à leur père dans les tavernes, leur père qui vomit du vin et des pensées obscènes, c'est une tâche qu'ils remplissent souvent, en général le dimanche soir. Il y a un garçon qui joue ce rôle tous les soirs, son père touche une pension à la suite d'un accident, et après l'angélus il commence la tournée des auberges. Quand j'ai expliqué les mesures de capacité, il a aussitôt établi une équivalence pour son compte, il dit : « mon père est capable de boire en une soirée un décalitre virgule cinq ». C'est un garçon trop petit pour son âge, avec les jambes en cerceau et un visage très mobile ; et il sait faire des choses extrêmement comiques. A force de rester derrière son père, il a pris goût au vin, il ramasse des mégots et il les fume, enveloppés dans du papier journal, il achète aussi quelques cigarettes et il les réserve pour les fumer crânement dans l'entrée de l'école. Chaque fois qu'il va aux cabinets, quelqu'un le surprend en train de fumer. Si je le punis, il dit : « pourtant, ce n'est pas juste, vous, vous fumez bien ». Et puis, ce qu'il sait sur les femmes ; il rendrait des points au professeur Kinsey ; et il serait capable de lui éviter un tas de recherches. Quand ils attendent sur les marches de l'école, ses camarades se réunissent autour de lui, et ils écoutent les choses indécentes qu'il sait raconter. Pourtant il a des moments de tristesse, il se met à pleurer pour des petites choses qu'il n'est pas capable de faire à l'école. Il est venu en classe en pleurant, le premier jour, son père le traînait en le traitant d'imbécile : « fils de p..., tu ne me ressembles vraiment pas, pour moi, c'était une fête d'aller à l'école ». Il croit à l'instruction, son père. A l'instruction, et au vin. Il dit : « pour moi, c'est fini maintenant, dans la vie il ne me reste plus que la bouteille, c'est pour ton bien que je te traîne à l'école, au moins tu finiras par avoir un papier et tu iras dans les carabiniers ».

Les plus évolués ne savent que cela : l'école vous donne un bout de papier, et avec ce bout de papier, on peut être carabinier. Autrefois, les gamins voulaient bien rêver à être carabiniers ; quand j'allais à l'école primaire, nous disions tous que, quand nous serions grands, nous voulions être carabiniers ; maintenant, ils croient qu'il vaut mieux être du côté des voleurs, ils vivent dans la légende de Giuliano ; si on l'a pris, disent-ils, c'est par traîtrise. Si du cercle, je vois au fond de la place la grande toile peinte du *cantastorie*, et il est certain qu'il chante les aventures de Giuliano et la trahison de Pisciotta, je peux être sûr que dix minutes après, toute ma classe au complet se serre autour de lui ; je pourrais faire l'appel, il n'en manquerait pas un, chose qui m'arrive rarement en classe. Jusqu'au moment où le *cantastorie* descend de son estrade, ils restent en l'écoutant bouche bée, et à leur bras, ils ont encore le sac à provisions, ou bien ils ont gardé la cruche à eau entre les pieds.

J'ai un élève qui ne voit pas à deux doigts, il lit en collant sa figure contre le livre, et pour voir ce qui est écrit sur le tableau, il faut qu'il sorte de son banc et qu'il s'approche pour regarder comme un bélier qui va donner un coup de corne. Dès qu'il sort de son banc, c'est une farce pour les autres. J'ai fait appeler son père ; il est venu en marchant avec une main sur l'épaule de son fils, un bâton dans l'autre, il est presque aveugle, il distingue le clair et le foncé, des ombres qui s'approchent et s'éloignent, des ombres qui parlent. Je lui ai exposé la situation de son fils, et dit qu'il lui fallait une visite médicale et puis des lunettes, de toute façon ils ne paient rien puisqu'ils sont sur la liste des pauvres. Il m'a dit : « des lunettes ? mais il a des yeux capables d'apercevoir une aiguille dans un tas de foin ! Demandez-lui donc s'il voit les sous qu'il me vole. Il fait semblant, le misérable, pour faire rire ses camarades ».

Mais je n'ai pas de doutes, le garçon n'y voit vraiment pas. Il me dit : « Tu veux te mettre des lunettes comme un docteur, et comme ça on te donnera un surnom qui te restera pour la vie entière ; c'est moi qui t'en donnerai, des lunettes, je te donnerai plus de coups que tu ne pourras en porter ». Il s'adresse à moi : « Ne le croyez pas, et tapez-lui plutôt dessus, s'il m'arrive à la maison demi-mort des coups qu'il aura reçus, je lui en donnerai encore pour qu'il soit mort tout à fait ».

Il m'arrive toujours des choses de ce genre. Et c'est pourquoi je comprends très bien que l'on puisse finir comme un de mes collègues âgés, qui ne s'en soucie pas, comme si les gosses étaient des numéros. Peut-être que c'est comme quand on entre dans une salle de dissection ; il y a des gens qui en sortent bouleversés et qui n'y remettront plus les pieds, et il y en a au contraire qui seront capables de dominer leur première impression, et qui s'habitueront lentement. Puisque je ne me suis pas encore sauvé, je crois que je m'habituerai. Mais ce ne sera pas comme pour quelqu'un qui apprend l'anatomie, et qui acquiert un savoir. Si je m'habitue à cette anatomie quotidienne de misère, d'instincts, à ce cruel rapport humain, si je commence à la voir dans sa nécessité et sa fatalité, comme d'un corps qui est ainsi fait et qui ne peut pas être différent, j'aurai perdu ce sentiment, d'espoir et d'autre chose, qui est, je crois, ce que j'ai de meilleur en moi. C'est pourquoi je me vois comme dans une condamnation que je dois purger jusqu'au bout, ou, comme disent mes collègues, jusqu'à la retraite.

Je pense : « Si j'étais dans une misère noire, si mes enfants devaient aller en service, si, à l'âge de dix ans, ils devaient porter une jarre remplie d'eau en haut des escaliers, laver le carrelage, nettoyer les écuries, si je devais les voir tristes et chétifs, et déjà pleins de rancœurs... ; mais, au contraire, mes enfants sont en train de lire un petit journal, des fables, ils ont des jouets mécaniques, ils prennent des bains, ils mangent quand ils en ont envie, ils ont du lait, du beurre, des confitures, ils parlent des villes qu'ils ont vues, des jardins dans les villes, de la mer... » Je sens en moi comme un nœud de peur. Tout me semble rattaché à un jeu fragile ; quelqu'un a retourné une carte, et elle était pour mon père, et pour moi, c'était la bonne, c'était la carte qu'il fallait. Tout dépend de la carte qu'on retourne. Pendant des siècles, des hommes et des femmes de ma race ont peiné et souffert, ils ont vu leur destin se refléter dans leurs enfants. Des hommes de ma race ont été *carusi* dans les soufrières, mineurs, ouvriers agricoles. Jamais une bonne carte pour eux, toujours le bas de l'échelle, comme pour la conscription, toujours la pioche et la bêche, la nuit de la soufrière ou la pluie sur le dos. A un moment donné, soudain, c'est le bon moment, voilà un contremaître, un employé, et me voici, moi qui ne travaille pas de mes mains et qui lis le monde à travers les livres. Mais tout est trop fragile, des gens de ma race peuvent retomber dans la misère, recommencer à voir dans leurs enfants la souffrance et la rancœur. Tant qu'il y aura de l'injustice dans le monde, toujours, et pour tous, il y aura ce même nœud de peur.

Ailleurs, les gens qui travaillent de leurs mains ont déjà gagné la dignité, l'espoir, une confiance sereine; ici, il n'y a pas de dignité et il n'y a pas d'espoir, tant qu'on n'est pas assis derrière une table, avec une plume à la main. Et, après des siècles d'efforts obscurs, il suffit d'un petit choc pour dégringoler les escaliers du monde, un gouffre d'escaliers, un cauchemar.

Un garçon me parle d'un de ses frères, qui a quelques années de plus que lui et qui est déjà journalier, il a une faim de loup. Son assiette de soupe ne lui suffit pas, il la finit en un instant, et aussitôt, dit-il, il se précipite pour aider les autres. De sorte que ce sont les plus petits qui en font les frais, et, en larmes, ils voient disparaître leur soupe. Alors, les femmes de la famille ont trouvé un remède, elles mettent dans l'assiette de l'affamé une poignée de boutons, et, à presque toutes les cuillerées, il trouve un bouton, et perd du temps à le cracher. Maintenant, c'est lui qui finit le dernier. A chaque bouton qu'il recrache, il regarde tout le monde en face, et personne ne se met à rire, c'est une chose sérieuse que de pouvoir finir tranquillement sa soupe. Mais cette histoire de boutons ne durera pas longtemps, un soir, il se lassera de recracher les boutons et il cassera son assiette sur la tête de quelqu'un. Quand il se met en colère, il perd même le respect de son père et de sa mère, et il est capable de taper sur eux aussi.

Ils vivent tous dans une même pièce, le père, la mère et les enfants dorment tous dans le même lit ; et, chaque année, il naît un enfant. Dès que les enfants commencent à gagner un peu d'argent, il n'y a plus aucune timidité qui les retienne, ils parlent à leur père en jurant, en disant des obscénités, tout comme, du reste, leur père leur a toujours parlé. J'ai entendu des pères et des fils, au cours de discussions qui n'étaient pas particulièrement agitées, échanger des phrases comme celles-ci : « P'pa, vous êtes vraiment un con », et le père : « mais, écoute-moi, fils de p... ».

Mais souvent les enfants eux-mêmes qui viennent à l'école n'ont pas peur de leur père. En entrant dans ma classe, un collègue remarque un garçon au dernier rang (c'est au dernier rang que sont les plus grands), et il me dit : « Tiens, c'est toi qui as hérité de ce phénomène ? regarde-le bien, il y a quelques mois, il a failli canarder son père. Il paraît que son père lui avait donné des coups de ceinture, et le garçon, sans hésiter, décroche le fusil du mur et le pointe vers son père avec le chien levé ; ils se sont enfuis dans la campagne, le père courait devant en criant « méfie-toi, il est chargé, Toto, laisse tomber, je te dis, je te donnerai cent lires si tu le poses », et le garçon : « je sais bien qu'il est chargé, est-ce que tu crois que je vais te tirer dessus avec un fusil déchargé ». Pour finir, le père s'est jeté derrière un petit mur pendant que l'autre faisait partir le coup ; ils ont fait la paix le jour même.

Comme un fait exprès, une heure après que le collègue m'a raconté l'histoire, le directeur arrive et dit : « il y a un de vos élèves qui est dans le couloir et qui fait rebondir des pièces contre le mur ». C'était Toto, qui était allé aux cabinets et revenait, par le couloir, en jouant ainsi. Le directeur me fait un beau discours, et quand il est à point, je laisse partir le coup : « mais ce garçon a tiré contre son père ». Encore tout frémissant d'école active, le directeur se rabat sur le sujet concret des bulletins à payer.

Ici, c'est un pays de mafia. Une mafia faite plutôt d'attitudes que de faits ; encore qu'on ne puisse pas dire que les faits, bien que rares, fassent tout à fait défaut, et sous la forme d'assassinats. Il y a un ou deux chefs de mafia, des gens qui ont de l'argent et de l'instruction, ils vont au café bras dessus bras dessous avec des repris de justice, et, tout de suite après, avec le brigadier des carabiniers ; dès qu'il arrive un brigadier, ils lui font aussitôt la cour, ils se pressent autour de lui, saisissent ses désirs au vol. Pour eux, il est important que les gens qui veulent vivre en paix les voient en compagnie des mafieux les plus connus ; et que les mafieux les voient en bonne intelligence avec les sbires, comme ils les appellent avec mépris. Ils passent leur vie à ce jeu. Mais si vous voulez faire le compte de tous les mafieux du bourg, attendez que ce soit la saison des réunions électorales et que se montre sur la place l'*onorevole* Zirpo. L'*onorevole* arrive dans sa voiture américaine, gras, mou et souriant ; et voici tous les mafieux, comme des mouches appelées par le miel. L'*onorevole* serre dans ses bras les plus proches, il en retient certains, les mains dans les mains à la hauteur du cœur. Il dit : « Pierrot, l'affaire de ton frère était mal combinée ; un enlèvement, bon sang, ce n'était pas une chose facile. Mais j'ai fait déplacer le brigadier du canton... Il est possible que, pour le carnaval, ton frère vienne manger chez vous le rôti de porc ». Et l'autre : « *onorevole,* c'est bien de vous, nous sommes comme des orphelins, nous nous recommandons à votre Excellence ; ici il ne vous manquera pas une voix ».

Un vent de mafia entre jusque dans l'école. Quand un père vient vous dire : « Mon fils *doit* aller au réfectoire, il *doit* avoir un livre gratuit, il *doit* passer », vous pouvez être sûr qu'il croit faire partie de l'*onorata società*. Il est clair que ce sont des chiens qui aboient, mais même si l'on sait qu'ils sont capables de mordre, le seul système consiste à ne pas envoyer le gamin au réfectoire, à ne pas lui faire avoir le livre, à ne pas le faire passer ; du moins, c'est ce que recommandent ceux qui ont de l'expérience. Mais c'est un jeu fort triste. Le gamin a faim comme les autres, il pourrait avoir le livre, et nous pourrions, avec une légère entorse, le faire passer comme nous faisons pour les autres. Pour ma part, je ne réussis pas à tenir : je ne l'envoie pas à la cantine pendant trois ou quatre jours, et puis je cède ; pour ce qui est du livre, je m'en remets au comité ; et pour ce qui est de le faire passer, je ne ferai certainement pas une injustice, peut-être que dans ce cas je serai tout juste un peu plus intransigeant. Au fond, il s'agit toujours de pauvres gens ; de gens qui s'excitent à cause de quelques mots d'argot qu'ils ont appris à la prison de San Vito ou à l'établissement de Portolongone, et qui croient faire Dieu sait quel exploit en chapardant leur voisin, ou en jetant une allumette sur les gerbes entassées dans la campagne, ce qui est la façon la plus lâche de rendre une offense : des gens qui ajoutent de la misère à la misère. Quand ils croient que vous avez compris de quelle paroisse ils sont, ils deviennent extraordinairement serviles ; et plus encore lorsqu'ils voient qu'ils ne réussissent pas à impressionner. Ils saluent en retirant leur casquette et avec une demi-courbette : « je vous baise les mains, toujours à votre disposition ». Parce qu'ils sont les « amis des amis », et ils peuvent facilement rendre un service en se passant le mot. Et souvent, ils en rendent même à la police.

Un instituteur a eu un incident avec un mafieux (« vous en voulez à mon fils, mon fils est le meilleur de la classe, et vous avez l'intention de le recaler »), et il me disait : « vous savez bien si, oui ou non, j'étais fasciste, j'écoutais Radio-Londres, et j'en disais de toutes les couleurs ; le secrétaire du parti fasciste m'a convoqué, une fois, il m'a menacé de m'envoyer en résidence surveillée ; eh bien, si *cet homme* revenait, j'irais à Rome les pieds nus, comme les femmes qui font un vœu à la Madone, j'arriverais devant lui en marchant sur les genoux et je lui dirais : je suis venu vous baiser les c... ; parce que *cet homme* il avait vraiment des c... (et ici, il fait de ses mains un cercle qui pourrait contenir une pièce montée) ; et, pour envoyer promener des gens de cette race, il faut vraiment des c..., et la démocratie n'en a pas ».

A vrai dire, nous ne savons pas si ce collègue était jadis aussi hostile au fascisme qu'il l'est maintenant à la démocratie ; et, personnellement, je n'apprécie pas ses images, ni le reste. Mais je serais quand même heureux d'apprendre que *l'onorevole* Zirpo est en villégiature à Portolongone plutôt qu'à Capri.

Chaque année, il m'arrive de perdre deux ou trois élèves, et dans le registre, je note à l'encre rouge, sur la colonne réservée aux annotations, à côté du nom de chaque élève qui s'en va : émigré en Belgique, ou au Canada, ou en France. La veille de leur départ, ils viennent me dire au revoir, ainsi qu'à leurs camarades ; ils sont d'une propreté insolite, ils ont un costume neuf, avec des pantalons longs, les cheveux courts et luisants de brillantine. Ce n'est pas qu'ils soient émus, ils sont abattus, fatigués, mal à l'aise dans ce costume neuf qui a toujours des manches trop courtes, et ils ne savent pas que faire de leurs mains, peut-être à cause du costume neuf, ou parce qu'ils les sentent si propres et parfumées de savonnette.

Cette année, il m'est arrivé de perdre de cette façon un garçon qui m'aimait bien, il s'en est allé à Charleroi où son père est parti il y a trois ou quatre ans, pour travailler dans les mines de charbon, mais il n'arrivait pas à gagner assez pour lui en Belgique et pour sa famille en Sicile, il n'envoyait que de petites sommes ; et c'est pourquoi il a décidé de les faire venir à Charleroi, sa femme et ses trois enfants. La femme ne voulait pas partir, elle espérait que son mari se déciderait à revenir, elle ne voulait pas croire qu'en Belgique on pouvait changer de vie. Elle pensait que c'était la misère en Belgique comme ici en Sicile, que pour eux ce serait toujours la misère, et que changer de lieu n'aurait jamais pu changer leur sort. Mais son mari écrivait que c'était différent à Charleroi, et qu'il gagnerait pour eux aussi, qu'on donnait des allocations et d'autres avantages aux familles qui y résidaient. Ils préparèrent les papiers, en passant d'un bureau à un autre pendant des mois, avec tout ce que ça coûtait. La femme venait à l'école me raconter ce qui lui arrivait, je l'aidais comme je le pouvais, je donnais au garçon tout ce dont il avait besoin en classe, et la mère venait à l'école avec des œufs enveloppés dans son mouchoir, elle me disait qu'ils étaient de ses poules et je devais les accepter ; mais elle les achetait, je me mettais en colère, j'essayais de la convaincre qu'elle ne devait pas et que je ne pouvais pas accepter, et qu'elle ferait mieux de les donner à ses enfants et que cela me ferait plus plaisir. Elle avait l'air de se convaincre ; et puis, je trouvais des œufs à la maison, et je devais chercher une façon de lui rendre son cadeau sous une autre forme, pour ne pas l'offenser ; car, lorsque les pauvres font un cadeau, ne pas l'accepter leur semble toujours un geste de mépris.

Le garçon vivait comme un *picaro*, il ne se montrait chez lui que lorsqu'il ne tenait plus de faim, des jours et des nuits entières se passaient sans qu'on le vît chez lui ; et sa mère venait à l'école pour lui faire des reproches, elle pleurait, elle me recommandait de lui parler sévèrement. Mais mon sermon n'était bon que pour le jour même, il revenait chez lui après mon petit discours, et le lendemain, il revenait à sa vie de petites astuces et de petits vols, il y avait pris goût. Un jour qu'il avait vu une vieille perdre cent lires dans le trou d'un égout, il s'y glissa, et resta comme pris au piège, il ne pouvait plus en sortir et criait ; tout le monde alla le regarder et ce fut un spectacle ; et le cantonnier municipal dut faire sauter des barreaux pour l'en sortir ; il puait tellement l'égout qu'on dut le mettre sous un jet d'eau, tout habillé ; il s'en retourna chez lui en laissant un petit ruisseau partout où il passait.

Cette aventure de l'égout fut sa gloire, tout le monde la connaissait, ses camarades le regardaient avec admiration, et il disait qu'il n'avait pas pleuré, mais au contraire qu'il avait fait une farce, qu'il aurait pu sortir tout seul, et qu'il s'était mis à crier pour rire, il voulait que les gens se rassemblent et qu'on casse les barres. Et c'était peut-être vrai. Il aimait ce genre de choses. Tout lui devenait un jeu. Une fois il trouva une bouteille d'encre rouge et il alla la verser dans le bénitier de l'église principale ; et il passa la journée entière à s'amuser des gens qui se signaient en entrant, et qui gardaient une belle marque rouge sur le front, et même sur leurs vêtements. Il était intelligent, il connaissait les choses du monde et il savait en rire. Il jouait aux ricochets d'une façon diabolique, je crois qu'il trichait, et il lui suffisait d'une demi-heure pour rafler dans sa poche toutes les pièces de ses camarades. Quand je lus en classe la poésie de Sinisgalli sur les pièces de monnaie rouges, il la sut aussitôt par cœur, et presque tous, dans la classe, ils la récitaient bien ; et puis je leur donnai celle de Saba sur le goal, et elle leur plut aussi. Ainsi, je sais que les enfants veulent des choses qu'ils connaissent, auxquelles ils participent, et tous les livres qui circulent dans les écoles sont ratés, les gosses se moquent bien de Petite Etoile d'Or, de la fleur qui naquit du sourire de la Madone et des petites hirondelles qui appellent leur maman dans leur nid.

Avant son départ, il vint me dire au revoir chez moi avec sa mère, il avait un costume neuf et souriait comme s'il allait se mettre à pleurer. Il m'avait toujours témoigné de l'affection et de la gratitude, et je sais que s'il n'écoutait pas mes conseils, c'est parce que la pauvreté, la rue, le fait d'être en service l'avaient prématurément mûri pour l'unique forme de liberté qu'il pouvait choisir. Je ne sais pas si à Charleroi, il se souviendra de moi de la même façon que moi, ici à l'école, dans ce village qui est le mien et le sien, je me souviens de lui. Et je pense qu'une fois, il m'avait raconté avec émerveillement que son père avait écrit : « En Belgique, il y a des boutiques où les gens prennent ce dont ils ont besoin et mettent l'argent dans une petite caisse, et ils pourraient aussi bien ne pas payer, mais personne ne le fait, tout le monde paie » ; et, en me racontant cela, il avait les yeux brillants comme devant un arbre de Noël. Alors, moi, qui suis instituteur, éducateur et cetera, je fais un vœu pour lui : que, s'il n'a pas suffisamment changé pour ne pas mettre la main dans la petite caisse de ces boutiques, et même pour payer ce qu'il prend, si à Charleroi, Belgique, il continue à vivre comme dans ce village de Sicile, qu'il puisse s'en tirer comme ça, que jamais boutiquiers ni policiers ne s'aperçoivent de son jeu.

Il y a peu d'enfants qui se prennent d'affection pour moi, et bien que j'en éprouve un sentiment de malaise, je sais qu'il n'y a pas de raison qu'un sentiment d'affection naisse en eux, je suis aussi éloigné d'eux que les choses que je leur enseigne, que la langue que parlent les livres, et on me paie pour leur enseigner des choses qui ne leur servent à rien ; ils restent enfermés dans une salle, assis sur leurs bancs en train de lire et d'écrire. S'ils ne viennent pas à l'école, le carabinier se présente sur le seuil de leur maison, et le carabinier et moi, nous sommes du même bord, nous mangeons le pain du gouvernement. Voilà ce que, confusément, pensent les enfants.

Mais notre rencontre quotidienne finit par toucher un point de fusion, provisoire, tout entier résolu à l'intérieur de l'emploi du temps à l'école, car, à l'extérieur, ils ne me saluent même pas, comme si, dès la fin de la classe, je disparaissais de leur vie avec un coup d'éponge. Cela semble, par exemple, un geste dicté par l'affection que les bonbons qu'ils me donnent pour le carnaval. Devant l'agitation qui se produit sous les bancs, et la récolte furtive de cinq lires par tête que l'un d'eux commence au moins trois jours avant, je comprends qu'ils sont en train de préparer quelque chose pour moi. Je sais que le mardi, en entrant en classe, je trouverai un gros sac de bonbons. Et alors pour le mardi qui est le dernier jour de carnaval, je prépare, moi aussi, un sac de bonbons ; puis je feins l'étonnement en trouvant le leur sur le bureau, et je dis « tiens, tiens, moi aussi j'ai eu la même idée pour vous » et je distribue mes bonbons, en emportant chez moi leur sac rempli de bonbons farineux ; ils tiennent à la quantité, et, de façon à en avoir une livre, ils ont acheté de ceux que les masques ont coutume de lancer contre les balcons. Peut-être sont-ils déçus par cet échange comme si, ayant reçu un cadeau en échange, le leur avait perdu de sa valeur. Mais il faut que je les déçoive, ainsi, ils ne penseront pas à me faire d'autres cadeaux, même à la fin de l'année, sinon ils seraient bien capables d'arriver à des ressentiments explicites : « moi, j'ai donné de l'argent pour le cadeau, et je n'ai pas été reçu ».

S'il y a quelque chose qui m'oblige à m'absenter de l'école, ils viennent chez moi demander de mes nouvelles, si je suis malade, si je ne peux vraiment pas aller à l'école. Et je croirais à leur affectueuse attention si je ne savais pas qu'ils en font une journée de vacances ; ils se sentent obligés de ne pas fréquenter la classe, quand ils savent qu'à ma place il y a un remplaçant. Mais il peut se faire qu'un sentiment affectueux se dégage de leur désir de sécher la classe. Du reste, ils me manifestent une affection désintéressée si nous recevons l'ordre d'équilibrer les effectifs des classes, et si je dois céder à des collègues des classes parallèles certains de mes garçons. J'essaie avec le système des volontaires, en demandant qui veut passer dans la classe de Monsieur un Tel. Cela ne donne rien. Prendre les premiers ou les derniers, par ordre alphabétique, leur semble un féroce arbitraire. J'ai recours au tirage au sort qu'ils considèrent comme la façon la plus juste de condamner ou de récompenser, puisqu'elle est étrangère à leur volonté comme à la mienne. Ceux dont les noms sont indiqués par le tirage au sort se résignent au passage, mais en pleurant. Et le fait qu'ils ne trouvent pas de plaisir au changement, comme font d'habitude les enfants, me paraît la preuve d'un authentique attachement pour moi et pour leurs camarades.

Mais je ne peux pas dire qu'ils s'aiment bien entre eux. Sans cesse ils s'épient, s'accusent, s'insultent. J'ai eu l'idée de leur faire élire un chef de classe, et tous posent leur candidature. Je leur explique le système, la façon dont ils doivent grouper leurs votes, le problème de la moitié plus une, etc... C'est du temps perdu. Au premier tour, il apparaît que chacun a voté pour soi.

Ils ont l'air de se rendre compte que de cette façon, cela ne va pas. Mais le résultat du second tour diffère du premier uniquement parce que trois ou quatre voix se sont groupées sur un seul nom. Au troisième tour, les votes groupés passent à cinq ou six. Après une demi-journée de votes, on arrive à un chef de classe élu avec tout juste la moitié des voix plus une.

Quelques jours plus tard, tout le monde, à grands cris, me propose de le destituer ; le garçon se considérait investi de la charge de taper sur ses camarades, même en dehors de l'école, et, avec des menaces et de petites tortures, il exigeait des tributs. Nous le proclamons déchu. La destitution l'afflige et le remplit de rancœur.

Je crois que je n'aurai jamais plus l'idée d'élire un chef de classe.

Maintenant, nous sommes en mai. Les écoles vont fermer à la fin du mois. Je marche de long en large entre les bancs et je pense à toutes ces choses. De la table à la fenêtre qui se trouve au fond de la classe, de la fenêtre à la table ; et puis d'une carte d'Italie à une affiche sur les accidents de la route. De la fenêtre, l'on voit le cimetière, la campagne toute verte, une route qui se perd dans le fond de la vallée. C'est la route qui mène aux salines, les camions y avancent lentement, comme des cafards. Je pense à cette école, ici, aux enfants dans l'école, à moi au milieu de ces enfants. Je pense au pain, et aux enfants. A l'hiver. Aux maisons des pauvres. Aux discours que l'on fait au cercle. Au village, à ses maisons, à ses morts.

Maintenant, l'été arrive, la moisson, la récolte des amandes, les vendanges. Pour la moisson, un homme gagne deux mille lires par jour, on sait déjà le prix parce que les travaux ont déjà commencé du côté de la mer. Au cercle, les gens disent : « Bon Dieu, on n'a jamais entendu dire qu'un moissonneur doive gagner autant d'argent ! ». La moisson dure dix, quinze jours. Parmi les chaumes, les enfants chercheront les épis oubliés. Puis ce sera la récolte des amandes, et ils iront ramasser le reste : ils s'useront les yeux dans l'enchevêtrement des branches, pour découvrir l'amande nue que les autres n'ont pas aperçue, ils frapperont dans les branches avec de longues perches. Le bruit que font leurs perches met les propriétaires en alarme, ce sont des enfants qui se laissent tenter par les grappes de raisin, par les prunes, — « s'ils ne faisaient que cueillir les amandes oubliées, mais ils volent aussi » — et c'est pourquoi on les chasse, il y en a certains qui en profitent et qui les obligent à laisser les amandes qu'ils ont trouvées. Mais l'été est bon, il y a du travail dans la campagne, dans les rues. Les femmes aussi travaillent, pour la cueillette des amandes et pour les vendanges, ou bien elles font cuire les tomates, elles les pressent dans des toiles qu'elles mettent au soleil, et le suc rouge et liquide se coagule dans les toiles. Le village embaume le jus de tomate, on le sent fermenter au soleil, c'est l'odeur même de l'été.

L'année scolaire est finie. Le directeur va nous réunir pour la cérémonie d'adieux, avec un peu de chance ce sera la dernière réunion ; en un an, nous en avons eu une dizaine, et puis il y a aussi les fameux carrefours que veut l'inspecteur d'académie, pour discuter des problèmes de l'école, et les problèmes de l'école semblent être ceux du cinéma, ou de la radio. Il serait impardonnable de faire remarquer qu'il y a ici un problème du pain. Qu'est-ce que le pain vient faire avec l'école ? Nous parlons de la radio. Nous parlons du cinéma. D'ailleurs, tout est comme à *cette* époque-là. Il y a le chef de brigade, le centurion, la secrétaire des *fasci* féminins, la secrétaire des ménagères rurales, et les instituteurs qui se sentent revivre dans ce genre de choses. Si l'inspecteur vient lui aussi, rien ne manque plus à la fête : il était secrétaire fédéral adjoint et tout le monde se groupe autour de lui, avec les mêmes sentiment qu'*à ce moment-là*. Et si l'inspecteur d'académie vient... Quand on sait que *cet homme* n'est plus, qu'on l'a tué, il vous vient même une pointe de mélancolie, de remords.

La cloche sonne, je mets les enfants deux par deux, et, en tête, les dix qui vont à la cantine ; dans l'entrée, je les sépare, les dix premiers courent vers la salle de gymnastique où l'on sert le repas, les autres se précipitent en hurlant dans la rue. Avec mon groupe habituel de collègues amis, je descends vers le cercle. Il n'y a pas moyen de passer la soirée différemment. Je vais prendre un journal, une revue ; ou j'écouterai les conversations. Heureusement, il y a un bon moment qu'on dit que la question de Trieste est réglée, mais il y a la gloire d'un compatriote à défendre. Voici don Carmelo Mormino, debout au milieu de la salle, tout vibrant d'enthousiasme : « il vendait de la cocaïne, dites-vous ? c'était un maquereau ? c'était un mouchard ? moi, je me fous de ce qu'il faisait, je sais que ce type avait une montagne de millions, qu'il est en relations avec des princes de sang royal, qu'il se tape les plus belles femmes de Rome. Allez donc à Rome avec mille lires en poche, et faites ce qu'il a fait, essayez donc de le faire avant de parler. Vous me faites rire quand vous me dites que la loi avance avec des pieds de plomb et qu'elle arrive là où elle doit arriver. Ce type se fout bien de la loi, c'est moi qui vous le dis. Vous voulez qu'on parie ?... »

LES OUVRIERS SAUNIERS

Le soir du 12 mai de cette année, après avoir écouté à la radio le message du président Gronchi, qui venait d'être élu, j'étais bouleversé par le fait que tout le monde se fût soudain mis d'accord, même les monarchistes, même les démo-chrétiens qui, quelques heures plus tôt, montraient un autre visage, et je quittai le cercle. Ma seule défense, ici, c'est de *n'être pas d'accord.* Il y a de cela plusieurs mois, parlant avec le romancier Mario La Cava, qui habite un bourg de Calabre, un bourg qui ressemble beaucoup au mien, et rêve toujours d'en partir, je lui disais : « tant que les gens te considèrent comme un pauvre type, dans ton village, tu peux rester tranquille ; mais quand ils se mettent à te considérer comme un homme intelligent, alors va-t'en ». C'est pourquoi je craignais que ne s'affaiblît en moi l'émotion de ce discours. Heureusement Don Carmelo Mormino, en sortant, me dit en me tirant par la manche, en confidence : « Oui, ils sont tous bien contents, mais ils ne comprennent rien : cet homme va jeter du noir comme une seiche ». Ainsi réconforté, au sujet du président Gronchi, je me dirigeai vers la maison. La place était baignée de cette ultime lumière qui confère aux silhouettes on ne sait quelle mélancolie lointaine, comme celle d'une identité égarée ; les seules lumières allumées se trouvaient sur le balcon des fascistes, une flamme en petites lampes tricolores, et sur la petite estrade des communistes : c'était le signe que les deux partis allaient tenir un meeting. Au fond de l'avenue, devant l'église principale, je vis soudain la foule s'amasser. Je m'approchai. On parlait d'un accident mortel survenu à la Saline Fontanella ; quelqu'un avait apporté la nouvelle et maintenant la foule anxieuse se serrait autour de lui ; on parlait d'hommes bloqués à l'intérieur par un éboulement, d'un mort, peut-être plus d'un, deux morts, un mort et deux blessés, on ne pouvait rien dire tant qu'on n'aurait pas débloqué la galerie. C'étaient des nouvelles confuses, continuellement démenties et confirmées. Les carabiniers partirent, puis le secrétaire de la D.C., et les sauniers qui étaient au repos coururent porter secours. Plus tard, on apprit qu'il y avait eu un seul mort, une voûte s'était effondrée subitement et l'avait enseveli, on avait fait exploser des cartouches de dynamite pour le dégager, et on l'avait trouvé raidi dans l'attitude de qui donne un coup de pelle vers le haut. La mort avait été immédiate. D'après les souvenirs des vieux, un accident de ce genre n'était pas fréquent dans les salines, ces écroulements arrivent dans les carrières de soufre, mais rarement dans les salines. Quelques jours plus tôt, un saunier m'avait dit que dans une soufrière, l'écroulement d'une voûte ou d'une masse de matériaux qui se détache de la paroi est annoncée, mais pendant une fraction de seconde, par un son comparable à une violente déchirure, et certains arrivent à se jeter de côté ; mais dans les salines, au contraire, le danger est silencieux, non pas mortel comme dans les soufrières ; d'habitude il ne se détache que de petites pierres de sel gemme, et les accidents sont une chose de tous les jours.

Le lendemain, le saunier qui venait de mourir eut un enterrement avec fanfare, couronnes et autorités. Un monsieur me disait : « Les temps sont vraiment changés ; il y a trente ans, une mort de ce genre ne faisait aucune impression, comme si ç'avait été la mort d'un chien ». Oui, il y a quelque chose de mieux ; pour les sauniers, au moins quand ils sont morts, leur condition est meilleure ; quand ils sont vivants, c'est moins sûr. L'homme qui était accompagné au cimetière avec la fanfare et des couronnes gagnait six cents lires par jour, il avait une femme et un enfant, et c'est comme ça qu'il finissait sa vie, pour gagner six cents lires en une journée de douze heures. On lui avait choisi un beau cercueil, luisant, de forme aérodynamique, ce qu'il y avait de mieux, les patrons n'avaient pas regardé à la dépense. Un saunier nous disait, au secrétaire de la D.C. et à moi qui accompagnions ensemble le mort au cimetière : « il y avait quinze ans que nous travaillions ensemble dans la même saline, c'est moi qui l'ai sorti l'autre nuit ; vous voyez comment on paie son pain ? ». Et le secrétaire de la D.C. : « Ne me parle pas de ça, cette nuit, je n'ai pas pu dormir ».

Au cours de la journée, il était arrivé qu'un fou avait donné un coup de couteau à sa sœur, et tout en marchant derrière le saunier mort, enfermé dans son beau cercueil luisant, le professeur G., fasciste-démochrétien, expliquait qu'il fallait attribuer les deux malheurs aux influx maléfiques du mois de mai ; mai, on le sait, est un mois capricieux, il faut se méfier, et en effet on ne se marie pas en mai, cela entraîne toujours des tuiles. Je demandai au professeur G. s'il était né en mai. « Non, répondit-il, en août ». Cela suffit à me réconcilier avec le mois de mai.

Derrière le cercueil, que ses amis portaient sur leurs épaules, il y avait la veuve ; un petit visage blanc, elle était presque portée par les femmes qui étaient à côté d'elle, il ne lui restait même plus la force de pleurer ; et il y avait une femme qui pleurait le mort avec des mots qui émanaient d'une obscure et antique poésie de la douleur, elle l'appelait « colonne d'or, lys ». Le vieux père du mort avait la tête entourée d'un châle, et ainsi aveuglé, il clamait son désespoir.

Les Français Gerville et Mathieu, entrant dans une carrière de sel de l'Afrique Equatoriale, se sentent précipités « dans un centre d'horreur », dans « le lieu géométrique de la solitude » dans « la capitale du néant » ; mais, pour ma part, dans les salines, je n'ai pas eu ces sensations et ces pensées, et je ne crois pas que ces mines soient différentes de celles de l'Afrique Equatoriale ; peut-être que Gerville et Mathieu y mettent un peu de littérature. José Altimir Bolva, qui sait tout sur le sel, et même sur le sel de Regalpetra, et travaille à un ouvrage monumental, *La sal en el mundo,* qui est publié à Madrid *al servicio de la industria salinera,* se laisse lui aussi aller à la littérature ; tout en servant *la industria salinera,* don José se laisse tenter par la littérature ; à un moment donné il s'abandonne à une prière au sel, et on a l'impression de lire une parodie d'Eugenio d'Ors.

J'estime que cette veine littéraire sur les salines a son origine dans les impressions que certains voyageurs retirèrent de ces salines africaines où travaillaient les forçats, traités comme des bêtes, et couverts d'ulcères qui, sous l'action du sel, se gangrénaient toujours davantage. La saline en soi n'a rien de terrifiant, quand on y entre, on a même un sentiment de fraîcheur si on est en été ; l'hiver, l'air est humide mais non gelé, et la sensation de froid provient des parois lisses et luisantes d'eau. Voici une description technique de la saline :

Le milieu de travail est constitué par des carrières à

ciel ouvert (nefs), creusées à des altitudes différentes, d'où est extrait le minerai. On accède à la carrière au moyen d'une galerie normale, de largeur et de longueur variable. D'autres entrées analogues existent au même niveau et à un niveau supérieur, et d'autres encore sont situées à un niveau inférieur, de telle sorte qu'une ventilation satisfaisante vient à se produire à l'intérieur de la carrière. La carrière proprement dite est constituée par une vaste grotte, la cultivation du minerai se produit sur les parois de la grotte et il en résulte des nefs et des pilastres. Les fronts d'avancée, c'est-à-dire l'endroit où est effectué l'abattage du minerai, sont en nombre variable, et sont disposés selon l'orientation des bancs, qui dépassent parfois une épaisseur de soixante mètres. Au cours de l'opération d'abattage du minerai, il vient à se produire de la poussière qui se disperse dans l'atmosphère. Il y a fréquemment de l'eau qui suinte des parois. L'extraction du minerai se produit au moyen de l'explosion de mines placées dans des orifices ou des sillons pratiqués avec des perforatrices électriques, ou des pioches et des barres à mine ; et le gaz des explosions domine également dans l'atmosphère. Le chargement du minerai est effectué à la main ou avec des pelles. Les galeries d'accès sont en général assez larges pour éviter l'emploi de wagonnets decauville, et des camions transportent directement le sel depuis le lieu d'abattage jusqu'aux centres de dépôt et de mouture.

S'il y avait ici des lampes comme dans les églises, me disait un saunier, nous serions comme dans une salle enchantée, tout le bourg pourrait y danser. Avec des rares petites lampes qui pendent au bout des fils comme les oranges aux ronces de la crèche et donnent une lumière orange, somnolente, qui oscille à l'explosion des mines, la saline suggère l'image d'une forge clandestine, comme si les hommes qui s'agitent à l'intérieur conspiraient à faire sauter le monde du fond de ses viscères. Mais si une torche s'allume, la blancheur aveuglante des parois et de la voûte, le jeu des scintillements et des réfractions créent véritablement une grotte pleine d'enchantements magiques. Souvent, dans des niches creusées par de mystérieuses infiltrations d'eau, les sauniers trouvent des cristaux de sel en tiges très fragiles, étoiles et aiguilles ovoïdes, tout en facettes, lumineux : ils les appellent des *brillants* et quand ils en trouvent, ils les enveloppent avec délicatesse, les emportent chez eux pour en orner la commode, parmi les petites tasses à café dorées que, depuis le jour de leur mariage ils n'ont jamais eu l'occasion d'utiliser, au pied d'une statuette de la Madone ou d'un saint ; et le *brillant* deviendra opaque de poussière sur la commode : ou bien ils en font cadeau à quelque *galantuomo,* qui le gardera sur son bureau comme presse-papiers.

Les rares lampes n'arrivent pas jusque là où l'on avance au moyen des perforatrices et des mines, les piqueurs travaillent à la lueur de l'acétylène, ils percent des trous, mettent dedans les paquets d'explosif (par économie ils sont confectionnés sur place, avec du papier journal) et attachent la mèche ; puis, tandis que le ver de feu avance pour se terrer dans le trou, ils s'éloignent au pas de course. Les explosions se perdent sourdement dans l'ampleur de la grotte. Le camion s'approche à reculons de l'endroit où le matériel s'est écroulé, les manœuvres commencent à charger, à la main les grosses pierres, et le gravier à la pelle.

Le phénomène de nystagmus est fréquent chez les sauniers. On a fait différentes hypothèses sur le nystagmus des mineurs : qu'il doit être attribué à l'éclairage insuffisant des milieux de travail, ou à l'intoxication, aiguë ou chronique, par les gaz, ou à des positions anormales du corps pendant le travail, et ces trois causes existent dans le travail des sauniers, mais il semble qu'il faille retenir comme décisive la première hypothèse. Le nystagmus est « une série d'oscillations rythmiques des globes oculaires » ; celui des sauniers est « horizontal, de type principalement dynamique » ; c'est comme lorsque s'abîme quelque chose dans le mécanisme des *poupées qui ouvrent et qui ferment les yeux*, le morceau de plomb qui, selon la position que l'on donne à la poupée, détermine le mouvement des yeux, reste en oscillation, — « on se sent l'œil comme pendu à un fil » — me disent-ils.

Il n'existe pas de littérature relative à la pathologie des mineurs de sel gemme. On a étudié l'action irritante du sel et les phénomènes phlogistiques qui en dérivent, chez les travailleurs des ports méditerranéens qui sont employés au chargement et au déchargement du sel, chez les saleurs de l'Islande, etc. mais il n'existe aucune autre contribution. Les observations cliniques et les recherches de laboratoire auxquelles je me réfère sont dues à un jeune médecin de Racalmuto (bourg dont le territoire est limitrophe de celui de Regalpetra, et tout aussi riche en salines), le docteur Niccolo La Rocca, qui, sous la direction du docteur Frada, professeur de médecine du travail à l'université de Palerme, a développé une thèse intéressante. Le Dr. La Rocca a examiné un groupe de cinquante-quatre travailleurs, d'un âge compris entre dix-neuf et soixante ans, qui ont travaillé avec des fonctions variées dans des mines de sel gemme d'un minimum d'un an à un maximum de vingt-huit. L'alimentation de ces hommes est presque exclusivement constituée d'hydrates de carbone, pain et oignon cru ou pain et sardine salée aux deux repas consommés sur le lieu de travail ; le soir, chez eux, un potage à base de déchets de pâtes alimentaires et de légumes ; des pâtes alimentaires le dimanche exclusivement. Presque tous accusent des douleurs rhumatismales, particulièrement au cours de la saison d'hiver, aux hanches, aux genoux, et sur la portion lombaire de la colonne vertébrale ; le milieu de travail est dominé par un climat humide, (en été la température de la mine est de 22-24° avec une humidité relative de 60-65 %, tandis que la température extérieure est en moyenne de 34° avec une humidité relative de 42 %) ; en relation avec les manifestations rhumatismales, il convient de tenir compte du fait que jusqu'à une période récente, les travailleurs transportaient le minerai sur leur dos, depuis le lieu d'extraction jusqu'aux issues de la mine ; et, de nos jours encore, quand des différences de niveau viennent à se produire au cours de l'abattage du matériel, le transport jusqu'aux camions est effectué à dos d'homme. La vieillesse des sauniers est tout entière constituée de « douleurs dans les os » comme ils disent, ils les appellent également des douleurs *romantiques,* ils veulent dire rhumatismes, et c'est un mot qui me porte à des considérations surréalistes, j'imagine les romantiques dolents dont la province est riche, des romantiques qui sont à mi-chemin entre Werther et le festival de San Remo, accablés par les douleurs d'os des sauniers. Quand les sauniers vont à la retraite, (cinq mille lires par mois) ils passent leurs journées au soleil, en pensant que le soleil pourra faire sécher leurs os de toute l'humidité qu'ils ont absorbée dans la saline, et pourtant, chaque soir, leurs os recommencent à leur faire mal.

En raison des douleurs rhumatismales, les sauniers perdent par an de six à dix journées de travail chacun, c'est une incidence très limitée, mais il faut tenir compte du fait qu'un saunier ne perd une journée de travail que lorsqu'il est cloué par la douleur ; quelqu'un qui ne travaille pas pendant une journée ne mange pas au sens propre, pendant cette journée ; les malades et les accidentés reçoivent deux cent quatre-vingts lires par jour. Voici, sur cent trente et un ouvriers, les absences relevées pendant un an, mois par mois, pour maladies et accidents (le premier chiffre se rapporte à la maladie, le second aux accidents) : Janvier 24, 30 ; Février 19 ; Mars 45, 17 ; Avril 51, 48 ; Mai 6, 6 ; Juin 27, 22 ; Juillet 32, 40 ; Août 28, 18 ; Septembre 49, 17 ; Octobre 124, 71 ; Novembre 18, 35 ; Décembre 153, 37.

On ne voit pas, à travers ces chiffres, le cruel réveil des douleurs rhumatismales qui se produit au cours des mois d'hiver : douleurs ou pas, les sauniers se traînent au travail ; et même s'ils sont accidentés, ils ne restent pas chez eux, sauf la journée qui est nécessaire pour se faire recoudre par le médecin ; en général il s'agit de blessures ouvertes (petites blessures, à la tête, aux pieds ou aux mains) non de contusions ou d'ecchymoses, et elles exigeraient une interruption du travail jusqu'à la cicatrisation, mais les sauniers ne s'en soucient pas, et parfois ces blessures s'enveniment de façon terrible ; mais on ne peut pas rester chez soi pour se soigner si, au lieu des six cents lires qu'on se fait en travaillant, seules arriveront, et quand il plaira à Dieu, les deux cent quatre-vingts lires des assurances.

Chez tous les sauniers, on constate une hyperhydrose marquée aux mains, même après une interruption prolongée du travail dans les salines ; quand on serre la main d'un saunier, on a la sensation de toucher une pierre mouillée, ce n'est pas la sensation désagréable d'une main en transpiration, mais quelque chose de minéral, comme la surface même d'une pierre de sel. C'est principalement chez les ouvriers employés au chargement que l'on observe d'abord des éruptions sous forme d'ampoules, puis une macération qui met à nu le derme avec formations d'abrasions et d'ulcérations entourées d'un halo inflammatoire douloureux ; mais, à long terme, la formation d'une défense calleuse supplée de quelque façon à la non-utilisation de gants de toile caoutchoutée, qui devraient être indispensables pour un semblable travail.

Chez dix-huit sujets sur vingt, on a relevé un état bronchitique et à l'examen radiologique, on constatait un renforcement de la trame broncho-vasculaire, spécialement dans les régions périhilaires. En dehors des observations cliniques, le catarrhe des sauniers est comme un signe de reconnaissance ; pendant les journées de dimanche, sur la place, vous pourrez distinguer les sauniers à cause du catarrhe raclant qu'ils présentent. A ces faits, il convient d'ajouter « l'observation fréquente de valeurs subnormales de tension sanguine », ce qui, en d'autres termes, veut dire que les sauniers ont une tension faible ; ce fait, m'assure-t-on, est en contradiction avec ce que l'on savait jusqu'ici de l'action du chlorure de sodium, et c'est donc un fait qui mériterait une étude plus approfondie.

Une fois, j'écrivis pour le journal démo-chrétien *Il Popolo* un article sur les sauniers ; il fut publié, mais l'un des rédacteurs du journal m'écrivit que cela avait été un acte de grande audace de le publier. Un envoyé spécial d'un journal de Rome vint l'an dernier, je lui proposai de parler des salines, mais son journal voulait des faits plaisants, il voulut tout savoir sur une fête caractéristique de la ville, et rien sur les sauniers ; un ami, bon journaliste et poète, me demanda au contraire des renseignements sur les mines de sel ; nous y allâmes ensemble, l'ami prit des notes, dit qu'il écrirait quelque chose, mais peut-être que ses journaux pensèrent qu'il n'était pas juste de faire tomber sur les lecteurs des reportages aussi déprimants. Une fois où, dans la salle des séances du Parlement de la région, l'on avança le nom de Regalpetra, il y eut un député communiste qui rendit le Gouvernement responsable « des faits sanglants de Regalpetra » ; pour être exact, il y avait bien eu du sang, mais quelques gouttes, et du doigt d'un carabinier de seconde classe qui tentait d'empêcher l'invasion de la mairie par les *braccianti* en grève. En ce qui concerne les sauniers, personne ne s'est jamais senti le devoir de prendre la parole, pas même ceux qui connaissent la situation, et font des promesses, et remportent des voix. Une fois, un député au parlement national vint au cercle des mineurs ; il écouta les sauniers, qui racontaient leur misère, et le député fermait les yeux, comme en proie à une indicible souffrance ; enfin, il donna un coup de pied à la table en disant que *Bon Dieu, il fallait faire quelque chose ;* une lampe tomba de la table et se brisa, le député promit de grandes choses, et les mineurs durent s'acheter une lampe neuve. En somme, personne ne veut en entendre parler, ni les journalistes, ni les partis, ni les syndicats. Si les mineurs de soufre se mettent en grève, ils reçoivent un secours, le Service Municipal d'Assistance se met en branle, il y a des gens qui viennent de l'extérieur pour poser des questions et prendre des photos, la préfecture sort un peu d'argent et lance des télégrammes ; mais la grève des sauniers se résoudrait en une grève de la faim, personne ne penserait à eux, les patrons tiendraient pendant des mois ; il y a bien eu une tentative, il y a quelques années de cela, mais il n'en sortit rien de bon.

Les ouvriers, piqueurs et chargeurs, travaillent aux pièces ; un piqueur touche six cents lires par charge de sel qu'il abat, et une charge compte pour six tonnes, mais en réalité en comporte dix ; pour abattre une charge de matériel, un seul piqueur travaille de six heures du matin à six heures du soir ; les chargeurs, généralement en groupes de cinq, reçoivent six cents lires par charge, de la saline à la gare ou au lieu de mouture, pour le chargement et le déchargement ; ils ne réussissent pas à faire plus de cinq charges en une journée. Les chargeurs, eux aussi, gagnent donc six cents lires par jour.

En ce qui concerne la main-d'œuvre, un kilo de sel, pour l'extraction et le transport jusqu'au wagon qui conduira le minerai jusque dans le nord ou à la mer, à Porto-Empedocle, coûte à l'entreprise de douze à quinze centimes ; en ajoutant les frais pour les moyens de transport, les assurances et les impôts (et il est difficile de jeter un œil sur ces choses très mystérieuses), je ne crois pas qu'un kilo de sel puisse coûter à l'entreprise plus d'une lire.

Quand le ferry-boat se détache de la gare maritime de Messine et commence à se diriger vers Villa San Giovanni, des agents de police et des douaniers avec la jugulaire abaissée entrent dans les compartiments, demandent aux voyageurs le contenu de leurs valises, ils les soulèvent d'une main pour en estimer le poids, et en font ouvrir quelques-unes ; puis, dans les compartiments de première et de seconde, ils écartent le rembourrage des sièges pour voir si quelque chose a été caché dessous. En général, les voyageurs ne réussissent pas à se rendre compte des raisons d'une recherche aussi minutieuse, ils ne réussissent pas à comprendre ce dont on pourrait faire la contrebande en venant de Sicile, et ils pensent que, jusque sur le ferry-boat, l'Etat veut se manifester aux citadins dans ses gratuites arabesques d'inquisition et de contrôle. Mais les agents cherchent le sel ; une fois il m'est arrivé de voir apparaître, sous le coussin déplacé par l'agent, deux grosses pierres de sel, et le policier nous expliqua qu'à Messine, avant que le train ne descende sur le ferry-boat, les *contrebandiers* (pauvres contrebandiers de quelques kilos de sel, aussi pauvres que les hommes qui tirent ce sel de la terre) cachent le sel sous les sièges ; et, si tout se passe bien, ils le retirent à Villa San Giovanni ; si les agents le trouvent, il y a le seul risque de perdre leur sel, ils restent dans le couloir et suivent avec indifférence les opérations de recherche, c'est la technique classique, les objets de contrebande sont toujours *res nullius* quand les agents les découvrent. Voilà ce que l'agent nous expliqua, à nous, voyageurs insoupçonnables, peut-être que s'il avait su que, chez nous, on ne paie pas le sel, il m'aurait lancé quelques coups d'œil soupçonneux.

Il y a donc des gens qui paient le prix de la traversée et qui gagnent quelque chose en portant de Sicile en Calabre (ou plus loin jusqu'à Rome) un peu de sel. Même en Sicile, en ville et dans certains bourgs, le sel moulu se paie de 30 à 70 lires par kilo, et si l'on pense qu'un piqueur touche six centimes par kilo de sel, et le chargeur six centimes, la disproportion ne peut pas ne pas paraître énorme. Mais, quand on parle avec les industriels du sel, ici à Regalpetra, on a l'impression qu'ils continuent à extraire du sel uniquement par amour du prochain, sans rien gagner, tant pour le trou et tant pour la reprise, comme dit le proverbe ; et ce qu'ils en tirent, ils le paient jusqu'au dernier centime. Si vous tenez compte de ce qu'à quelques kilomètres de Regalpetra, à Cattolica, Eraclea et à Cammarata, les sauniers reçoivent une plus juste rémunération, et conforme aux contrats nationaux, ils vous répondent que dans leur cas, ils sont en concurrence avec des industriels d'autres régions et qu'ils ne réussiraient pas à résister s'ils devaient, en matière de salaires, s'aligner sur les contrats nationaux. En somme, c'est l'ouvrier saunier qui paie le prix de la concurrence. Mais il est inutile de demander pourquoi existe ce jeu de la concurrence, et quels sont les motifs qui empêchent la formation d'un cartel : peut-être que les quatre industriels de Regalpetra ne sont même pas capables de s'entendre entre eux, en raison de cette espèce de grossière anarchie qui rend impossible la vie du conseil municipal et brise toute initiative communautaire, qui rend difficile la communauté familiale elle-même quand s'ouvre le jeu des intérêts. C'est la loi, qui, dans ce cas, devrait se faire entendre ; et, s'il n'y a pas de bonnes lois pour protéger les trois cents familles de Regalpetra qui vivent du travail dans les salines, il faudrait que ceux qui sont là pour les faire en fassent une bonne.

L'industriel du sel est généralement un nouveau riche, jusqu'à quelques années de là, il travaillait à la pioche et à la pelle, ou faisant du petit commerce, mais toujours en tentant sa chance, avec moins d'aventures mais une obstination égale à celle de ce type humain que les Américains appellent *prospector*. Il y a des gens, dans nos régions, qui ont la spéculation sur les mines dans le sang ; pendant un temps, ceux qui s'étaient risqués sur le soufre avaient fait des fortunes soudaines, puis il y eut des écroulements et de la misère ; ceux qui, pendant l'après-guerre, cet après-guerre, ont tenté leur chance avec le sel ont construit une richesse plus solide.

La saline ne présente pas les mêmes risques financiers que les soufrières ; elle n'exige ni installations coûteuses ni techniciens. On commence à gratter le flanc d'une colline, et le sel est tout prêt à donner sa saveur à la nourriture des hommes. Il suffit d'arriver avant les autres aux bureaux du Corps des Mines, comme dans un western ; bien entendu, l'Etat italien n'est pas la Californie, il faut du temps avant que la concession n'arrive, mais il y a des gens qui font la Californie partout ; ils prennent leur concession et filent extraire le sel ; grâce à la concession ils tracent des routes sur les propriétés d'autrui, éventrent des collines, et, de rage, les propriétaires en ont les tripes comme des cordes de guitare.

Dans la grosse et moyenne bourgeoisie italienne, on rencontre souvent l'homme *qui s'est fait lui-même,* et *qui est tout d'une pièce* l'autodidacte de la richesse ; et comme l'autodidacte proprement dit reste en position d'*irrégularité,* dans une espèce de *no man's land* entre l'ignorance et la culture, de même l'autodidacte de la richesse reste entre le monde de la pauvreté et celui de la richesse ; il parle comme un riche et agit comme un pauvre, méprise les riches qui n'ont pas connu la pauvreté et les pauvres qui ne savent pas parvenir à la richesse, abandonne ses parents pauvres et ne sait pas se trouver de parents riches. Cette condition de solitude alimente une violence, une fureur égocentrique ; l'homme riche assume toutes les caractéristiques du hors-la-loi, considère que la loi est impuissante en face de l'argent et que les pauvres sont rendus lâches et corrompus par la pauvreté elle-même, c'est un hors-la-loi armé de pensées noires : « les ouvriers, mieux vous les traitez, plus ça va mal ; les gens commencent à se trouver trop bien pour avoir envie de travailler ; s'en prendre à moi, c'est comme frapper une jarre contre un mur ; la misère, ce n'est rien que de l'incapacité ; ce n'est pas vrai qu'il y a de la misère, le dimanche, on ne peut même pas aller au cinéma tellement il y a de monde » ; et ainsi de suite, de noires pensées au-dessus desquelles danse une folle petite flamme tricolore.

Dans les périodes où la demande est la plus haute, il y a jusqu'à quatre cents ouvriers qui travaillent dans les salines ; puis un soudain rétrécissement du marché, dû assurément au jeu de la concurrence, entraîne le chômage de plus de la moitié ; et il y a des moments où seuls, une centaine d'ouvriers ont du travail ; les chômeurs cherchent du travail dans la campagne, entraînant de nouvelles difficultés pour la catégorie des ouvriers agricoles. Le progrès n'a pas apporté d'avantages aux sauniers, autrefois on avait besoin de quatre hommes pour travailler à la pioche et à la pelle, et maintenant un seul homme avec une perforatrice électrique fait le même travail que quatre. Grâce au progrès et aux camions de dix tonnes qui vont de la saline à la gare, une autre catégorie de travailleurs a disparu, ceux qui avaient l'adjudication du transport du sel et du soufre ; il y avait des troupeaux d'ânes, et il suffisait de deux ou trois hommes pour les conduire, ils portaient le sel sur un bât, chaque âne ne portait pas plus d'un quintal ; les ânes des *vurdunari* (approximativement : muletiers) traversaient continuellement le bourg, presque aveugles sous leur chargement, et les longs bâtons de ceux qui les conduisaient faisaient pleuvoir une grêle de coups. Quand j'étais enfant, je pensais à la fable de l'âne chargé de sel qui passa un fleuve à gué et se retrouva léger sur l'autre rive ; puis qui fit la même chose avec un chargement d'éponges, et se noya ; mais sur le territoire de Regalpetra, il n'y a pas de fleuve, le sel pèse sur les hommes comme il pesait sur le bât des ânes, la vie est pour le saunier comme une éponge qui se gonfle d'eau, pèse toujours plus lourd, et le tire vers le bas jusqu'à le faire se noyer. Il n'y a plus de *vurdunari* avec un tablier de cuir et de longs bâtons, les camions ont pris il y a dix ans la place des ânes couverts de plaies ; on dit ici *un âne de vurdunaru* pour indiquer un symbole de patience résignée ; mais les ânes ont été vendus pour la boucherie, et il en est parti vers le nord des trains entiers. Maintenant, il y a des chauffeurs, des gars mal payés qui vont et viennent pendant douze heures, de la mine à la gare, par des chemins pleins de poussière ou de boue, sur des machines qui sont désormais tellement déglinguées que de temps à autre, il y a un mort ; homme ou machine, tout doit être exploité jusqu'à l'extrême limite, jusqu'à l'anéantissement et à la destruction.

JOURNAL D'UNE CAMPAGNE ELECTORALE

Ces notes vont du 20 avril au 5 juin de l'année 1955, période de la campagne électorale pour la troisième législature de l'Assemblée Régionale Sicilienne.

*Le « petit Parlement » n'a pas une bonne réputation en Sicile : les masses populaires l'ignorent, et c'est uniquement au cours des périodes de campagne électorale que la révélation que siège à Palerme une assemblée qui peut faire ou défaire les lois, suscite en eux une certaine passion, et leur fait porter des jugements passionnés sur ce qui a été fait et n'a pas été fait, sur ce qu'il faudrait faire ; la classe moyenne refuse de façon tranchée la fonction et l'autorité de l'Assemblée et du Gouvernement de la Région, juge que tout se résume à une coûteuse singerie du Parlement national et du Gouvernement central, et que c'est une trouvaille instituée pour donner à quatre-vingt-dix personnes l'occasion de se parer du titre d'*onorevole*, et de profiter de son traitement et de ses avantages. Ceux qui sont fanatiques de l'Assemblée et du Gouvernement de la Région, ce sont les maires démo-chrétiens des communes de Sicile, la bureaucratie de la Région est toujours ouverte à leurs requêtes, et un maire démo-chrétien obtient toujours des travaux publics et des subsides ; un maire communiste est obligé de faire bien d'autres expériences derrière les portes closes des assesseurs de la région : et cela, qui dans un pays de démocratie solide, serait impensable, ou pour le moins tout à fait scandaleux, devient ici un argument de grand poids dans la propagande capillaire des militants* *démo-chrétiens. Ils disent : « Vous voyez ce qui se passe dans les communes administrées par les communistes ? Ils ne voient pas un sou ! Si vous ne votez pas pour nous, vous n'aurez pas un mètre d'égout, pas de routes, pas de chantiers-école » et les gens conviennent que c'est vrai, que les choses se passent vraiment ainsi. D'autres catégories inconditionnellement favorables à la Région sont celles des industriels, des adjudicataires, des fournisseurs etc. ; quant aux personnes de bon sens, disposées à admettre que, bien ou mal, le Gouvernement régional sert à quelque chose, il n'y en a pas beaucoup.*

Pour cette campagne électorale, notre poste d'observation est une petite ville de la province d'Agrigente, que nous continuerons à appeler Regalpetra ; elle compte environ douze mille cinq cents habitants, et sept mille cinquante inscrits sur les listes électorales ; c'est une bourgade de paysans, de mineurs de soufre et de sel gemme, et de petits propriétaires ; et qui comporte un nombre de commerçants certainement disproportionné par rapport au nombre de ses habitants et aux possibilités effectives d'achat de la population. Le salaire des ouvriers agricoles est de sept cents lires par jour, et la moyenne des journées de travail par an est de quatre-vingts. Les sauniers travaillent aux pièces, ils gagnent six cents lires pour douze heures de travail ; les mineurs de soufre gagnent de mille deux cents à mille cinq cents lires par jour il y a une seule mine de soufre en activité, mais il y en avait jadis cinq ou six qui offraient du travail, maintenant, il n'y a plus que quatre-vingts personnes qui y travaillent. Les petits propriétaires disent qu'ils ont le couteau sous la gorge, à cause des impôts fonciers et des autres impositions, ce sont des gens qui ne travaillent pas, leur activité se limite à observer la floraison des amandiers, le blé qui lève, maintenant, il faudrait un peu de pluie, espérons que le gel ne va pas brûler les fleurs d'amandiers, le blé a besoin d'un temps sec, la grêle a endommagé les vignes ; ils s'en vont dans la campagne donner un coup d'œil et puis retournent s'asseoir au cercle, parler du beau temps ou de la pluie qui serait bien utile ; et ils commencent à vendre quelques arpents de terre pour faire face aux dépenses de la maison, au décorum qui exige qu'ils fassent continuer les études de leurs enfants, même s'ils ont la tête comme une boule de bois : les enfants doivent arriver à la licence, et leurs têtes roulent vraiment comme des boules à travers l'école, le lycée, l'université.

*Cette bourgade n'a jamais eu de député ; elle a eu des magistrats et des fonctionnaires de police par douzaines, et certains ont fait une belle carrière, mais jamais un député, un homme qui irait provoquer des lois justes pour la ville. Autrefois, avant le fascisme, la ville tout entière vota pour le socialiste Marchesano, il promettait de grandes choses, l'eau et la justice, mais il arriva à la Chambre, et il avait oublié toutes ses promesses, ceux qui s'adressèrent à l'*onorevole *pour réclamer l'eau qu'il avait fait jaillir dans les réunions électorales avec une fougue dannunzienne s'aperçurent que l'*onorevole *ne réussissait même plus à se souvenir du nom de la ville. Ce fut une grande déception, et les vieux racontent l'histoire de l'*onorevole *Marchesano pour avertir qu'il ne faut pas se fier aux candidats venus du dehors, et qu'il faut voter pour quelqu'un du pays. Et, dans ces élections, il y a un candidat local, sur la liste du M.S.I., c'est un avocat ; il s'est déjà présenté, sur la même liste, aux élections régionales de 1951, il a eu deux mille quatre cents suffrages, mais le jeu des votes préférentiels l'a relégué à la neuvième place, et, dans la circonscription, le M.S.I. n'eut qu'un seul siège, c'est un ancien secrétaire fédéral du parti fasciste qui l'a eu. Pour ces élections-ci et si l'on considère le choc psychologique dû au fait que, en 51, malgré les nombreux suffrages de ses concitoyens, le candidat local ne s'est même pas honorablement placé, le M.S.I. n'aura pas les deux mille quatre cents suffrages de l'autre fois, il y aura sûrement un déchet de cinq cents voix. S'il n'y avait pas de candidat local, le M.S.I. ne remporterait pas plus de mille deux cents voix.*

Pour que la chronique soit fidèle, nous ne pouvons pas négliger deux faits qui ont précédé l'ouverture de la campagne électorale : une patrouille de jésuites est venue réveiller avec des prédications et des processions l'âme des gens du pays ; et la Commission Pontificale d'Assistance a distribué des pâtes, du fromage et du beurre aux travailleurs de la soufrière ; nous sommes, nous aussi, bien d'accord sur le fait que les lumières de la foi s'allument plus facilement dans des corps suffisamment riches en calories. Les jésuites étaient au nombre de cinq, il y en avait un par paroisse, et deux dans l'église principale ; ces deux-là faisaient une prédication dialoguée, il y en avait un qui posait des questions qui semblaient inspirées par le diable, les femmes frissonnaient, mais aussitôt l'autre le pourfendait avec des réponses précises. Il y eut aussi des prédications pour les *intellectuels* ; un soir, je rencontrai l'arpenteur B., connu ici comme franc-maçon ; il était pressé et je lui demandai où il s'en allait avec tant de hâte ; il me répondit : « A Saint Joseph, je suis en retard, il y a un sermon pour nous autres, les intellectuels ». L'activité intellectuelle de l'arpenteur B. se limite à résoudre les mots croisés, et sur ce point, il n'y a pas un coiffeur capable de le battre. Aucun des *intellectuels* du cercle ne manqua un sermon, et, pendant trois soirs, ils discutèrent passionnément du problème de la grâce. Les processions du chemin de croix, avec des prières et des cantiques, serpentèrent à travers tous les pays ; « C'est moi qui fus l'ingrat, ô mon Jésus, pardon, pitié » chantaient les femmes en procession derrière les étendards des paroisses. Quelques mois plus tôt, il s'était produit à Regalpetra l'un de ces faits qui, pour les gens qui vont à l'église, fait étinceler de vérité le vieux proverbe : *monaci e parrini séntici la missa e stôccaci li rini* — et la recommandation de briser les reins des prêtres et des moines s'adaptait particulièrement bien à l'événement. Il semble donc que les jésuites étaient venus sur place pour une purification et une pénitence, et non pas, assurément, en vue des élections, mais on peut parfois faire d'une pierre deux coups. Et nous ne pouvons pas croire que les pâtes, le fromage et le beurre étaient, de quelque façon que ce fût, liés à la campagne électorale ; il est vrai que de semblables distributions se produisent rarement, mais le Comité des Soufres, et la Commission Pontificale qui fait les distributions pour le compte du Comité, n'ont rien à voir avec la politique. Mais en admettant, par l'absurde, évidemment, qu'il y ait eu une arrière-pensée électorale dans cette distribution, il est facile de constater qu'ici, cela a été peine perdue ; les mineurs de soufre sont avec le M.S.I., c'est la volonté des dirigeants et des contremaîtres, il y en a peut-être quelques-uns qui dévient, mais le plus grand nombre vote avec discipline pour les fascistes.

C'est un candidat de la D.C. qui ouvre la campagne, il faisait précédemment partie de l'*Uomo Qualunque*. Les bourgeois sont terribles quand ils exigent des autres la cohérence, eux-mêmes l'ignorent, mais ils l'exigent d'autrui. Le candidat, malgré son changement de parti, est d'une rigoureuse cohérence ; le mouvement de l'*Uomo Qualunque* n'existe plus, les sots se sont abandonnés à une forme plus déclarée et spectaculaire de fascisme, les malins ont trouvé à la D.C. un bon asile, où voulez-vous donc que s'en aille un malin ? l'ancien qualunquiste est malin, il a été deux fois candidat dans la liste qualunquiste sans réussir à en sortir député, mais cette fois-ci sera certainement la bonne.

On a enregistré la première gaffe de la campagne : l'ex-qualunquiste met en garde les électeurs contre la corruption, il y a un parti, et ce n'est pas la D.C., qui, dans la seule province d'Agrigente dispose de deux cents millions, ne vous laissez pas acheter la conscience etc. ; mais les gens considèrent au contraire qu'un parti qui dispose de tant de millions est extraordinairement fort, et si un parti est fort, on peut voter pour lui. On ne peut pas faire une meilleure propagande pour un parti, et si l'on se met à insister sur cette accusation des deux cents millions, le parti risque de devenir fort pour de bon.

Un orateur qui ne connaît pas la psychologie particulière d'une population trébuche toujours sur quelque gaffe, et parfois il commet des erreurs irréparables. Un communiste, auteur d'un livre sur la vie soviétique, vint une fois à Regalpetra, et il expliqua de façon limpide aux paysans ce que c'était qu'un kolkhoze : l'effet fut extraordinaire, si on avait l'ouïe fine, on pouvait entendre le bruissement de voix qui se ruaient vers les partis ne promettant pas le kolkhoze. C'est ainsi que le P.C. eut le résultat le plus faible qui ait jamais été enregistré à Regalpetra.

L'avocat qui est le candidat local des fascistes ouvre sa campagne le 25 avril[1]. Le siège du M.S.I. est situé dans l'ancien siège du Parti Fasciste, une vieille maison de rapport avec des balcons à l'espagnole, et des corniches d'un baroque massif; de vigoureux buissons de câpriers sortent des murs, et se tordent autour des tuyauteries des gouttières comme des plantes grimpantes. L'apparence de sépulcre abandonné de cette maison, et ses enseignes nécrophiles trouvent une unique note de vie dans ces buissons de câpriers. Etant donné que pour les fascistes, c'est une journée de deuil, le drapeau est voilé d'un ruban noir; et dans le discours du candidat ressortent toutes les vieilleries funéraires, le discours se déroule au milieu d'une haie de fanions, et, dans un millier d'adjectifs, la patrie pleure sa grandeur perdue. Le secrétaire de la D.C. écoute et prend des notes sur un petit papier, il

1 25 Avril c'est la fête de la Libération de l'Italie

note peut-être les phrases les plus apologétiques. Lorsque le cri de douleur de l'orateur se fait plus aigu, un groupe de garçons, sous le balcon, se met à applaudir. La foule désormais est indifférente aux sanglots nostalgiques ; après la fin de la passion pour Trieste, il restait aux gens du M.S.I. un seul bon sujet : ils auraient dû invoquer la doctrine autarcique du *défunt* pour les pétroles de Raguse, mais ils ont abandonné aux gens de gauche le problème du pétrole, ils se contentent de dire que le *défunt* avait naguère senti l'odeur de la truffe pétrolière ; quant à savoir pourquoi il n'en a pas parlé, ils n'en soufflent pas mot.

L'an dernier, le député régional Occhipinti, du M.S.I., avait parlé à l'Assemblée des « sanglantes affaires » dans lesquelles étaient impliqués des hommes qui étaient assis au banc du Gouvernement ; et il avait l'air d'avoir des révélations à faire. *L'Unità,* en attendant les révélations, et soupçonnant de la part d'Occhipinti un chantage politique, commença à publier les photographies de tous les membres du gouvernement, une chaque jour avec, au-dessous de chaque photo, cette légende : « est-ce l'homme impliqué dans les *affaires sanglantes ?* » Mais Occhipinti restait muet. Quinze jours après, il eut la bonté de déclarer en Assemblée que « les vicissitudes humaines, les affaires véritablement sanglantes » se réduisaient à un sinistre sur le funiculaire Erice-Trapani. Il ne convainquit pas, l'atmosphère de roman policier ne se dissipa pas ; beaucoup de gens attendaient l'éclatement d'une petite affaire Montesi au sein du Gouvernement de la Région. C'est au sein du M.S.I. que naquit le scandale, le leader sicilien du mouvement sembla avoir énergiquement désapprouvé l'attitude d'Occhipinti, et beaucoup de fascistes manifestèrent leur déception : l'attitude d'Occhipinti et des autres députés du M.S.I. les offensait en ce qu'elle prouvait la collusion du M.S.I. et de la D.C. à l'Assemblée Régionale, et il n'est pas salutaire de présenter à un électorat qui hait la démocratie un bilan de collaboration active avec un parti qui se dit démocratique. Pendant quatre ans, la D.C. a gouverné en Sicile avec les monarchistes, grâce à l'indispensable appui du M.S.I. Le M.S.I. adopta ce que l'on baptisa la *politique de la tasse de café* : aux moments décisifs, lorsque le sentiment leur dictait un vote contraire, et que l'engagement qu'ils avaient pris de soutenir le gouvernement monarchiste-démo-chrétien exigeait une abstention, les députés du M.S.I. résolvaient leur conflit intérieur en descendant au bar ; le salut du gouvernement reposait sur le besoin concordant d'une tasse de café que les députés du M.S.I. ressentaient au moment opportun.

Le M.S.I. se présentait donc aux yeux de ses électeurs avec des taches *gouvernementales,* ceux qui n'aiment pas la D.C. ne sont pas disposés à voter pour un parti qui aide la D.C. à gouverner, et c'est là que provient l'épuisement progressif des partis laïques ; quant à ceux qui n'aiment ni ne détestent la D.C., cela leur semble une manière de se faire rouler que de voter pour un parti *gouvernemental,* ils pensent qu'il vaut mieux voter directement pour les démo-chrétiens. C'est donc une facile prophétie de dire que ces élections ne seront pas fameuses pour le M.S.I. ; le langage *gouvernemental* tenu par les députés sortants porte les électeurs modérés vers la D.C., le langage de la nostalgie a fait son temps.

Dans l'esprit des fascistes, de ceux du moins qui n'ont pas commandé à ce moment-là, quelques problèmes politiques affleurent, qui dégénèrent tout de suite dans le sens de la nostalgie ; ils se remuent comme des crabes, fuient la dimension de la réalité pour creuser leur tanière dans les trous du passé. Mais dans l'esprit des monarchistes, il n'existe pas de larve de pensée, il n'y a que le roi, comme dans les rêves, ces rêves des gens du sud où les images des défunts se combinent avec une demande de messes et l'offre des numéros du *Lotto* ; hommes et femmes rêvent de leurs morts et, selon ce que disent ou font les morts dans la séquence du rêve, j'ai soif, j'ai faim, et qu'ils ne veulent pas s'asseoir, qu'ils sont en sueur, les vivants retirent la certitude que leurs morts sont au Purgatoire, presque jamais au Paradis ou en Enfer, et qu'ils ont besoin de messes et d'œuvres de charité ; et après avoir demandé une messe, ils s'en vont au guichet du *Lotto* pour déchiffrer leur rêve, ils le traduisent en chiffres dont la clef est toujours dans le 31 — 47 : le mort qui parle. Le roi apparaît comme dans un rêve, il est triste parce qu'il est loin, il veut revenir, comme pour les morts, on fait dire une messe, on va voter pour le retour du roi. Pour ce qui est de tenter la chance avec le rêve du roi qui revient, ce sont les riches candidats monarchistes qui y pourvoient ; ce n'est pas le gros lot, bien sûr, mais il y a aussi de petits lots qui peuvent toujours rendre service, par exemple une paire de souliers.

Il faudrait étudier la fidélité aux Bourbons du peuple des villes en Sicile ; l'image de la royauté qui resplendit au-dessus de la misère, l'apparition théologique du roi, le roi dans les salles dorées et lumineuses, dans les jardins splendides ; il suffit de savoir qu'il y a le roi, idée qui se reflète en elle-même, en dehors du temps humain. Et il faudrait étudier ce bourbonisme plébéien des grandes villes et des chefs-lieux, par rapport au phénomène inverse qui se produit dans les bourgades : le peuple s'est déjà racheté, il est peuple, il demande justice ; dans les bourgades, on a vraiment la signification concrète de cette grande phrase de Dewey — « quelle que soit l'ignorance d'un homme, il sait bien si ses chaussures sont trop étroites » — et les chaussures du peuple sicilien, même celles qui lui ont été données par un certain candidat monarchiste, sont toujours étroites, les gens des bourgs le savent bien, ils votent pour se débarrasser des chaussures étroites et non pour le retour du roi.

Pour le retour du roi, c'est là le slogan des partis monarchistes, constitués dans les petites villes par les carabiniers en retraite : ici un ancien carabinier a pris le parti de Covelli, un ancien brigadier va ouvrir boutique pour Lauro[1] ; avec les partis monarchistes, c'est un peu comme si l'on prenait une adjudication. Les militaires en retraite représentent une sorte de *lumpenpròletariat* ; des hommes qui ont commandé en uniforme sont comme déshérités quand ils quittent le service ; pour le dire avec un mot cher aux Américains, ils sont inadaptés ; les sous-officiers de gendarmerie en particulier, qui en s'engageant avaient échappé à une vie de privations, au travail de la campagne et de la mine, aussitôt insérés dans un processus d'aliénation humaine, pour représenter l'Etat, le bien de l'Etat contre le mal des hommes. Imaginez un brigadier, un brigadier-chef qui commande la gendarmerie d'un petit centre, une bourgade comme celle-ci : et puis, après vingt-cinq ou trente ans de service, quand il est parvenu à voir le monde du haut d'une caserne de section, et qu'encore jeune, l'Etat le rend à la vie *civile*, avec quelques milliers de lires par mois, des enfants qui font leurs études, (tous les enfants de sous-officiers font des études) le problème du logement, le retour dans le bourg dont il s'était évadé par son engagement, il a perdu l'autorité de l'uniforme et du grade, le respect et la crainte se sont évanouis autour de lui. C'est la

1. Il y avait effectivement deux partis monarchistes, respectivement dirigés par Covelli et par Lauro.

condition la plus *inadaptée* que puisse connaître un homme.

Les libéraux reparaissent sur la place, ils s'éveillent lorsque les élections sont proches, ils se mettent désespérément à la recherche d'une maison qui ait une porte ou un balcon sur l'avenue, ils sortent leur vieille enseigne et lui mettent une couche de peinture, l'attachent pendant la nuit sur le balcon, pour ne pas faire remarquer qu'ils viennent tout juste de faire surface, et ils se figurent que les gens ne vont pas en parler comme d'une nouveauté ; ils ont toujours été là, mais en raison de leur vieille discrétion, ils ne se font entendre que lorsque cela est vraiment nécessaire. Les électeurs n'apprécient pas cette discrétion. « Qui est-ce donc ? » demandent les paysans et les sauniers en regardant l'enseigne toute brillante, les affiches avec le drapeau tricolore et l'inscription PLI, « qu'est-ce qu'ils veulent, ceux-là ? » se demandent-ils ironiquement. Mais ils écoutent toujours les meetings des libéraux, ils aiment la façon de parler des libéraux, ce sont des gens instruits, ils disent « messieurs » et parlent de la Révolution française ; la Révolution est l'un de ces faits qui éveillent dans le peuple l'imagination et la passion ; qui sait pourquoi, le personnage le plus populaire de la Révolution est Danton, il y a même des gens qui le font peindre sur leurs charrettes. Pendant la campagne électorale de 1953, après un meeting des libéraux, il y avait un paysan qui disait : « je suis vraiment satisfait, il a dit de belles choses, il y avait trente ans que je n'entendais pas parler de la Révolution française ». Et son compagnon, inquiet : « Et vous allez voter pour lui parce qu'il a parlé de la Révolution française ? — Ça, c'est une autre paire de manches, répondit le premier, moi, je sais pour qui je dois voter, croyez-vous donc que je ne sois pas capable de retirer le suc d'un discours ? voulez-vous que je vous dise à quoi se résument toutes les belles choses que disent les libéraux ? *cu avi mangia e cu nun avi talîa* (celui qui a, mange, et celui qui n'a pas regarde celui qui mange) ».

Pendant cette campagne, les libéraux ne parlent pas seulement de la Révolution française, ils parlent des contrats agraires ; les petits propriétaires qui ont un fermier et qui précisément, se lamentent toujours de leur fermier, vivent en permanence dans la hantise de la juste cause ; les paroles des libéraux créent au *cercle dei civili* une ambiance de guerre sainte, ils portent tous dans leur poche le discours de Malagodi. Celui qui a un arpent de terre et un fermier sur sa terre devrait voter pour les libéraux, disent les propagandistes. Cette fois-ci, le parti fait les choses en grand, ils ont des affiches et des brochures en quantités énormes, des automobiles avec des haut-parleurs qui circulent à travers le bourg. L'American Legion a envoyé une circulaire qui recommande à ses inscrits de voter pour les libéraux.

L'assesseur régional C., monarchiste, arrive avec la voiture et le chauffeur de l'assessorat ; on pense à De Sanctis [1] qui, quand il n'allait pas à Rome pour son travail de parlementaire, payait régulièrement son billet ; *l'onorevole* assesseur cite volontiers De Sanctis : c'est pour cette simple raison que ce souvenir gratuit surgit en nous, nous n'aurions jamais l'idée de prétendre qu'un assesseur devrait utiliser une voiture, un chauffeur et de l'essence à ses frais, ou à ceux du parti. Nous connaissons très bien l'assesseur C., nous avons eu d'agréables rencontres, la première était même tout à fait extraordinaire. L'ami qui nous pilotait était chez lui dans les bureaux de cet assessorat ; sans tenir compte de l'avertissement de l'huissier : « l'*onorevole*

1. F. De Sanctis, critique littéraire, député et plusieurs fois ministre après 1860.

n'est pas là », il continua tout droit jusqu'au secrétariat particulier, ouvrit la porte et s'y glissa à moitié, on entendit une voix qui déclamait, notre ami se retourna, nous dit « il est là » en nous faisant signe de le suivre. Cependant, l'*onorevole* n'était vraiment pas là, il y avait des gens autour d'une table et on entendait la voix de l'*onorevole*, mais l'*onorevole* n'était pas là, sur la table il y avait un appareil, et sortant de cet appareil, la voix de l'*onorevole* assesseur disait « ... car qui donc supporterait les coups de fouet et les offenses du monde, l'injustice de l'oppresseur, l'injure des orgueilleux, les spasmes de l'amour méprisé, la lenteur des lois, l'insolence de ceux qui sont investis d'une charge... » et notre ami qui avait commencé à dire bonjour fut aimablement prié de se taire : « chhhttt, l'*onorevole* est en train de réciter *Hamlet.* » A ce moment-là, nous avons compris bien des choses sur cet assessorat.

Le mois de mai a apporté un temps changeant, les nuages s'accumulent et soudain arrive le beau temps. Aujourd'hui le ciel est couvert, le tonnerre roule au loin, enfin il arrive une grosse grêle, une tempête.

Et la grêle elle-même devient un élément électoral, les démo-chrétiens lancent des télégrammes à droite et à gauche, ils promettent aux agriculteurs des dommages-intérêts substantiels, les agriculteurs présentent leurs réclamations, et ils se réunissent pour demander que des experts viennent estimer les dégâts.

Les experts ne viennent pas, propriétaires et fermiers commencent à perdre tout espoir. En revanche, on voit venir le vice-président de la Région, candidat de la D.C. dans la province d'Agrigente. Le secrétaire provincial des cultivateurs directs le présente à la population, il dit : « vous ne le savez peut-être pas, mais cet homme est capable de faire n'importe quelle acrobatie, il sait même faire des sauts périlleux » — et il veut dire qu'une fois réélu et confirmé dans sa haute charge, l'*onorevole* fera tout son possible afin que la Région intervienne pour dédommager les dégâts causés par la grêle. Les sauts périlleux du vice-président de la Région sont un argument irrésistible, les militants éclatent en applaudissemnts ; mais les agriculteurs veulent les experts d'abord, et les sauts périlleux ensuite.

Le vice-président de la Région, fils d'un illustre parlementaire de la période pré-fasciste, est le constant point de mire des insultes des fascistes ; il a été dignitaire du parti, et, à ce qu'il semble, secrétaire fédéral adjoint, et c'est pourquoi ils le considèrent comme un traître. Il est am-professeur [1] d'université. D'un extérieur fin et pensif, courtois dans ses meetings, ses discours sont bourrés de chiffres ; il a été aussi assesseur aux finances, et il est en relations avec toutes les banques siciliennes. Pour un homme de ce genre, il est de très mauvais goût de parler d'acrobaties et de sauts périlleux.

La réunion publique du fasciste D., considéré par les siens comme une forte tête, est très attendue ; il a la parole facile et des arguments vraiment extraordinaires. Les *galantuomini* se souviennent encore du grand meeting que tint D. cn 1953 sur cette place, il expliqua la réforme agraire, ou plutôt il l'anéantit avec une argumentation granitique. « J'ai un pain, dit-il, et nous sommes cent à mourir de faim ; je partage le pain, chacun reçoit une tranche de dix grammes, et nous sommes derechef morts de faim ; il vaut mieux que je mange le tout tout seul, au moins l'un de nous sera rassasié. » Les *galantuomini* en furent foudroyés, c'était comme l'œuf

1. Am-professeur : en 1944 l'A.M.G. nomma professeurs d'université certains antifascistes, ou soi-disant tels, à la place de fascistes notoires. Nommés sans concours, et parfois sans aucun mérite, ils restèrent en place quand la Sicile revint sous l'administration italienne.

de Christophe Colomb, depuis le temps qu'on parlait de la réforme agraire, ce n'était qu'une façon d'en rester à crever de faim. Maintenant, ils attendent que D. règle la question du pétrole, peut-être qu'il va encore se servir de l'exemple du morceau de pain.

Les ouvriers des chantiers-école et les employés municipaux ne manquent pas les réunions électorales de la D.C., et, avec quelques militants, ils constituent le petit groupe d'où jaillissent quelques applaudissements ; les meetings de la D.C. sont toujours un peu ternes, mais il ne faut surtout pas se fier aux apparences, ceux qui ne connaissent pas nos petites villes ne croiraient pas, en assistant à un meeting, que la D.C. est forte, plus forte que tous les autres partis ; le M.S.I. et les communistes, qui font de bons meetings, avec des applaudissements et des cris d'enthousiasme, ne recueilleront certainement pas autant de votes que la D.C.

Les ouvriers des chantiers-école attendent que, dans le discours, s'ouvre un vide où placer leurs applaudissements, et ils ne suivent manifestement pas l'argumentation de l'orateur, leur tâche se limite à applaudir. A côté de l'orateur, sur le balcon de la D.C., il y a toujours le secrétaire de section, qui est aussi commissaire adjoint de la Commune, et, quelquefois, après une envolée de l'orateur, il donne le signal des applaudissements, et ceux d'au-dessous répondent aussitôt. A l'un de ses camarades qui, distrait, n'applaudissait pas, un ouvrier disait ce soir en le poussant du coude : « Applaudis, Piero, il y a le professeur qui nous regarde » — le professeur, c'est le secrétaire de la D.C. — ; ainsi rappelé à son devoir, l'autre se mit à applaudir avec fougue.

Quand il y a des assemblées océaniques, les démo-chrétiens, eux aussi, savent s'y prendre, et tout le monde s'en va à Agrigente, drapeau en tête en chantant *bianco fiore*[1] et en poussant des hourras au nom de l'orateur qui doit parler ; les autocars loués par le parti sont bondés d'ouvriers des chantiers-école, il est clair qu'il y vont spontanément, il suffit aux ouvriers du nom de l'*onorevole* Mariano Rumor, pensez donc ce que c'est s'il y a Fanfani.

Et nous sommes allés, nous aussi, à Agrigente pour le meeting de Fanfani, dans l'autocar des démo-chrétiens qui était tellement bondé que le chauffeur ne voulait plus partir, les garçons chantèrent *bianco fiore* tandis qu'on traversait la ville, puis ils glissèrent vers des chansons d'amour, mais en arrivant à Agrigente, ils reprirent leur *bianco fiore*. Sur la place de la gare, il y avait une grande estrade ; depuis l'époque de Starace nous n'en avions pas vu de semblables, on aurait dit la proue d'un navire, tout ornée de petites lampes, et à deux étages ; le premier était évidemment destiné à la hiérarchie locale et le second à Fanfani. Par les haut-parleurs, une voix scandait des ordres : « ceux de Cianciana, déplacez-vous vers la droite ; un peu plus au fond, ceux de Porto Empedocle, laissez le passage libre », parce qu'en bas il y avait un peu de désordre, les drapeaux et les pancartes flottaient houleusement sur la foule. Puis la voix commença à dire : « l'*onorevole* Fanfani est sur le point d'arriver » et enfin, avec un cri ému : « l'*onorevole* est là, voici l'*onorevole* Fanfani ! », et tout le monde se mit à dire : « où est-il ? où est-il donc ? » parce qu'on ne voyait pas Fanfani dans le groupe qui traversait l'allée.

Lorsque Fanfani apparut sur l'estrade, il agitait un

1. C'est l'hymne de la D.C.

mouchoir blanc, et il y eut cinq minutes de hourras ; ensuite, le secrétaire de la fédération provinciale parla brièvement ; puis Fanfani attaqua : il tira de sa poche un petit papier, huit questions que les communistes lui avaient adressées, il dit qu'il répondrait démocratiquement. A la première « pourquoi les démo-chrétiens gouvernent-ils à Palerme avec les fascistes, et à Rome avec les antifascistes ? » l'*onorevole* Fanfani dit qu'il y avait une seule réponse à donner : le titre d'un opéra de Leoncavallo : « *Paillasses* ». Après ce petit échantillon de culture musicale, il eut la bonté d'expliquer que tout était la faute de l'électorat, qui, dans la mesure où il ne soutenait pas la D.C. jusqu'à la majorité absolue, la contraignait au jeu des alliances. Il passa à la deuxième question. Nous étions trois, un peu en dehors de la foule, et nous nous mîmes à discuter entre nous ; de temps en temps les phrases catégoriques de Fanfani nous frappaient : « je vous dis que ce petit homme »... puis il y eut l'invitation à lever haut les bannières pour De Gasperi, et il y eut une bonne minute d'agitation de drapeaux. On nous épargna l'histoire de la D.C. qui avait eu un époux, puis De Gasperi était mort, laissant la D.C. veuve, et maintenant, il y avait un orphelin qui marchait sur le chemin tracé par De Gasperi ; cet orphelin, c'était lui, Fanfani ; c'est ce qu'il raconta à Catane. Cela nous rappela une phrase de Disraeli : « quand j'ai envie de lire un roman, je l'écris » et quel roman aurait pu lire, c'est-à-dire écrire, l'*onorevole* Fanfani ? Mussolini en avait bien écrit un, qui s'appelait *La maîtresse du Cardinal*, Fanfani pourrait en réussir un sous forme allégorique, *L'orphelin* ou *Le fils unique d'une mère veuve* ; pour ce qui est d'être *unique*, nous pensons qu'il n'a pas vraiment de doutes.

Quant aux communistes, on ne comprend pas bien quel jeu ils ont l'intention de jouer, les journalistes venus du nord disent que c'est un jeu prudent, ils disent qu'ils sont en train de faire un jeu de taupes, ils rongent par en dessous et ne montrent pas leur force, de telle sorte que leurs adversaires ne peuvent pas battre la grosse caisse du péril communiste ; c'est peut-être comme ça, mais nous avons l'impression que la chose est molle, qu'il n'y a pas d'astuce, mais seulement de la lassitude et un manque de confiance, une lassitude dangereuse, comme celle de quelqu'un qui monte à la corde et qui, à un moment donné, regarde en haut et comprend qu'il n'y arrivera pas, et se laisse glisser en bas. Dans les grandes villes, à ce qu'il semble, ils se battent mieux.

Ils parlent toujours du pétrole, des Américains qui viennent nous le siffler ; les gens n'y font pas tellement attention, autrefois, il y avait ici des Anglais et des Français qui géraient les mines de soufre, ils n'ont pas laissé un mauvais souvenir, et si les Américains viennent pomper le pétrole, cela vaut peut-être mieux, c'est toujours mieux que d'avoir affaire à des patrons italiens. Le sujet est mal posé, il n'y a pas d'orateur qui réussisse à rendre claire cette affaire de pétrole, beaucoup de gens en parlent sans y avoir rien compris — cartel, ENI, AGIP, Standard, etc. — mais les gens ne savent pas ce que sont ces noms. Le succès des communistes en 53 naquit d'un problème bien posé : tout le monde, même les gens qui votèrent pour la D.C. et les apparentés à la D.C., tout le monde avait senti l'injustice de la loi électorale, qu'on appelait la loi-escroquerie ; aujourd'hui, personne n'est disposé à faire un cas de conscience des trocs de pétrole.

Il est venu un député du P.S.I., c'est un Lombard, il parle des *Fasci Siciliani* en 1892 et 94 ; c'est un peu comme les libéraux qui parlent de la Révolution Française et de Cavour ; ici, ce qu'il faut, c'est parler des sauniers qui travaillent douze heures par jour pour six cents lires, et qui ont une maison pleine d'enfants, et sont criblés de dettes, les sauniers qui ont émigré de la C.G.I.L.[1] vers les syndicats fascistes du M.S.I. et qui maintenant ne savent plus où aller, ils ne trouvent jamais de protection syndicale, de défense de leurs droits, et, s'il naît une contestation, ils sont obligés de la traîner et de la payer comme un procès civil ; aucun organisme, aucun comité d'assistance ne se souvient d'eux, ce n'est que quand ils sont morts qu'on leur paie un bel enterrement. Et des *braccianti* ouvriers agricoles qui gagnent cinquante ou soixante mille lires par an. Ou à la rigueur, il faudrait parler de la grêle, de la terre et de la mauvaise saison, des chantiers-école.

Il paraît que les militants démo-chrétiens ont fait circuler le bruit qu'il ne fallait pas voter pour le candidat local du M.S.I. en raison de certains péchés contre le neuvième commandement ; le candidat se met au balcon et commence à soulever le couvercle des orgies auxquelles se livrent des militants de la D.C., il ne donne pas de noms, mais seulement des indications topographiques, les noms circulent parmi les gens qui écoutent, c'est très amusant. Le candidat promet que si ses adversaires continuent à le chatouiller, il donnera les noms et les prénoms, une voix gargouillante de vin crie : « tout de suite, les noms ». Parler des intrigues sexuelles des adversaires est un coup assuré, et ce soir, les actions du M.S.I. sont en hausse. « Nous autres, dit l'orateur en conclusion de son discours, nous sommes des mâles ».

Le candidat du M.S.I. s'est attiré un procès, les démo-chrétiens sont las et déçus, l'avantage acquis par le M.S.I. avec le meeting d'hier soir apparaît

1. C.G.I.L. Syndicat d'inspiration communiste.

évident. Certains soufflent sur le feu, et conseillent aux démochrétiens de répondre sur le même ton. C'est la thèse du silence qui l'emporte.

Il y a des compensations à tout, un père franciscain est venu sur la place faire un discours sur saint François ; bien entendu, certains autres sujets rentrent aussi dans son discours, les gens désertent une réunion du M.S.I. pour aller écouter le moine.

Nous demandons à un ami pour quel parti il va voter, il comprend que nous croyons qu'il se situe à gauche, il ne veut ni nous décevoir ni mentir et répond : « le vote est secret », ce dont nous retirons la certitude qu'il va voter pour la D.C. Chez ceux qui votent pour la D.C., il y a un petit complexe de culpabilité, surtout chez ceux qui viennent de la gauche.

Les *galantuomini* ne se prononcent pas, ils gardent le même silence que sur un crime, s'ils en voyaient un se produire sous leurs yeux ; la règle est de ne jamais porter un témoignage, et ils gardent le silence pour l'opération du vote, comme s'ils devaient se décider dans l'isoloir et puis oublier ; et il n'est pas exclu que pour certains, cela se passe effectivement ainsi, qu'entre le P.S.I., la D.C. et les monarchistes ils demeurent indécis jusqu'au moment où ils auront le bulletin de vote en main ; ce sont des *hommes d'ordre,* et que leur vote tombe sur le M.S.I. au lieu de la D.C. ne fait pas une grande différence, de toute façon, ce sont tous les deux des *partis d'Ordre.*

Si vous demandez à un *galantuomo* ce qu'est *l'ordre,* vous aurez une réponse très précise ; vous vous mettrez peut-être à rire, mais, en y repensant, vous vous apercevrez à quel point elle est précise : *l'ordre,* dit le *galantuomo,* c'est l'interdiction de faire la grève. Un lunapark a planté ses baraques sur la place à quelques mètres de l'endroit où ont lieu les meetings, et les haut-parleurs diffusent de la musique du matin au soir. En se penchant au balcon pour faire un discours, un député régional du M.S.I. crie d'une voix vibrante d'indignation : « Brigadier, je désire pouvoir parler sans être dérangé, faites arrêter cette musique ». « Très bien » crie quelqu'un dans la foule, et de longs applaudissements se déchaînent. Il est bien clair que l'approbation et les applaudissements ne sont pas dus au fait que l'on pourra entendre les discours sans être dérangé par la musique de la baraque foraine ; c'est plutôt une manifestation de joie, d'enthousiasme reconnaissant, parce que quelqu'un a parlé à un brigadier des carabiniers sur un ton que, dans une bourgade comme celle-ci, le brigadier est le seul à pouvoir utiliser.

Les démo-chrétiens ont fait un grand écusson frappé d'une croix avec des lampes rouges et blanches, il recouvre toute la façade d'une maison. Et puis de grandes banderoles de toile avec le nom des candidats de prédilection du secrétaire ; on a vu aussi fleurir des initiatives privées : des jeunes gens qui aspirent à un poste dans une banque ou qui ont reçu de signalés services, font à leurs frais des affiches qui invitent à voter pour les démochrétiens ou les monarchistes, avec de petites lampes tout autour, et, le soir, le bourg finit par ressembler à un arbre de Noël. Démo-chrétiens et monarchistes jouent à se rouler entre eux, et ils se déchirent secrètement l'un l'autre. Le secrétaire de la D.C. est un garçon rusé, il a déjà choisi les chevaux sur lesquels il faut miser, trois candidats sur neuf, c'est un tiercé de votes préférentiels ; pour lui, les autres candidats n'existent pas, pas même celui qui est recommandé par l'Action Catholique Diocésaine : et c'est un peu un bon signe.

Il arrive une voiture chargée de fascistes d'un bourg voisin, les fascistes de l'endroit courent pour les recevoir, mais les autres les déçoivent tout de suite, ils annoncent qu'ils sont venus faire de la propagande pour un candidat démo-chrétien.

On voit circuler des types qui ont l'air d'avoir été prélevés pour l'occasion dans des pénitenciers célèbres, avec des têtes à la Humphrey Bogart : la mafia a parachuté çà et là ses éléments les plus suggestifs. Ils arrivent comme des estafettes ; une demi-heure après, on voit arriver la voiture du candidat. Ils ont belle allure, assis autour de la table d'un café, sur la terrasse, c'est comme une forme de publicité, les mafieux de l'endroit se rassemblent aussitôt autour de cette table, les gens font de prudents commentaires et des prévisions sur la force d'un candidat si bien escorté.

A notre point de vue, Regalpetra n'est pas un grand centre de mafia, les marques de respect qui sont accordées aux notables de l'*onorata società* qui arrivent ici de F., de S., et de C. (tous des bourgs qui, dans les chroniques judiciaires, jouissent d'une large considération) font penser qu'il n'y a ici que quelques officiers subalternes. Et puis, à Regalpetra, il n'y a pas de latifundia, on n'y trouve donc pas de mafia de la campagne, mais seulement la mafia des soufrières, qui est plus commerciale et possède une organisation tributaire un peu différente de celle qui vit sur les grandes propriétés ; peut-être plus arrogante et d'une crapulerie tarabiscotée, formaliste et bagarreuse, mais moins portée à de sanglants excès et à ce zèle de *conservation* dont naissent des événements comme le massacre de Portella della Ginestra[1] : ce fait, à notre avis, représente le sommet de l'alliance entre le bandit

1 A Portella della Ginestra, le 1er Mai 1947, le « bandit » Giuliano attaque une manifestation de paysans socialistes, tuant 11 personnes, et en blessant plus de 50.

Giuliano et la mafia, et, en même temps la sentence de mort contre Giuliano, qui, après avoir accompli une mission aussi atroce, devient trop encombrant pour ses mandants ; et puis, seuls les morts ne parlent pas.

Ici, c'est une sorte de zone neutre, où convergent les intérêts électoraux des trois plus importants centres de mafia du diocèse, avec des résultats qui ne sont pas toujours satisfaisants : car il ne suffit sûrement pas de certaines recommandations *a baccagliu* (un jargon où ce que l'on dit et ce que l'on ne dit pas, la flatterie et la menace, la poignée de main de l'homme d'honneur et le clin d'œil du fripon assument des transpositions artistiques) pour agiter les eaux en faveur d'un candidat donné. Il semble que certains petits centres connaissent une si totale sujétion à la mafia que la déclaration d'un *oncle* (*oncle* Calõ, oncle Giuvà ; les mafieux importants sont les oncles de tout le monde) suffit à provoquer un mouvement plébiscitaire en faveur d'un candidat. A Regalpetra, il n'y a pas d'*oncles* bénéficiant d'un aussi large respect ; la mafia n'a pas une force supérieure à deux cent cinquante voix et il faut d'autres éléments favorables pour qu'un candidat passe, et puis la mafia indigène ne sait pas trop comment se répartir, chaque gros centre de mafia a un candidat à lui, et c'est une situation épineuse que de devoir choisir entre l'*oncle* de S. et celui de C.

Il arrive souvent qu'un mafieux réussisse à obtenir des choses que même un curé ne réussirait pas à arracher ; lorsque quelqu'un se recommande à lui, le mafieux, s'il prend vraiment la chose à cœur, assure : « soyez tranquille, c'est comme si c'était mon affaire personnelle » et il parle à l'homme politique avec la même assurance ; « je ne veux pas entendre parler de fausses excuses, je ne peux pas perdre la face » et quatre-vingt-dix-neuf fois sur cent, l'affaire réussit. Dans les bureaux, un mafieux ne fait jamais antichambre, vous êtes quelquefois en train d'attendre depuis un ou deux jours que l'*onorevole* ou le *commendatore* se décident à vous recevoir, et vous voyez un *oncle* Ciccio ou Peppi entrer dans l'antichambre en suscitant un mouvement précipité d'enthousiasme servile dans la personne de l'huissier, qui depuis deux jours, vous regarde avec une tête dégoûtée, et franchir avec assurance ce seuil qui vous est interdit : et aussitôt vous entendez le salut joyeux, comme celui de quelqu'un qui a finalement la joie attendue de revoir une personne très chère, à laquelle s'abandonne l'*onorevole* ou le *commendatore* derrière cette porte que, peut-être, vous franchirez vous aussi, mais pour vous trouver en présence d'un homme renfrogné et à bout de nerfs.

« Si je dis un mot à... (mettez à la place de ces points un titre ou un nom : un puissant personnage ou un officier ministériel dont vous avez besoin en ce moment) soyez assuré que c'est une affaire faite » — voilà ce que dit l'homme *de respect*. Et c'est vrai, vous pouvez y compter. Encore faut-il que vous ayez besoin qu'on vous fasse justice, cela se conçoit, nous n'oserions jamais penser que les puissants puissent jamais commettre une injustice, même si c'est un mafieux qui le leur demande gracieusement.

Je connais un jeune homme qui voterait de tout son cœur pour le P.S.I. ; mais il est inscrit à la D.C., et, pour des raisons personnelles, il votera pour l'un des deux partis monarchistes. Il a de l'intelligence et de la sensibilité, et une claire vision du moment politique actuel, c'est le virus de l'amitié qui le fait déraper, c'est par amitié pour le secrétaire qu'il a pris la carte de la D.C., et par amitié qu'il votera monarchiste ; l'amitié fait des ravages en Sicile, elle est une mafia, une franc-maçonnerie, un parti politique, et, au nom de l'amitié, on finit même par se laisser avaler par la prison.

Les monarchistes de Lauro ouvrent une section : ils

ont loué un magasin sans marchander, ils ont déchargé une table, des chaises, une bannière, et une enseigne; il y avait déjà un moment qu'on en parlait, et maintenant les voilà; il y a des gens qui rêvent des distributions de pâtes de Lauro, et de son argent. Lauro jette l'argent par poignées sur la Sicile, c'est ce que disent les gens qui viennent de Palerme. Entre ces partisans de Lauro et les monarchistes du parti de Covelli, s'allume un jeu de féroces accusations, il est évident qu'entre eux ils se connaissent parfaitement. Un paysan m'a dit : « Si, tous les deux, ils veulent le retour du roi, pourquoi est-ce qu'ils se déchirent de cette façon ? Par conséquent, ils veulent quelque chose d'autre ! » et il n'y a rien à dire, il a vu juste.

Vittorio Marzotto, le grand industriel de la laine, parle pour le P.L.I. à onze heures du soir; le *corso* est presque désert et, autour de l'estrade, il y a environ deux cents personnes, des gens qui sont restés sur la place jusqu'à cette heure insolite pour le plaisir d'écouter l'homme des vêtements et des courses d'auto.

Le discours de Marzotto est d'une tonalité mélancolique, de la mélancolie de quelqu'un qui, chez lui, sait très bien gérer ses affaires et qui voit son voisin, imprévoyant et euphorique, tomber en déconfiture. Les gens voient derrière lui, derrière sa critique courtoise de bon chef d'entreprise, le *continent* ordonné et propre, les bonnes routes, le bal du dimanche, les filles en bicyclette, les trains qui ne connaissent pas les étangs morts des gares, la sirène des usines et la sérénité lumineuse de la maison; c'est le mythe du *continent*, pour ces pauvres travailleurs du sud. Quelques *galantuomini*, plus à jour, voient en Marzotto le champion de l'anticommunisme éclairé, l'homme qui donne la juste récompense et le jeu de football.

Il est difficile de faire des prévisions sur les résultats que donnera Regalpetra; même à l'article de la mort, nous sommes convaincus qu'un habitant de Regalpetra ne s'abandonnerait jamais à confesser ses intentions ou ses actions en ce qui concerne l'exercice du vote ; il est bien évident qu'il y en a qui font ouvertement une profession de foi politique, mais ce sont en majorité des jeunes, ils finissent eux aussi par se raisonner et par rentrer dans leur coquille. Sur certaines routes de campagne, il y a ce qu'on appelle des *passi,* des passages, des tournants de la route où les arbres et les rochers font un jeu sinistre, et c'est dans ces endroits que les criminels se postaient, au cours des années pour eux heureuses des deux après-guerres, pour voler ou pour tuer. Pour cette raison, les paysans, encore aujourd'hui où les probabilités de faire de mauvaises rencontres ont beaucoup diminué, traversent ces passages avec méfiance et émotion, ceux qui le peuvent continuent à les éviter, on sait bien qu'il y a la *loi* qui regarde et qui protège, mais on ne sait jamais, il est arrivé que là où l'on pensait trouver la *loi,* c'est le *hors-la-loi* qui s'est montré, et il vaut mieux éviter ce mauvais pas. On pouvait être socialiste, aller dans les cortèges derrière le drapeau rouge, chanter *Avanti Popolo,* puis le fasciste est arrivé, il a pris le registre des inscrits : pas de travail pour les socialistes, des coups de gourdin et la prison ; et puis les fascistes ont été chassés, et ceux qui se trouvaient inscrits sur leurs listes ont eu des ennuis ; toi, tu es né en Amérique mais tu es inscrit au *fascio,* et l'Amérique ne veut pas de toi ; et ainsi de suite. Et encore maintenant, il est entendu qu'il n'y a pas de loi qui t'interdise d'être communiste, mais, si tu es communiste, tu n'auras pas de travail dans les chantiers-école, le curé ne te donnera pas de certificat de bonne conduite pour aller au Canada, on ne voudra pas de ton fils dans les colonies de vacances. Personne n'est convaincu que la liberté existe ; tout ça, c'est des blagues, ils te disent qu'on peut passer et puis, en cachette ils te visent avec leur carabine. C'est pourquoi, à la veille des élections, les pauvres gens sont obligés de se plier à une sorte de comédie. *Braccianti* et métayers s'en vont chez leur propriétaire, et disent d'un air stupide : « je suis venu pour cette affaire du vote, vous en savez plus que moi, je voterai pour qui vous me direz de le faire ». Le propriétaire tient à cette visite, il le prendrait très mal si on ne la lui faisait pas, mais il s'esquive ; il est flatté : à ces moments-là il se sent vraiment le maître, mais il feint la surprise et l'indifférence. « Pourquoi est-ce moi qui dois te dire pour qui voter ? Vote donc pour qui tu veux, de toute façon, je n'ai d'intérêt pour aucun parti ». Cette dernière expression, fausse comme un jeton de Catane, naît de la peur ; le propriétaire craint que, un jour ou l'autre, *braccianti* et métayers ne se mettent à faire la révolution, et que, ce jour-là, ils ne se souviennent que leur maître n'avait d'intérêt pour aucun parti. Mais la question qui suit est dictée par un sentiment opposé, par l'intention de chasser le métayer, que sa cause soit juste ou non, et de ne pas donner de travail au *bracciante*, au moindre symptôme de communisme ; pour cette raison, c'est une question inquisitoriale, mais posée sur un ton cordial et compréhensif : « mais tu ne t'es donc pas déjà fait une idée ? Il y a bien les communistes qui, pour vous autres paysans... » et le paysan pense : « c'est là que gît le lièvre », puis il répond avec innocence : « les communistes ? inutile d'y penser ; ce sont tous les fainéants qui s'en vont avec les communistes, ils veulent la terre et ne veulent pas travailler, mais moi, je dis toujours : la terre, elle est à celui qui l'a achetée, à celui qui l'a reçue de son père ; l'important, c'est que le maître nous fasse vivre sur la terre ». Le maître, qui est convaincu que, sur sa terre, tout le monde vit plus que largement, dit, rassuré : « si vraiment tu veux que je te le dise (et il tire un tract d'un paquet) voilà comment je te conseillerais de voter, ce n'est pas que ce soit mon parti, parce que moi, je n'ai pas de parti, mais il y a un de mes parents éloignés qui me l'a recommandé »...

La même scène se reproduit chez le médecin, l'avocat, le pharmacien, auprès de toutes les personnes dont il a ou pourrait avoir besoin ; le pauvre va faire ce petit encensement, il se bourre les poches de bulletins marqués D.C., M.S.I., et P.L.I., et puis, tranquillement, il s'en va voter pour les communistes. Les patrons qui sont convaincus qu'ils ont apporté la lumière dans des esprits enténébrés, ou pour le moins, d'avoir gagné une voix à leur parti, racontent ces choses au cercle. Don Ferdinando Trupia dit : « Ce sont de foutus crétins, ils croient qu'il y a encore des gens, aujourd'hui, qui ne savent pas pour qui voter ; mais moi, on ne me la fait pas. Mes paysans sont venus me demander conseil, mais pas pour se foutre de moi, ils veulent vraiment que je les conseille, ils sont toute l'année à la campagne et ils ne savent rien... »

Ce qu'il y a de nouveau à la D.C., c'est que les jeunes se font entendre, ce sont les *têtes noires* de Fanfani ; Fanfani croit que les jeunes y vont par enthousiasme ; nous en doutons fermement, en tout cas, les jeunes sont là. Ici, le secrétaire a la possibilité de lancer une centaine de jeunes, presque tous avec un diplôme en poche ; ils grimpent pour avoir une *place*, une recommandation pour le concours, un appui pour obtenir un cours du soir, une école complémentaire ; c'est une espèce de corps à corps ; de temps à autre, on tire quelqu'un de ces limbes et il monte prendre un poste à la banque, c'est là l'aspiration suprême : un poste dans une banque... Le fait est que, parfois, c'est le militant le moins actif, ou le plus jeune, qui bénéficie d'une telle récompense ; et alors, ceux qui attendent commencent à s'inquiéter. Peut-être serait-il bon de commencer à instituer, à l'intérieur du parti, des titres et des classifications. Les meilleurs jeunes militants de la D.C. sont ceux qui viennent de l'Action Catholique; s'ils aspirent à une place, ils savent au moins faire semblant d'avoir la foi.

Les militants vont coller des affiches, c'est un travail qu'ils préfèrent effectuer de nuit, et ils circulent dans les maisons pour donner des renseignements sur la façon de voter, sur les votes préférentiels; ils ont des copies des listes électorales, et à côté du nom de chacun, ils écrivent *oui* si c'est quelqu'un qui semble avoir de la sympathie pour la D.C., ou bien *non, communiste, non, néo-fasciste,* etc. C'est un travail difficile et antipathique, les gens s'énervent en pensant qu'on écrit cela noir sur blanc; on ne dit rien et on fait tout son possible pour ne pas se compromettre, et puis il y a des gens qui vous ont à l'œil et qui écrivent à côté de votre nom *démo-chrétien* ou *communiste.*

Grosso modo, la répartition des électeurs est la suivante : pour la D.C., voteront les petits propriétaires, les gros fermiers, une bonne partie des fonctionnaires (il ne faut pas tenir compte de ce que ces derniers racontent contre la D.C., du reste les petits propriétaires, eux aussi, s'en plaignent continuellement) ; pour le P.C.I., les *braccianti,* les petits fermiers et les sauniers; pour le M.S.I., les mineurs de soufre, les boutiquiers, les employés municipaux; pour le P.S.I., les artisans et les étudiants (même certains qui sont inscrits à la D.C.) ; pour les monarchistes, les militaires en retraite, et pour le P.L.I., les propriétaires d'une certaine importance. Mais il faut tenir compte du fait que les votes des femmes, dans quatre-vingts pour cent des cas au moins, se partageront entre la D.C. et le M.S.I. ; mais elles n'iront au M.S.I. que de façon exceptionnelle, en faveur d'un candidat qui est quelqu'un du pays.

Le jour du scrutin, la D.C. dispose de trois automobiles pour accompagner au bureau de vote les vieillards et les malades, c'est aussi une des tâches des militants, qui, avec les listes sous les yeux, savent exactement quels sont ceux qui ne peuvent se déplacer, par maladie ou par vieillesse. Dans le bourg, il y a un air de fête, et, autour des écoles où l'on vote, un peu à l'écart du bourg, un va-et-vient de galanterie rurale. Tout est calme, les pauvres militants, en nage et épuisés de fatigue, font pitié, les gens semblent se dire « mais qui est-ce qui les force ? » la tension électorale s'est déchargée d'un seul coup, la lutte politique devient petite et lointaine : une chose dont s'occuperont quatre-vingt-dix personnes dans une grande salle du Palais des Normands, à Palerme.

LA NEIGE, NOËL

« Le vent arrache les oreilles » dit l'appariteur. A travers les baies vitrées, je vois les arbres, pliés comme dans l'élan d'une course. Les enfants tapent des pieds, soufflent sur leurs mains couvertes d'engelures. La classe a quatre grandes baies : couvertes de dentelle par le givre, elles tintent sous le vent comme les sonnailles d'un mulet qui va l'amble.

L'appariteur est porteur d'une circulaire : nous autres instituteurs, nous vivons aussi de notre circulaire quotidienne ; il y a celle du ministre, celle de l'assesseur régional, du recteur, de l'inspecteur, du directeur : il y a des journées où il en arrive une demi-douzaine à la fois. Celle d'aujourd'hui annonce qu'en faveur des victimes des intempéries, nous sommes appelés à un geste de solidarité « spontanée », le chiffre est déjà fixé, il ne reste qu'à signer et payer. « Je suis certain que personne ne voudra se soustraire... » Non, personne ne se soustrait. Le mois dernier, nous avons payé pour les chômeurs, aujourd'hui, c'est pour les sinistrés. Tout cet argent, après avoir dépassé les étapes hiérarchiques, confluera dans je ne sais quel bureau de Parlerme ou de Rome. On fera les additions, on communiquera les chiffres au bulletin d'informations ; puis l'argent recommencera à couler en petits ruisseaux ; à la fin du printemps, peut-être que deux ou trois des enfants recevront une paire de souliers ou une écharpe de laine. En attendant, ils tapent des pieds et se réchauffent les mains en soufflant dessus. Jusqu'au mois de janvier, ils venaient encore à l'école sans manteau, avec une chemisette d'été sous leur veste, certains étaient pieds nus dans leurs souliers trop grands et déformés ; il faisait déjà froid, mais ils n'avaient pas l'air de s'en soucier. Maintenant, février a apporté un vent glacial et de la neige, il n'était jamais tombé tant de neige sur ce bourg ; les vieux disent : on n'a pas vu un hiver comme ça depuis 1909, après le tremblement de terre de Messine ; mais il était tombé plus de pluie que de neige. Les enfants sont vêtus de toutes les affaires que leurs mères ont réussi à trouver : des manteaux de femme, des pantalons longs, de vieux foulards de soie noués en corde autour du cou, des bonnets de laine ou de toile cirée. Mais sous leur veste, ils ont la même chemisette que d'habitude ; et je crois que leurs grandes chaussures embarquent de l'eau par la semelle et les coutures défaites.

Il y a plus d'un mois que les paysans ne travaillent pas, les sauniers font des roulements de deux ou trois jours par semaine, ils restent dans leur cercle, en jurant et en crachant, ils fument quelques brins de tabac noir et écoutent la radio. Ils entendent parler des dons qui affluent de toutes parts, argent, vivres, couvertures, et sont convaincus que rien n'arrivera jusqu'à eux. Ces choses — disent-ils — passent à travers tant de mains ; et il y a en Italie des gens qui ont de la glu dans les mains, tout ce qui y passe reste collé. C'est comme le quart de vin qu'on donne aux soldats — m'explique un paysan — le commerçant qui le vend à l'armée l'a déjà baptisé, puis, à chaque main par laquelle il passe, il y a moins de vin et plus d'eau ; le chef d'équipe lui porte le dernier coup, et il arrive au soldat un quart d'eau de source.

Le cercle des agriculteurs est une grande pièce au rez-de-chaussée, humide et sombre. La radio y est allumée en permanence, depuis les musiques du matin jusqu'au dernier bulletin d'informations, à plein volume. Lorsque la radio se tait, ils allument le phonographe, qui joue de la musique de danse, et souvent les paysans se mettent à danser, la musique disparaît sous un lourd piétinement, comme d'un troupeau furieux. Ils dansent entre eux, avec des visages sérieux et attentifs, comme s'ils éprouvaient un grand effort à imposer à leurs pieds le rythme de la musique. De temps à autre, une pause ; et ils jouent *Bandiera Rossa* ou *L'Hymne des Travailleurs*. Juste à côté, se trouve le cercle des *galantuomini*, salles claires, fauteuils confortables ; les *galantuomini* qui bavardent trouvent inconvenant le vacarme qui se fait au cercle des agriculteurs. « Qu'ils s'en aillent au diable ! disent-ils, ils ne finiront donc jamais d'avoir envie de faire du bruit ! » A vrai dire, il suffirait de donner du travail à tous ces hommes pour faire cesser le vacarme ; mais c'est un fait qui ne s'est jamais produit ; même quand le temps est beau, et qu'il y a du travail dans la campagne, il reste toujours un bon groupe de *braccianti* au cercle des agriculteurs ; les *galantuomini* disent qu'il s'agit de gens qui n'ont pas envie de travailler, mais ce n'est pas vrai, et, à tout moment, il y a une importante marge de chômage. Comme l'existence d'un bureau de placement continue à être ignorée, le recrutement de la main d'œuvre se produit avec le vieux système : « chercher des hommes » ; le propriétaire descend sur la place le soir, il choisit les *braccianti* qui lui inspirent le plus confiance pour leur jeunesse ou leur force, pour une docilité éprouvée ou pour un bon rendement (le plus grand éloge qu'un propriétaire puisse faire d'un *bracciante* consiste à dire : « c'est un homme qui ne lève jamais le dos ».)

Mais, en ce moment, il n'y a de travail pour personne, la campagne est toute blanche de neige, et la neige continue à tomber. Par moments, le soleil glisse un œil entre les nuages, mais avec une pupille louche et éteinte, et il neige toujours. Ici, on dit : « un froid à faire crever les oiseaux » — ce qui est une manière hyperbolique de parler. Mais ces jours-ci, les enfants ont vraiment trouvé des oiseaux morts. Les oiseaux font comme des fous, ils cognent contre les vitres des fenêtres, tombent à pic des gouttières, comme foudroyés, se reprennent en un vol épuisé et discontinu. Tout ce blanc qui nous fascine, c'est pour eux le désespoir et la mort.

Le curé du Carmine a retiré les cloches de son église ; aux angles du campanile pointent maintenant, menaçantes, les trompes des haut-parleurs. Récemment, il est allé en Amérique, il a fait une bonne récolte parmi les émigrants de New York, originaires de Regalpetra, tous ont donné quelque chose pour l'église du Carmine. Dans les églises d'Amérique, le curé a aimé le son du carillon, et il a acheté tout l'appareillage pour son église. Maintenant l'Angelus, l'annonce de la messe, des vêpres, des quarante heures, s'effeuillent dans l'air comme de grands chrysanthèmes blancs. Les paroissiens du Carmine, en grande partie des paysans, disent que c'est le carillon qui a appelé la neige. « Oh, les belles cloches ! » disent-ils avec regret.

Mais le curé du Carmine est heureux. Comme une femme qui sait qu'elle porte une mode amusante, il s'agite dans l'onde sonore du carillon. Il sait qu'il a suscité l'envie des autres curés, et même de l'archiprêtre. Ils ne savent pas, archiprêtre et curés, que chaque nouveauté, chaque modification ou substitution fait naître dans le peuple un sentiment de scepticisme et de dérision, ou même de rancœur. Le décret (je ne sais pas exactement comment cela s'appelle) qui a apporté la nouveauté de la messe dominicale du soir, grâce à laquelle un catholique peut recevoir la communion trois heures après le bon repas du dimanche, a soulevé des commentaires ironiques : bien que cela ait été dit par le Pape, les gens ne croient pas qu'une communion reçue à quatre heures soit valide, comme on le dit en langage bureaucratique « à tous les effets prévus ». Le peuple veut une Eglise immobile et massive comme une dolomie, en dehors du temps humain, lointaine.

En raison du froid, un des garçons de ma classe s'est habillé d'une veste noire, très longue, de futaine usée et luisante, avec des manches si longues qu'il doit les remonter pour laisser sortir ses mains. Ridées et noires sous l'action de ce qu'on appelle le vent de neige, les mains sortent de ses manches comme la tête d'une tortue. Et puis il a trouvé une paire de pantalons qui descendent en s'évasant jusqu'au-dessous du genou, et ses chaussettes rouges sortent de vieilles chaussures de cuir blanc. Quand il se retourne, il a l'air d'un clown ; ses camarades se mettent à rire quand je l'appelle au tableau. Mais quand on le regarde en face, on est douloureusement frappé par son sourire forcé, par son regard d'animal menacé. Si je m'approche de lui pour lui faire remarquer une faute, pour lui montrer quelque chose sur le livre, il lève les yeux, effrayé, bat des paupières comme si la menace d'un coup était suspendue au-dessus de lui. C'est une chose qui m'énerve. Il est avec moi depuis deux ans, il sait que je ne donne pas de punitions ; et pourtant il a toujours peur. Et puis je pense à ce qu'il m'a raconté une fois : que l'instituteur de ses premières classes, vieux et malade, lui crachait à la figure pour chaque faute qu'il trouvait dans les devoirs ; et alors tout mon ressentiment disparaît, car pour moi, le simple soupçon que je puisse faire peur à quelqu'un est une souffrance. Dans cette condition de peur (et peut-être qu'il ne s'en débarrassera jamais pendant sa vie, sinon dans quelques moments de férocité extrême et de lâcheté), il trouve tout naturellement la voie de l'adulation servile, du mensonge, de la délation. Ces choses aussi me déplaisent, je voudrais le punir d'une façon ou d'une autre, mais je pense à toute la généalogie de servitude et de misère dont il sort, à l'instituteur qui lui crachait à la figure, à sa mère qui va laver les planchers dans les maisons des riches, à son père qui est chômeur ; et je me mets à considérer ce que les pédagogues, les plumitifs et les hommes de gouvernement appellent « mission » : ma mission d'instituteur, ici, parmi ces gamins. Et je me demande ce que je peux bien leur enseigner d'autre que ce jadis, sans les modernes hypocrisies, on appelait apprendre à lire, écrire et compter. L'homme et le citoyen de demain, ils peuvent venir le faire ici, les *galantuomini,* les hommes de gouvernement, les plumitifs et les pédagogues. Ou bien il suffirait même qu'ils viennent voir ce qu'une semaine de vent et de neige peut apporter dans une bourgade comme celle-ci ; quelle misère elle remue et révèle, et quelle souffrance.

Ma vie dans la communauté se passe entre l'école et le cercle ; les journées sont toutes pareilles, et le dimanche un peu pire. En ce moment, même le cercle des *galantuomini* est plus encombré que d'habitude, à cause du mauvais temps. Dans le salon de conversation il y a un bon chauffage, le meilleur que l'on puisse avoir ici : quand on sort, on se sent comme un bifteck cuit d'un seul côté.

Une nouveauté est venue faire dévier les conversations des *galantuomini* des sujets habituels, des impôts et de la stabilité du cabinet Segni (« mais de quelle race est-il ? est-ce qu'il est d'accord avec les communistes ? »). Le propriétaire de la maison voisine a cité le cercle en jugement parce qu'il semble que le conduit d'évacuation des latrines, fait de vieux tubes de terre cuite longs comme des manches de lustrine et enfoncés les uns dans les autres comme un télescope, suinte en plusieurs endroits, et les fondations de la maison voisine sont en train de pourrir. En présence de ce fait, qu'il faut considérer dans son ambivalence d'offense inouïe et de récréation divertissante, tout autre sujet se trouve dépassé. Il y a bien, c'est vrai, une augmentation de 4,60 % de certains impôts — « à cause des dégâts des inondations des années passées » — dit-on ; mais après le cri de protestation, désormais rituel, de don Carmelo Mormino : « et si la Calabre a eu des inondations, pourquoi est-ce que c'est justement nous qui devons payer ? La Calabre, qu'est-ce qu'elle peut nous foutre ? » ; après ce cri, la question est close. On revient à celle des latrines. Parce que l'affaire est controversée, et qu'elle exigera de nombreux témoignages. Le propriétaire de la maison voisine soutient en effet que les latrines, jadis, étaient situées dans un autre endroit, là où se trouve maintenant la salle de lecture ; et que le parti fasciste, quand il s'empara du cercle et le rebaptisa « *Dopolavoro* 3 Janvier » avec ce faible qu'ils avaient pour les latrines, en avait changé la disposition. A ce moment-là on ne pouvait rien dire, le propriétaire de la maison aurait préféré habiter une maison trempée comme un égout plutôt que de partir en résidence surveillée, cela aurait été une folie de faire un procès au Parti. Mais les temps ont changé, le cercle n'est plus le *dopolavoro* ; et, il y a quelques jours de cela, est arrivé le Tribunal, avec des experts et les avocats des deux parties, pour prendre une décision sur les latrines.

Don Ferdinando Trupia, membre du cercle depuis cinquante-neuf ans, déclare solennellement : « j'ai toujours pissé ici, vous voudriez que je ne m'en souvienne pas ? Moi, je n'oublie rien » ; mais il semble que certains autres vieux membres ne sont pas aussi sûrs. Don Ferdinando s'emploie de toutes les façons à faire ressusciter chez ses contemporains le souvenir de ce qui, selon lui, était la topographie exacte du cercle. Il se lève de son fauteuil et entraîne derrière lui, à travers les salles, un groupe de membres, comme un guide de musée, avec sa canne levée pour faire surgir ou abattre des cloisons, de façon à donner une idée de l'ancienne topographie ; il arrive aux cabinets, et, pointant sa canne, il conclut : « et ici il y a toujours eu des cabinets ; autrefois il y avait des tinettes, et puis on a mis un cabinet à l'anglaise ; à l'époque de la guerre de Libye, il y avait déjà l'installation à l'anglaise ».

A ce point, tous les événements de l'histoire nationale sont appelés à confirmer la situation inchangée des cabinets ; pendant la guerre 15-18, il y avait un membre qui, à cause de son habitude de mettre ses pieds sur le vase, en cassa trois ou quatre. Plus tard il y eut des innovations dans les installations. Puis, avec l'augmentation du nombre des membres, les cabinets passèrent au nombre de deux. Les soldats de la division « Texas » démolirent tout. Tout fut reconstruit. Puis vint l'eau courante, et de nouvelles modifications s'imposèrent. La mémoire de don Ferdinando est d'une vivacité admirable ; les noms de Giolitti, Vittorio Emanuele Orlando, Facta, Mussolini et Badoglio, des faits comme la Marche sur Rome, l'expédition au Pôle, le concordat, la guerre d'Abyssinie et l'arrivée des troupes américaines affleurent un instant et disparaissent. Quelqu'un dit, par plaisanterie : « avec une mémoire pareille, vous pourriez aller à Quitte ou Double pour l'histoire contemporaine. » Don Ferdinando se sent flatté, mais il se défend avec modestie : « Ce n'est pas tous les jours que je me souviens de toutes ces choses ; croyez-vous que je me serais mis à penser à toutes ces choses si cela n'avait pas été à cause de l'histoire des cabinets ? »

Avec le froid, les vieux s'en vont. Ils *caillent,* dit-on ici. C'est la vie qui caille soudain, la mort qui se coagule lentement dans le corps d'un homme, devient une forme glacée. C'est une expression qui est utilisée pour ceux qui arrivent à la mort sans souffrance, mais j'aime en retirer une signification pirandellienne et universelle.

Aujourd'hui est mort un vieux fou, il s'en va dans un cercueil de bois clair tout décoré d'anges gravés qui ressemblent à des méduses, le corbillard avance lentement sur la neige qui crisse comme du verre, et le ciel tamise encore une neige épaisse. C'était un fou tranquille, il se promenait toujours sur le parvis de l'église principale, de long en large, avec fougue, comme certains animaux dans les cages du jardin zoologique ; il avait les yeux si écarquillés qu'il avait l'air de loucher, il parlait sans cesse, il développait en un murmure comme celui du chapelet ses considérations politiques, s'arrêtait un instant et disait d'une voix claire : « des salauds, ceux-ci, des salauds, ceux-là », se remettait à se promener, s'arrêtait de nouveau, faisant un geste pour entourer tout l'horizon des maisons, tout le bourg dans son mépris et disait : « race de bœufs ! » De temps en temps, quelqu'un s'approchait de lui, lui demandait son jugement ou un horoscope au sujet d'un quelconque citoyen en vue. Le fou réfléchissait un peu, il avait l'air d'avoir oublié la question puis il décrétait : « don Carmelo Mormino ? le premier voleur du pays », ou bien : « le *cavaliere* Pecorilla ? Ne vous inquiétez pas, il va certainement mourir assassiné. »

J'apprends par la radio que Regalpetra est bloquée par la neige ; je ne sais pas ce qu'ils racontent d'autre sur la difficulté de ravitaillement et sur la hauteur de neige, toutes choses dont les habitants de Regalpetra ne se sont pas aperçus. Bien sûr, il y a beaucoup de neige, mais les boutiques sont pleines, les trains arrivent, les routes sont ouvertes à la circulation.

Un de mes amis m'écrit que dans un village de la côte orientale est arrivée une colonne de secours ; la bourgade n'avait pas vu un seul flocon de neige tomber du ciel, les gens de la colonne ont distribué des couvertures et des vivres, et les gens sont restés médusés par cette aubaine inespérée. Je suis porté à croire qu'aucun village n'est véritablement bloqué, et que, sur la neige qui est tombée, il est né une espèce de comédie à l'italienne. Ce qui est vrai, c'est que les hommes ne travaillent pas, que les pauvres souffrent du froid ; mais il est peut-être un peu excessif de consigner les pompiers dans les casernes en proclamant l'état d'urgence, et d'envoyer d'impavides colonnes automobiles dans les bourgades. On a l'impression d'entendre des bulletins de guerre ; les préfets, les officiers de carabiniers, les commissaires de police conduisent les expéditions ; la radio annonce sur un ton dramatique qu'une colonne apportant des vivres, des couvertures et des médicaments, conduite par je ne sais quel important personnage, est en marche vers une bourgade de la région montagneuse des Madonie ; les auditeurs voient un paysage sibérien, la colonne automobile comme une file de fourmis noires dans le tourbillon blanc de la tempête. Les héroïques sauveteurs réussiront-ils à atteindre le petit village isolé dans la gorge de la montagne ? La tourmente ne va-t-elle pas les arrêter, ne vont-ils pas se perdre dans la mort blanche ? Du cinéma, en somme.

Ainsi, comme si, d'habitude, nous manquions de malheurs, nous en avons inventé un, extraordinaire. Pour peu que cette neige se mette un peu à durer, les pauvres de Regalpetra auront peut-être leurs couvertures, leurs paquets de pâtes.

Comme d'habitude, dans une petite page de journal, les enfants me racontent comment ils ont passé le jour de Noël : tous ont joué aux cartes, belote, sept et demi, et *ti vitti* (c'est-à-dire « je t'ai vu » un jeu qui ne permet pas la moindre distraction), ils sont allés à la messe de minuit, ils ont mangé le chapon et sont allés au cinéma. Quelques-uns affirment qu'ils ont fait leurs devoirs, après la messe, depuis l'aube et jusqu'à midi, mais c'est un mensonge évident. Dans l'ensemble, ils ont tous fait les mêmes choses, mais certains les racontent sur un ton d'ancienne chronique : « J'ai passé la nuit de Noël, jouant aux cartes, puis j'allai à l'Eglise qui était pleine de monde et tout illuminée, et à six heures du matin, ce fut la naissance de Jésus ».

Trois enfants cependant n'ont pas parlé du repas nocturne, et sans amertume consciente, ils ont écrit des choses extrêmement amères. « Le jour de Noël, j'ai joué aux cartes et gagné quatre cents lires, et avec cet argent, d'abord, j'achetai les cahiers et la plume, et avec ce qui restait je suis allé au cinéma et j'ai payé le billet à mon père pour ne pas dépenser le sien et là il m'a acheté six bonbons et un soda » ; le garçon s'est senti heureux, il a agi en ami envers son père en lui payant un billet de cinéma, et puis il a reçu les six bonbons et le soda, et il avait déjà acheté des cahiers et la plume — il a eu un bon Noël. Mais j'aurais aimé que son Noël eût été différent, plus insouciant. Et voici, plus triste encore, le Noël d'un autre garçon : « Moi, le jour de Noël, j'ai joué avec mes cousins et mes camarades. J'avais gagné deux cents lires et quand je suis rentré, mon père me les a prises et c'est lui qui s'en est allé s'amuser. » Je n'ai jamais rien lu de plus triste dans les récits, souvent désolés, que les enfants me font de leurs journées. Je vois la maison, humide et sombre dans ce quartier de saint Nicolas qui est le plus pauvre du bourg ; le garçon qui pleure (et il a peut-être reçu une taloche et quelques gros mots) à cause de ces deux cents lires qu'il avait eues en jouant et qu'il voulait dépenser dieu sait comment, peut-être même pour avoir un cahier et des plumes ; et le père qui va *se prendre un verre,* se saouler avec ces pauvres quatre sous de son enfant. Jamais autant qu'à travers ce petit fait, la misère ne m'est apparue dans toute son essence de bestialité aveugle et malfaisante. A bien y regarder, il y a dans cet épisode tous les éléments qui font la tragédie de notre vie, — ou au moins de ma vie ici, dans ce pauvre bourg. Et ce jour de la grande fête chrétienne, qui sert de fond à l'épisode et qui le conditionne, semble devenir, derrière cet enfant qui pleure dans sa maison noire, une parodie blasphématoire.

« Le matin du saint jour de Noël », écrit un autre, « ma mère m'a préparé de l'eau chaude pour que je me lave de la tête aux pieds ». Le jour de fête ne lui avait rien apporté d'aussi beau. Après s'être lavé, séché et habillé, il est sorti avec son père « pour faire le marché ». Puis il a mangé du riz cuit au bouillon et du chapon. « Et voilà comment j'ai passé le saint jour de Noël ».

Mort de l'Inquisiteur

Item parlerez des affaires de l'Inquisition et direz les dommages des désordres que causent en ce Royaume l'Inquisiteur et ses officiers, *maxime circa* leur mode de procéder, et que n'avons recours d'aucun appel, et que nous étions réduits à la plus grande confusion du monde en cette ville, et que l'Inquisiteur, avec tous les siens, n'avait point d'autre occupation que d'extirper de l'argent.

Item direz que de la vie, nous ne consentirons à cette Inquisition...

Le Sénat de Palerme
à Antonello Lo Campo,
ambassadeur auprès
de Charles-Quint.

Patience,
Pain, et temps.

Giuseppe Pitré réussit en 1906 à déchiffrer ces mots, gravés sur le mur d'une cellule du Palais Chiaramonte, siège du Saint-Office de 1605 à 1782, avec d'autres inscriptions de désespoir, de peur, de mise en garde, de prière, et parmi des images de saints, d'allégories, de choses rappelées ou rêvées.

Pense bien à la mort.
En ce monde il n'y a point de remède.
Dis qu'ici on donne des tours de corde et...
Pense bien qu'ici on donne la corde...
Je vous avise qu'ici, d'abord, on donne la corde...
Fais comme si tu venais d'arriver.
Innocens noli te culpare ; si culpasti, noli te excusare ; Verum detege et in D.no confide.
Faire l'âne.
Mors, ubi est victoria tua ?

Trois cellules couvertes d'inscriptions et de dessins, sur deux ou plusieurs couches superposées. Pitré passa six mois à les déchiffrer, à les interpréter, à leur donner une attribution ; et son ouvrage *Del Sant'Uffizio a Palermo e di un carcere di esso* n'était pas encore définitivement prêt lorsqu'il mourut, dix ans plus tard (l'édition posthume, procurée par Giovanni Gentile, est d'ailleurs très incorrectement imprimée (1). Déjà âgé, il se livra à un travail émouvant, sur une matière émouvante; sur un drame obscur, anonyme et informe, dont, à force de patience et de travail, il réussit à faire affleurer quelques visages, quelques noms : l'érudit Francesco Baronio ou Barone, le poète Simone Rao. Il attribuait au premier certaines images de saints accompagnées de brèves et exactes annotations hagiographiques, et de prières en distiques latins; et, au second, certaines strophes de huit vers, en dialecte, chants de désarroi ou de désespoir, comme celui-ci :

Qui entre en cette horrible sépulture
voit régner la (grande) cruauté
c'est pourquoi il est écrit sur les murs secrets
perdez tout espoir ô vous qui entrez ;
ici on ne sait s'il fait jour ou nuit,
on entend seulement qu'on pleure et qu'on souffre
parce qu'on ne sait jamais si l'heure arrive
de la liberté tant désirée.

A ce qu'il semble, ni Simone Rao, ni les autres prisonniers qui ont laissé sur les murs des cellules le témoignage de leurs sentiments (ces inscriptions et ces dessins que Pitré appelle les *palimpsestes du cachot*) n'ont apprécié à leur juste valeur les commodités que leur offrait le Saint-Office; au contraire, si l'on s'en tient à l'affirmation suivante, c'étaient des maniaques, tout comme ceux qui de nos jours écrivent leurs noms et leurs pensées sur les murs des monuments célèbres ou des cabinets publics :

Les prisons de l'Inquisition ne furent jamais les sombres oubliettes que l'on imagine ; elles étaient formées de cellules spacieuses, claires, propres et meublées. Dans bien des cas, les prisonniers y apportaient leurs meubles, et l'on autorisait toujours, pour ceux qui en faisaient la demande, l'usage des livres, du papier et de tout ce qui était nécessaire pour écrire.

Ces mots n'ont pas été écrits par le dernier inquisiteur ou l'un de ses familiers, mais par un de nos contemporains, l'écrivain espagnol Eugenio D'Ors, dans un livre qui s'intitule *Epos de los destinos* (2) : destins individuels épiques qui confluent dans le destin épique espagnol, qui forment et qui sont le destin de l'Espagne. Et l'un de ces destins est celui du cardinal Jiménez de Cisneros : régent de Castille à la mort de Ferdinand le Catholique, Grand Inquisiteur, fondateur de l'Université d'Alcalà de Henares ; une main, comme dit D'Ors dans son langage, qui a étouffé l'Espagne mais l'a soutenue en même temps. Quant à savoir comment il est possible d'étouffer et de soutenir en un même temps, c'est là un mystère de la prose (nous ne pouvons pas dire de la pensée) de D'Ors. Une main qui étouffe ne soutient qu'un cadavre ; à moins que la force ne lui manque pour accomplir son œuvre. Il nous semble que cette même idée de l'étouffement est mieux expliquée par Américo Castro : *L'Inquisition fut une longue calamité, elle rendit encore plus étroite la curiosité intellectuelle des Espagnols, mais elle ne réussit à étouffer aucune grande pensée, issue du sein de la vie de ce peuple* (3).

Elle ne réussit pas : cela va mieux ainsi. Mais revenons à Pitré qui, concrètement, avait du Saint-Office et de ses prisons une idée bien différente de celle de D'Ors. Voici comment il commente le graffiti *Patience, Pain, et temps : Trois choses malheureusement indispensables pour ne pas désespérer, pour pouvoir vivre et attendre, où il ne faut pas chercher une signification moins que sincère de résignation, puisque l'idée d'une revanche ou d'une vengeance contre le Tribunal aurait été le rêve d'un esprit malade. De telles pensées sont peut-être de l'époque, mais non du lieu.*

Et pourtant, dans l'introduction à son étude, Pitré a

rappelé un homme capable de nourrir, dans ce lieu même, des idées de revanche et de vengeance : le frère Diego La Matina, originaire de Racalmuto. Capable, non seulement de nourrir ces pensées, mais de les mettre en pratique sur l'inquisiteur en personne, l'illustrissime seigneur don Juan Lopez de Cisneros.

Mercredi 4 (Avril 1657). On a enseveli dans l'église Sainte Marie des Anges des Pères Déchaux, dite la Gangia, l'illustrissime Seigneur don Juan Lopez Cisneros, inquisiteur en ce Royaume de Sicile ; comme il s'était rendu dans les prisons secrètes, à l'intérieur du palais même des inquisiteurs, pour rendre visite à certains prisonniers, il fut abordé par un religieux appelé Frère Diego La Matina, natif de la terre de Racalmuto, de l'ordre de la Réforme de Saint-Augustin, qu'on appelle les Pères de la Madone de la Rocca ; celui-ci, avec un esprit véritablement diabolique, brisant les fers qu'il avait aux mains, lui porta de nombreux coups avec ces fers mêmes, dont deux en particulier mortels, l'un au front, et l'autre, plus grave, sur le crâne, à la suite desquels il mourut. Ce décès fut déploré dans les larmes et le deuil de toute la ville, pour un cas si insolite, ce seigneur ayant reçu la mort d'un homme si barbare et cruel. Il y eut un grand concours de peuple pour lui baiser les mains et les pieds, car l'on estimait universellement qu'il était mort martyr pour la Foi du Christ, étant allé rendre visite à cet homme criminel, qui se trouvait en ces lieux pour cause d'hérésie, et à nulle autre fin sinon de l'avertir de ses erreurs et de le réduire à la vraie pénitence, pour le salut de son âme, et de même pour celui de son corps, à propos des choses qui étaient nécessaires à sa nourriture, ou de toute autre chose dont il pouvait avoir besoin. Mais lui, agité par toutes les furies de l'enfer, et obstiné dans sa perdition, il porta les mains contre celui qui représentait le défenseur et l'extirpateur des ennemis de Dieu, de telle manière que, si d'autres personnes n'étaient pas survenues opportunément, il l'aurait tué. Ce nonobstant, le pieux seigneur, avec un courage véritablement insurpassable, non seulement n'eut pas la volonté de se venger de cette offense, mais pendant tout le temps où il resta alité, fit montre de signes merveilleux non seulement de pardon envers l'impie, mais encore d'un amour extraordinaire, priant tout un chacun de ne pas le maltraiter, et au contraire de lui faire du bien, de façon à le contraindre de se repentir de ses errements. Tout cela accrut pour l'inquisiteur un renom si remarquable, car il était universellement estimé avoir reçu la mort d'un vrai martyr, avec un esprit joyeux et allègre, recevant de ses mains cette mort que nous croyons lui avoir infailliblement procuré dans le ciel une vie immortelle, où il est monté avec les belles palmes du martyre, empourprées de son propre sang...

Cette note est extraite du journal du docteur Vincenzo Auria (4) : c'était un homme tellement lié au Saint-Office, et si bien vu des inquisiteurs, qu'il avait réussi à faire devenir hérésie l'affirmation selon laquelle le bienheureux Agostino Novello était né à Termini, affirmation qui était en contradiction avec sa décision de faire don (c'est là son expression) du berceau du bienheureux à la ville de Palerme (5). Mais, à la vérité, quand il écrivait cette note, la question du bienheureux ne s'était pas encore posée ; il devait cependant avoir de bien grands motifs de gratitude envers le Saint-Office, dont il était, comme tant d'autres, un « familier » (en 1577, le vice-Roi Marco Antonio Colonna calculait qu'il y avait en Sicile vingt-quatre mille « familiers » : *todos los ricos, nobles, y'los ricos delinquientes*) (6).

Le docteur Auria s'emploie donc à nous faire entrevoir, derrière l'indubitable sainteté de monseigneur de Cisneros, un lieu qui n'est pas différent de celui qui fut par la suite décrit par Eugenio D'Ors : une prison où les prisonniers vont et viennent avec une certaine liberté, et s'approchent librement de l'inquisiteur venu s'informer de la façon dont ils sont nourris et savoir s'ils ont des plaintes ou des désirs à formuler. Mais le détail des fers, c'est-à-dire des menottes, dissipe cette vision idyllique. Peut-être avait-on oublié de les lui retirer, peut-être l'inquisiteur était-il précisément en train d'y penser : le fait est que frère Diego La Matina avait les menottes aux mains. Pour le malheur de monseigneur de Cisneros.

Quoi qu'il en soit, les domestiques, ceux qui sont domestiques dans l'âme, sont toujours plus ignobles et stupides que leurs maîtres ; et le rapport du Père Girolamo Matranga (7), théatin, consulteur et qualificateur du Saint-Office, est un peu plus sérieux que la note que le docteur Auria a consacrée à l'affaire. En effet, Matranga raconte que l'inquisiteur était allé aux prisons secrètes, à l'heure habituelle, pour y accomplir sa tâche habituelle *en faveur des coupables* : cette expression est d'un vaste contenu, et va d'un discours persuasif aux tours de corde. Il dit encore que frère Diego avait été conduit devant l'inquisiteur, non qu'il était allé à sa rencontre. De ces deux indications, nous pouvons déduire avec vraisemblance qu'il allait subir un interrogatoire, avec torture annexe.

En ce qui concerne la sainte mort de Monseigneur de Cisneros, Matranga dit seulement qu'il ne prononçait pas de paroles qui ne fussent de résignation à la volonté divine et c'est ainsi *qu'il s'envola pour retrouver sa jeunesse dans la Patrie éternelle.* Pas de pardon pour l'impie, pas d'amour extraordinaire.

On n'arrive pas à savoir, ni à travers le journal d'Auria, ni par le rapport de Matranga, combien de jours Monseigneur de Cisneros demeura en agonie : peu de jours, dit le théatin ; fort peu, si nous considérons qu'Auria consigne dans la même note la nouvelle de l'attentat et celle des funérailles. Il y eut, en tout cas, des obsèques solennelles, toutes les cloches de la ville sonnèrent le glas, et on arrêta pour la journée l'horloge du palais Chiaramonte. Cette horloge est passée en proverbe dans le peuple : *l'horloge du saint-Office ne vous livre jamais*, elle ne livre jamais à la liberté, elle ne sonne jamais l'heure de la libération (8).

La tombe de Monseigneur de Cisneros se trouve encore dans la chapelle espagnole de la Gangia. La stèle porte cette inscription : *Aqui yace el licenziado D. Juan Lopez de Zisneros, natural de Castromoncho en Castilla la Vieza, provisor y vicario general del obispado de Orense, collegial mayor del insigne colegio de San Idelfonso, universidad de Alcalà de Henares, y pariente de su fundador, fiscal y inquisidor apostolico en este reyno de Sicilia. Murió en el mismo exercitio de inquisidor a 4 de Abril 1657, a los 71 de su edad. Fundó una capillania perpetua en esta capilla de que son patrones los inquisidores deste reyno.*

Au-dessus de l'inscription, il y a un écusson, un blason à l'intérieur duquel deux lignes verticales et quatre horizontales forment une espèce de grille : symbole approprié à sa charité et à celle de son *pariente*, qui n'est autre que ce cardinal Jimenez de Cisneros en l'honneur duquel D'Ors déploie un chant épique. *La main qui étouffe soutient.* Mais la main de Diego La Matina n'avait pas ce don : et le parent du grand Cisneros mourut *en el mismo exercitio de inquisidor.* A coups de menottes : un accident du travail tel qu'il peut s'en produire pour un sbire, un argousin. L'inquisiteur Pedro Arbues était mort un peu mieux, en Aragon, en 1485 : de nuit, dans un guet-apens, et de la main de *conversos*, c'est-à-dire de ces juifs convertis que l'œil de l'Inquisition n'abandonnait jamais (9). Et ce sont là, à notre connaissance, les deux seuls cas d'inquisiteurs morts assassinés.

C'est dans l'église de l'Annonciation de Racalmuto que Diego La Matina, fils de Vincenzo La Matina et de Francesca di Gasparo fut baptisé le 15 mars 1622 ; il avait pour parrain un Sferrazza dont nous ne réussissons pas à déchiffrer le prénom, et pour marraine une Giovanna di Gerlando di Gueli. L'officiant était le prêtre Paulino d'Asaro (10).

Le seigneur de Racalmuto était Girolamo II Del Carretto, homme impitoyable et avide ; et, à peine deux mois plus tard, le 6 mai, un de ses serviteurs, un nommé Antonio Di Vita, allait l'envoyer aux enfers d'un coup d'escopette. Il semble que ce soit le prieur du couvent des augustins réformés qui ait donné cette mission à Di Vita, pour se venger d'une somme d'argent que le comte avait réussi à lui escroquer. Selon la tradition locale, le prieur avait réussi à amasser une grosse somme d'argent, avec la pieuse intention d'agrandir son couvent et d'embellir l'église voisine de San Giuliano. Mais Del Carretto réussit à se faire remettre l'argent. Comme preuve des intentions du prieur et de l'intervention rapace du comte, le peuple indique les colonnes qui commençaient à s'élever à côté du vieux couvent, et non loin de là, le four à chaux.

Qu'il y ait un fond de vérité dans cette tradition, c'est ce que confirme, à notre avis, l'épilogue même du récit populaire, qui dit que le serviteur Di Vita s'en était tiré grâce à Donna Beatrice, la veuve du comte, âgée de vingt-trois ans ; celle-ci non seulement pardonna à Di Vita, en disant avec fermeté à ceux qui criaient vengeance que *la mort du serviteur ne rappellerait pas le seigneur à la vie,* mais elle le délivra et le cacha. Ainsi, dans cet épilogue, on voit clairement transparaître l'allusion à un comte Del Carretto *cocu et arquebusé* ; mais ce n'est là qu'une espèce de cause secondaire de sa mort, la principale demeurant celle de la haine du prieur. En somme, s'il n'y avait pas eu d'éléments réels pour désigner le prieur des augustins comme mandant, le peuple aurait volontiers fait remonter le récit aux cornes du comte.

Le prieur n'était certainement pas un modèle de sainteté : mais le comte reçut un coup d'escopette consacré par un village tout entier. Un document de la fin du XVIIe, (introuvable aujourd'hui, mais transcrit en résumé par Nicolo Tinebra Martorana, auteur d'une bonne histoire de la ville) (11) évoque la pression fiscale vexatoire exercée par les Del Carretto, et, de façon toute particulière et criminelle, par Girolamo II. Le *terraggio* et le *terraggiolo,* qui étaient des redevances et des taxes emphytéotiques, étaient appliqués d'une façon massive et arbitraire ; et non seulement on les exigeait de ceux qui avaient effectivement des baux emphytéotiques dans le comté de Racalmuto, mais aussi de ceux qui avaient uniquement leur domicile dans leur comté et leurs terres hors de ce domaine, et ceux qui se trouvaient dans ce cas n'étaient assurément pas rares. C'est pourquoi la fuite des paysans des domaines de la famille Del Carretto fut continuelle pendant des siècles, et franchement massive à certaines périodes ; et les repeuplements forcés ou en franchise ne réussissaient pas à combler totalement les vides laissés par les fugitifs.

Le document résumé par Tinebra dit que, précisément sous la seigneurie de Girolamo II, les *borgesi* de Racalmuto, qui avaient déjà présenté un recours pour l'abolition des impositions arbitraires, furent victimes d'une très lourde tromperie : car le comte feignit la condescendance, et se déclara disposé à abolir ces impositions pour toujours ; mais ceci contre le versement d'une grosse somme, soit, précisément, de trente-quatre mille écus. L'importance de cette somme nous fait toutefois penser qu'il ne s'agissait pas du rachat de certains impôts, mais bien du rachat définitif de la commune de la domination baronale ; de la transformation de terre baronale en terre domaniale, royale.

Pour réunir une telle somme, le Tribunal Royal autorisa une auto-imposition de taxes extraordinaires ; mais, dès que ces taxes nouvelles et extraordinaires furent appliquées, Don Girolamo déclara qu'il les considérait comme ordinaires, et non pas en fonction du rachat. Les *borgesi,* naturellement, firent appel ; mais cette douloureuse affaire ne fut partiellement résolue en leur faveur qu'en 1784, sous le vice-roi Caracciolo. Le prieur des augustins et le serviteur Di Vita firent donc vengeance pour tout un bourg, quelle qu'ait été l'arnaque dont ils furent protagonistes, en compagnie du défunt et de Donna Beatrice. (La légende d'un parchemin placé, presque certainement un an plus tard, dans le sarcophage de granit où l'on transféra la dépouille du comte, est curieuse ; elle donne l'âge de Donna Beatrice, vingt-quatre ans, mais ne parle pas de celui du comte. Il est vrai que nous ne disposons pas de l'original, mais nous n'avons pas de raisons de douter de la fidélité de la transcription, due au prieur des carmes, Giuseppe Poma ; et l'original avait été rédigé par son prédécesseur Giovanni Ricci, qui se permit peut-être de transmettre de façon allusive, une petite malignité).

Le père Girolamo Matranga, rapporteur de l'Auto da Fé dont Diego La Matina fut victime, ignorait cette histoire ; car il aurait su tirer de brillantes considérations du fait qu'un parricide, celui du domestique envers son seigneur, avait été consommé dans le lieu et au moment où le *parricide* était né. De même qu'il ignorait que des signes astrologiques semblables avaient présidé à la naissance et à la mort du *monstre*. La lecture du destin des hommes dans les étoiles était l'idée fixe de ce sadique Don Ferrante[1], et nous sommes heureux de constater la fausseté de l'horoscope qu'il tira sur le prince d'Espagne, Prosper Philippe : il le destinait à de grandes choses, en raison de la faveur évidente des étoiles, et de plus, à cause de la coïncidence de sa naissance avec la condamnation de frère Diego.

De l'année 1622, où naquit frère Diego, à 1658, où il monta sur le bûcher, les comtes Del Carretto défilèrent en une rapide succession : Girolamo II, Giovanni V, Girolamo III, Girolamo IV. Les Del Carretto n'avaient pas la vie longue. Et si le second Girolamo était mort de la main d'un tueur (comme aussi son père), le troisième mourut des mains du bourreau : il était coupable d'une conjuration qui tendait à l'indépendance du royaume de Sicile. Et il ne faut pas croire qu'il se soit englué dans la conjuration pour des raisons idéales ; devenu beau-frère du comte de Mazzarino dont il avait épousé la sœur, (elle aussi s'appelait Beatrice) il rêvait d'avoir le roi d'Espagne dans sa famille. Mais l'Inquisition veillait, les jésuites veillaient, et, lorsque la conjuration fut découverte, le

1. Don Ferrante, personnage des *Promessi Sposi*, de Manzoni, féru d'astrologie.

comte eut l'ingénuité de rester en Sicile, se fiant peut-être à des amitiés et à des protections à la cour et dans le Royaume. Une conjuration contre la couronne d'Espagne était cependant une chose beaucoup plus grave que les susceptibilités criminelles ou les vengeances inflexibles dont les Del Carretto étaient coutumiers. Giovanni IV, par exemple, avait fait assassiner un certain Gaspare La Cannita qui, précisément parce qu'il craignait le comte, était venu de Naples à Palerme sur la parole du Duc d'Albe, qui s'en portait garant. Il est facile d'imaginer la fureur du vice-roi contre Del Carretto ; mais elle se brisa contre la protection que le Saint-Office accorda au comte, son familier. Nous retrouvons le même Giovanni IV dans le récit de l'explosion de la poudrière du Château sur la Mer, le 19 Août 1593 : il déjeunait avec l'inquisiteur Paramo, car le Saint-Office avait précisément alors son siège dans le Château sur la Mer, lorsque se produisit l'explosion. Ils en sortirent vivants, encore que Paramo ait été gravement blessé (12). Par contre, Antonio Veneziano et Argisto Giuffredi, deux des plus grands esprits du *Cinquecento* sicilien, qui y étaient emprisonnés, y trouvèrent la mort.

Nous avons d'autres exemples de la *familiarité* des Del Carretto avec le Saint-Office. Mais il nous suffit de noter ici qu'à Racalmuto, que ce soit contre la *perversion hérétique* ou comme instrument des puissants, l'Inquisition ne devait pas être inactive. Malheureusement, et bien qu'un historien illustre affirme qu'il n'y a rien ou presque rien à ajouter à ce qu'écrivit La Mantia sur l'Inquisition en Sicile (13), nous ne savons que très peu de chose. Garufi (14), par exemple, en fouillant dans les archives espagnoles, ajouta déjà beaucoup aux indications publiées par La Mantia ; et nous sommes encore loin de compte.

C'est précisément grâce à des documents publiés

par Garufi que nous savons qu'en 1575, il y avait à Racalmuto huit familiers et un commissaire du Saint-Office et, deux ans plus tard, dix familiers, un commissaire et un maître-notaire, sur une population d'environ cinq mille personnes (Maggiore-Perni donne 5 279 habitants en 1570, 3 825 en 1583 : bien que ces chiffres soient à accepter avec précaution, on peut en tout cas admettre que le fléchissement est digne de foi). Cela revient à dire que le Saint-Office avait, à lui seul, une force qu'aujourd'hui, avec une population double, les carabiniers ne possèdent pas. Si nous ajoutons en plus les sbires de la cour civile et ceux de la cour vicariale, et les espions, nous sommes saisis de désarroi en imaginant la vie de notre pauvre ville à la fin du XVIe siècle.

Mais, avant frère Diego, nous ne trouvons qu'un seul habitant de Racalmuto tombé entre les griffes du Saint-Office ; le notaire Jacobo Damiano, accusé d'opinions luthériennes mais *réconcilié* dans l'Auto da Fé qui fut célébré à Palerme le 13 avril 1563. *Réconcilié* : c'est-à-dire absous, pour contrition manifeste et publique ; mais non sans peine, comme nous l'apprenons par cette émouvante requête :

Au Révérend Seigneur Inquisiteur. Le pauvre Notaire Jacobo Damiano, réconcilié par le S. Office de l'Inquisition, fait entendre à Votre Seigneurie que malgré les nombreux moyens et expédients qu'il a recherchés, il ne trouve aucune possibilité de se nourrir sinon en retournant dans sa terre de Racalmuto, où, avec l'aide et l'assistance de ses parents, il pourra se sustenter et achever le peu de jours qui lui restent a vivre étant donné sa vieillesse et ses infirmités. Et étant donné que tant le requérant que lesdits parents ont été et sont gens d'honneur, de telle façon que s'ils voient audit requérant le vêtement en question, ils ne le recueilleront en aucun cas, et au contraire le chasseront et le laisseront mourir de faim et de misère ; pour cette raison, il se jette aux pieds de Votre Seigneurie Rév.me, afin qu'elle daigne lui faire la grâce de changer ledit vêtement en une autre pénitence et peine pécuniaire, pour le rachat des chrétiens captifs qui sont en terre des Maures, que ledit requérant recueillera de ses parents l'argent nécessaire à cet effet, sans quoi il lui sera facile de mourir de faim et d'être abandonné de tous (15).

Le vêtement auquel se réfère le pauvre notaire est ce que l'on appelait le *san benito* : un *sac béni,* une sorte de courte tunique jaune, rayée de deux bandes en croix de Saint-André. C'était le vêtement d'infamie, (et même si, de nos jours, dans les bourgs de Sicile, chacun porte, de façon pirandellienne, son propre sanbenito, cela devait être autrefois une chose bien plus atroce de porter réellement l'habit de la honte).

Garufi estime que la proposition par le notaire de transformer la peine du sanbenito en une peine pécuniaire ne devait pas avoir laissé l'inquisiteur insensible, car il s'agissait de Juan Bezerra de La Quadra, un homme dont l'avidité était égale à la férocité.

Mais que le notaire ait véritablement professé des opinions luthériennes, c'est ce dont nous doutons ; de même que nous doutons du luthéranisme effectif de tous ceux qui, accusés comme luthériens suspects ou endurcis, étaient abandonnés par le Saint-Office au bras séculier, ou réconciliés avec la foi au moyen de peines pécuniaires, corporelles, et de détentions plus ou moins pénibles. De nos jours encore, il est facile, en discutant des choses de la religion catholique avec un paysan, un mineur de soufre, et même avec un *galantuomo,* d'isoler comme propositions luthériennes certains de leurs jugements sur les sacrements, sur le salut de l'âme, sur le ministère sacerdotal ; sans parler des jugements sur les intérêts temporels et sur le comportement mondain des prêtres. Mais en fait, on ne peut considérer, même vaguement, de tels jugements comme des propositions hérétiques ; par rapport à la religion, ils sont quelque chose de plus, et de plus grave : ils naissent d'une imperméabilité totale et absolue à la métaphysique, au mystère, à la révélation invisible, et du matérialisme antique du peuple sicilien.

En ce qui concerne la confession, par exemple, il n'y avait pas besoin de Luther pour susciter la méfiance et la répugnance des Siciliens ; ce sacrement a toujours été considéré comme une invention, pour ainsi dire, digne de Boccace, comme un moyen inventé par une catégorie socialement privilégiée, c'est-à-dire celle des prêtres, pour jouir de la liberté sexuelle sur le terrain d'autrui et en même temps de censurer une telle liberté chez ceux qui ne sont pas privilégiés ; car le privilège, pour le Sicilien, plutôt que dans la liberté de jouir de certaines choses, réside dans le plaisir de les interdire aux autres. Et le célibat même des prêtres finissait par apparaître comme une espèce d'astuce, de fraude, pour ne pas descendre à armes égales sur le terrain incertain où les femmes disposent de l'honneur des hommes, et pour s'assurer de l'invulnérabilité. Et c'est de cette conviction que dérivait le veto que les maris, les pères, les frères posaient à leurs femmes relativement à la confession. Quant à se confesser eux-mêmes, ils ne considéraient pas que ce fût une affaire d'hommes que de confesser à un autre homme leurs sentiments, leurs faiblesses, leurs actions et intentions secrètes, ni qu'un homme semblable à eux fût investi par Dieu du pouvoir de leur remettre leurs péchés ; ni que les péchés existassent vraiment. La seule notion que l'homme sicilien possède du péché, on peut considérer qu'elle est condensée dans ce proverbe : « *Cu havi la cummidità e nun si nni servi, mancu lu confissuri cci l'assorvi*[1] » ; ce qui est évidemment le retournement

1. Celui qui a un avantage et n'en profite pas, même le confesseur ne saurait l'en absoudre.

ironique, non seulement du sacrement de la confession, mais du principe fondamental du christianisme : le confesseur ne donnera pas l'absolution à celui qui ne saura pas profiter de toutes les commodités et occasions qui s'offriront à lui, des biens d'autrui et de la femme d'autrui en particulier. Et c'est de cette attitude à l'égard d'autrui que naît ce sentiment de précarité et d'incertitude à l'égard de ce qui est leur bien propre ; cette vigilance aiguë et soupçonneuse, cette anxiété douloureuse, cette appréhension tragique dont sont entourés la femme et les biens, et qui constituent une forme de religiosité, sinon de religion.

Et l'inquisiteur précédemment célébré, Juan Bezerra de La Quadra avait compris (on le lui avait fait comprendre, pour être exact) que la confession était le point faible des Siciliens :

Certaines personnes du diocèse, attentives au service de Dieu, Notre Seigneur, nous ont présenté une instance afin que nous donnions l'ordre aux curés des différentes paroisses de faire la liste de tous ceux qui se confessent et communient, de façon à savoir quels sont ceux qui négligent un semblable devoir, et ils sont nombreux... (16)

Mais cette disposition assurément ne trouva pas une rigoureuse application ; car ceux qui se soustrayaient à un devoir aussi essentiel étaient vraiment très nombreux, nous avons toutes les raisons de le croire.

Il était donc facile de formuler des accusations de luthéranisme et à la charge de quiconque, sans tenir compte ni de la fondamentale indifférence des Siciliens envers la religion ni d'un élément qui aurait été décisif pour le refus du luthéranisme proprement dit : c'est-à-dire, pour employer une expression qui est de Verga, la *guerre des saints*, qui était le seul élément du catholicisme suscitant une affection spontanée dans le peuple sicilien, et pour des raisons qui n'étaient absolument pas chrétiennes.

Nous n'excluons naturellement pas qu'il y ait eu en Sicile, et spécialement en Sicile orientale, des individus ou de petits groupes qui, effectivement, partageaient les idées luthériennes ou calvinistes, mais il ne semble pas que l'on puisse raisonnablement juger d'une diffusion des mouvements de réforme à partir des cas de Messine, de Mandanici, de Noto. (17). Et nous croyons pouvoir étendre, et à plus juste titre, à la Sicile, ce que dit Américo Castro de l'Espagne en rapport avec l'Inquisition : *L'existence même d'un tribunal aussi bête, et qui n'avait rien de saint, fut possible parce que toute force mentale fit défaut autour de lui. Il n'y eut en réalité aucune hérésie à combattre*... (18)

Ou bien alors, il fallait combattre, en Sicile, l'irréligiosité de tout un peuple ; mais, pour cette tâche, ce qui manquait vraiment au Saint-Office, en plus de la sainteté, c'était l'intelligence.

A Racalmuto, jusqu'à une date récente, il y avait un emplacement de la Piazza Francesco Crispi qu'on appelait *lu cuddaru,* le collier : souvenir d'un instrument largement utilisé par le Saint-Office pour le châtiment des blasphémateurs communs, des blasphémateurs non hérétiques. C'est dans ce même endroit, probablement, que le commissariat de l'Inquisition avait son siège.

Selon Pitré, le collier était *un objet en fer qui s'ouvrait et se fermait avec un dispositif spécial, semblable en tout à celui des chiens,* et qui était fixé au mur ou à un pieu. Nu au-dessus de la ceinture et convenablement enduit de miel, le blasphémateur véniel y restait exposé pendant quelques heures ; pour un maximum de trois heures, si l'on s'en tient à ces vers recueillis par Guastella dans la région de Modica :

Infâme, toi qui fus mis au pilori
Mangé par les mouches pendant trois heures. (19)

Il est logique de présumer que, lancés comme insulte, ils narguent l'*infâme* (qui, dans ce cas, signifie avec une acception très rare objet de scandale et non pas espion) par le rappel du maximum de la peine. Et il faut remarquer qu'une peine qui pouvait frapper n'importe qui, couvrait d'infamie celui qui l'avait subie ; de même que le sanbenito, dont effectivement tout le peuple sicilien pouvait être condamné à se vêtir.

Le monopole du collier appartenait au Saint-Office, mais il est probable que la cour vicariale, qui était une espèce de police des mœurs, très active dans les bourgs et les villages, en a également fait usage. Elle s'occupait du proxénétisme, de l'adultère, du concubinage, de la non-observation du jeûne et de l'abstinence, du jeu, des amourettes des jeunes gens, du blasphème. Elle était dirigée par le père vicaire et composée d'un juge ecclésiastique, d'un maître-notaire, d'un procurateur fiscal ; des huissiers, qui avaient une fonction qui était à mi-chemin entre celle de la garde et celle des officiers de justice ; et des serviteurs, qui étaient les exécuteurs des peines corporelles infligées par la cour. Pendant la nuit, une importante ronde vicariale allait et venait pour surprendre les pécheurs dans les tavernes, dans les entrepôts, dans les demeures privées (les guet-apens, tendus par des pécheurs irrités, n'étaient pas rares, avec leur contingent de coups et blessures, et il y avait parfois un mort) ; c'était souvent le père vicaire qui était à sa tête.

On trouve quelques curieux exemples de l'activité vicariale dans le livre *La Sicilia Feudale* d'Alessandro Italia (20), tels que celui-ci, concernant un couple illégitime, surpris, qui pis est, à ne pas observer une vigile : « *Maître Paulo, mon fils, au lieu de te confesser et de communier demain matin, jour et fête si solennelle du Très-Saint Sacrement, tu restes ainsi, effrontément, chez toi, avec une fille de joie, tu ne vois donc pas que Notre Seigneur, à cause de nos péchés, a détruit nos vignes avec la grêle. Et maître Paulo répondit : Père vicaire, ce n'est pas très grave de se trouver avec une femme ; c'est une habitude d'hommes.* »

La suite, pour maître Paulo Vianisi de la terre de

Palazzolo, est un peu moins drôle, cela se conçoit; mais les deux répliques que nous avons rapportées sont une scène de comédie bouffonne.

La vie du peintre Pietro d'Asaro est, selon la tradition locale, au niveau de cette comédie; né à Racalmuto en 1591 et mort en 1647, c'est un peintre que, pour le *Seicento* sicilien, on ne peut pas s'offrir le luxe d'ignorer; il reste de lui de grands tableaux d'autel, à Racalmuto et dans des quantités de villes de Sicile (mais le mieux conservé devrait se trouver à la Galerie Nationale de Palerme; c'est une Nativité signée *Monocolus Racalmutensis*, car, étant aveugle d'un œil et surnommé *le borgne de Racalmuto*, c'est de cette façon qu'il lui arrivait parfois de signer). C'était un homme qui aimait les tavernes et les femmes, toujours à court d'argent, toujours en fuite devant ses créanciers; mais nous avons le soupçon, en raison de certains papiers feuilletés à la sauvette dans les Archives d'Etat de Palerme, qu'il avait été familier du Saint-Office; et c'était alors la meilleure façon de tenir tête à ses créanciers, en les entraînant à lui faire un procès auprès d'un tribunal privilégié.

Le grand médecin Marco Antonio Alaimo, né à Racalmuto en 1590 et mort à Palerme en 1662, était contemporain d'Asaro; son époque chanta ses louanges pour avoir prêté son concours, avec des forces et des moyens humains, à l'œuvre divine accomplie par sainte Rosalie pour sauver Palerme de la peste, en 1624. Au cours de cette épidémie, et selon les calculs de Maggiore-Perni (21), 9811 personnes moururent dans la seule ville de Palerme; et il est évident, par comparaison avec les effets d'autres pestes, qu'Alaimo fit tout ce qu'il savait et pouvait faire; ce n'est pas le cas de sainte Rosalie, car ce furent au contraire les pèlerinages et les processions en son honneur qui firent monter les indices de mortalité.

Mais nous rappelons ici ces deux hommes, d'Asaro et Alaimo, pour dire comment, dans un petit bourg fermé et éloigné, entrait au début du XVIIe siècle le souffle d'une vie nouvelle. Un peintre, un homme de science. Et la présence d'un homme comme Pietro d'Asaro, qui avait été à Rome et à Gênes, qui avait voyagé et voyageait à travers la Sicile, dépourvu de préjugés, coureur, amateur de bonne chère, moqueur et spirituel, a dû être dans le bourg un scandale et, en même temps, un exemple de liberté. Sans parler de la liberté, de la nouvelle dimension humaine que l'artiste déployait sur ses toiles, dans les églises et les couvents, et aussi, suivant la légende, sur les murs des boutiques et dans les assiettes des tavernes.

Il y avait à Racalmuto des églises et des couvents en abondance ; et la tâche ne manquait pas à Pietro d'Asaro, pour exécuter les vœux formulés par de pieux *borgesi* ou les legs testamentaires de prêtres et d'usuriers. En laissant de côté les églises, voici une liste sommaire des couvents : bénédictins, carmes, frères mineurs de l'observance, franciscains conventuels, clarisses, augustins réformés. C'est dans ce dernier, plus exactement dénommé monastère des augustiniens de Saint-Adrien ou de la réforme du Centuripe, qu'entra (très jeune, à ce que l'on peut présumer) Diego La Matina ; nous ignorons si ce fut pour des circonstances familiales, par calcul ou par vocation.

L'ordre des augustiniens de Saint-Adrien fut fondé en 1579 par Andrea Guasto de Castrogiovanni ; celui-ci, ayant établi avec ses premiers compagnons la profession de la règle dans l'église Saint-Augustin de Catane, se transféra en Centuripe, *dans un lieu qui était alors à peu près désert, et, ayant construit d'étroites cellules, il posa les rudiments d'une vie érémitique, et la propagea peu à peu à travers la Sicile* : c'est une indication que nous devons à Vito Amico (22) et qui ne trouve pas de confirmation dans les encyclopédies catholiques et ecclésiastiques que nous avons consultées. Le même Vito Amico dit que le couvent de Racalmuto fut fondé par le *pieux moine* Evodio Poliziense, et doté par le comte Girolamo Del Carretto en 1628. C'est une erreur évidente, car en 1628, le comte Girolamo était mort depuis six ans. Pirra est plus exact : *S. Juliani Augustiniani Reformati de S. Adriano ad an. 1614, rem promovente Hieronymo Comite, opera F. Fuodij Polistensis* (23).

En ce qui concerne le *pieux moine* Evodio Poliziense ou Fuodio Polistense, il s'agit sans aucun doute de ce prieur auquel est attribué par la légende populaire l'ordre de faire assassiner le comte Girolamo. En effet, Tinebra Martorana, qui ne s'était pas soucié de consulter à ce propos les textes de Pirro et d'Amico, tombe dans un contresens lorsqu'il dit que *la tradition conserve au prieur de ce couvent le nom de frère Odio, ce qui se rapporte, selon toute probabilité, à l'action qu'il avait commise* (24). C'était tout simplement le nom, plutôt rare, d'Evodio ou Fuodio qui, avec le temps, s'était transformé en Odio[1].

1. *Odio* signifie haine.

En 1923, le *Giornale di Sicilia* publiait un roman-feuilleton, intitulé précisément *Frère Diego La Matina* (25). Sous le pseudonyme de William Galt l'auteur en était le professeur Luigi Natoli : un homme, d'une vaste culture et d'une érudition minutieuse en ce qui concernait l'histoire de Sicile, écrivain intarissable (sous divers pseudonymes) de romans « historiques ». De même que certains de ses autres livres (*I Beati Paoli, Coriolano della Floresta, Calvello il bastardo,* pour ne rappeler que les plus fameux) publiés d'abord par le même journal, puis en fascicules et en volumes diffusés en Sicile et aux Etats-Unis, celui-ci, consacré à frère Diego, eut une énorme quantité de lecteurs, et à Racalmuto de façon toute particulière. Ce qui subsistait encore dans le bourg de la légende de frère Diego subit une contamination irrémédiable ; non seulement auprès des personnes d'une culture moyenne ou, pour le moins, en condition de lire, mais aussi auprès des analphabètes, car, la radio et le cinéma n'existant pas alors, dans les boutiques des artisans comme pendant le travail dans les soufrières ou dans la campagne, il y avait toujours quelqu'un qui savait « raconter les histoires ».

Le roman est un vaste mélange d'événements et de

personnages historiques disparates, qui n'ont en réalité pas d'autres liens entre eux que le fait d'être compris dans un laps de temps qui s'étend de 1641 à 1658 ; et les inventions, plutôt grand-guignolesques, sortent les unes des autres comme des boîtes chinoises. Frère Diego, novice augustin, et neveu d'un augustin qui finit sur le bûcher de l'Inquisition, consacre sa vie à la protection d'une jeune fille, fruit d'un amour juvénile et orageux de son oncle. Cette jeune fille, échappant à l'impitoyable vigilance d'un prêtre, son tuteur, s'était donnée par amour, et avait eu un fils d'un jeune gantier français, ce Jean-Baptiste Vernon, qui, en réalité, condamné comme alchimiste, fut brûlé vif au cours de l'Auto da Fé célébré à Palerme le 9 septembre 1641. Après la fin tragique de son oncle et de Vernon, frère Diego lutte contre le prêtre tuteur avec toute son astuce et toute sa force. Et il n'est pas seul : car, à ses côtés dans sa lutte contre l'arbitraire et l'injustice, nous trouvons, en une sorte de confrérie mafieuse, Antonino La Pelosa, Antonio del Giudice, Giuseppe d'Alesi. Nous ne parlerons pas de d'Alesi, dont les manuels scolaires eux-mêmes mentionnent la révolte, en rapport avec celle de Masaniello ; mais, en ce qui concerne Antonino La Pelosa et Antonio del Giudice, nous dirons que le premier (en réalité meunier, et portefaix dans le roman) fut un violent meneur au début de la révolte de d'Alesi ; et qu'il fut pendu par l'autorité du vice-roi, après de terribles tortures, tandis que la révolte suivait son cours, et sans que parmi le peuple ou chez d'Alesi lui-même il y eût une quelconque réaction en sa faveur ; et le second, jurisconsulte de grande réputation, fut un des fauteurs de la révolte de 1647, et l'un des protagonistes de la conjuration qui, en 1649, lui coûta la tête, ainsi qu'au comte Girolamo III Del Carretto (26).

Le centre de l'intrigue romanesque tramée par

Natoli réside dans le fait que le prêtre tuteur, avide et impie, est un parent de l'inquisiteur de Cisneros ; et qu'il se sert de l'Inquisition pour garder la jeune femme et son enfant en son pouvoir, puis pour les persécuter lorsque frère Diego réussit à les lui soustraire. Et finalement la jeune femme meurt, mais l'enfant se sauve, au prix de la vie de son protecteur.

Frère Diego, dans le roman, n'est donc pas un hérétique ; c'est simplement un cœur pur qui lutte pour libérer de l'esclavage de leur tutelle une jeune femme et un enfant auxquels il est attaché par des liens de sang et d'affection. Mais de cette affaire particulière, privée, il parvient en quelque sorte à une plus large vision des choses, à un sentiment d'aversion contre la domination espagnole dont l'Inquisition est une conséquence, à la conscience que la révolte du peuple est juste et nécessaire. Et c'est là l'intuition la plus vive qu'ait eue Natoli à propos de son personnage ; à ceci près qu'elle est cachée par un fatras romanesque, et altérée par la gratuité de l'intrigue. Le romancier William Galt était le grand ennemi de l'historien Luigi Natoli ; et il lui arracha des mains des personnages et des épisodes de l'histoire sicilienne dont, en ce qui nous concerne, et dans la mesure de ce que nous savons et pouvons, nous tentons de faire une sorte de récupération (et nous n'hésitons pas, ici, à confesser notre dette envers William Galt : c'est depuis la lointaine lecture de ses romans que des personnages comme Francesco Paolo di Blasi et frère Diego La Matina nous suivent et nous fascinent).

Aujourd'hui, si à Racalmuto vous demandez des renseignements sur frère Diego La Matina (et il existe, sur le territoire de la commune, un lieu-dit qui, même sur le cadastre, porte ce nom ; et, auprès de ce lieu-dit, une grotte qui est dite grotte de frère Diego), la plupart des gens vous racontent l'intrigue du roman, comme si c'était une chose vraie, une chose qui était véritablement arrivée en des temps éloignés, sans savoir qu'il s'agit d'un roman, ou, s'ils le savent, sans se douter le moins du monde qu'une chose écrite, surtout si elle est en rapport avec le passé, avec l'histoire, peut être non pas vraie, mais imaginaire. Toutefois, dans les souvenirs de certains, survit la légende qui précédait les inventions populaires de Natoli, et nous sommes parvenus à la reconstituer en ces termes.

Diego La Matina avait une jeune sœur, très belle. Un homme de confiance du comte Del Carretto importunait la jeune fille ; c'était une sorte de surintendant de son fief, du comté. Rentrant un soir chez lui, Diego (qui vivait en ermite, ne revenant que de loin en loin dans sa famille) trouva les siens prostrés dans la honte et la douleur : la jeune fille avait été outragée ou même enlevée par cet homme puissant. Diego ne dit pas un mot : mais, le matin suivant, aux premières lueurs de l'aube, il sortit de chez lui, armé d'une escopette. C'était alors la coutume de célébrer à l'aube, dans la cathédrale, une messe pour les paysans ; et l'homme de confiance du comte y assistait, pour répartir dès la fin de la messe le troupeau des paysans entre les divers travaux de la journée. Diego tira pendant qu'on célébrait la messe, et l'homme qui avait déshonoré sa sœur et sa maison tomba à terre. Sa vengeance une fois achevée, il ne lui restait qu'à se réfugier définitivement dans la campagne, non plus en ermite, mais en tant que bandit ; et il amassa le fruit de ses rapines dans les profondeurs de la grotte qui porte son nom ; le trésor s'y trouve encore, parce que personne n'a eu jusqu'ici le courage d'y pénétrer.

Il est évident que cette légende n'est que l'adaptation d'autres légendes de brigands. Mais il s'y trouve un élément d'originalité et d'authenticité qui nous donne à réfléchir : la messe de l'aube pour les paysans, est la *missa cantus galli,* que l'on célébrait effectivement dans les terres féodales. Et nous nous demandons s'il ne s'est pas vraiment produit un quelconque incident dramatique où la longue et douloureuse aventure de frère Diego a trouvé son origine, au cours de cette messe, un jour de l'année 1644. Il n'y a pas eu assassinat du surintendant du comté, ni d'aucune autre personne, cela est assuré. Mais Diego La Matina, diacre, a commis un jour de 1644 un crime d'une nature telle qu'il a provoqué l'intervention de la justice ordinaire, et de la police criminelle. Arrêté, il fut par la suite remis au Saint-Office, soit après l'un de ces fréquents conflits d'autorité entre tribunal laïc et tribunal privilégié, qui s'achevaient fréquemment par la victoire de ce dernier, ou par un simple aveu d'incompétence de la part de la justice ordinaire. Dans tous les cas, il devait s'agir d'un délit dans lequel la cour laïque se reconnaissait, pour le moins dans l'immédiat, en droit d'intervenir, malgré le diaconat de l'inculpé ; et d'autre part, ce délit devait être tel que la cour laïque, que ce soit spontanément ou sur la requête du Saint-Office, et dans tous les cas sans se cramponner à sa propre compétence, se décida rapidement à remettre le coupable.

La confusion des juridictions était alors extrême, mais non au point où la porte Matranga, quand il déclare que frère Diego, *avant d'être tombé entre les mains du Tribunal, avait été emprisonné par la cour laïque en tant que banni, qui battait la campagne en habits séculiers ; la première fois, il se fit spontanément son propre accusateur, mais on soupçonna que sa pénitence était aussi fausse que sa confession avait été vraie ; car au lieu de s'amender, il recommença à se souiller de crimes encore pires.*

La question qui ressort de ce passage de Matranga, et que nous soumettons aux historiens et aux historiens de la législation, est la suivante : est-ce qu'en 1644, un individu parvenu au second des ordres majeurs, mais habituellement occupé à battre la campagne en costume séculier, c'est-à-dire se consacrant aux rapines et aux vols à main armée, pouvait, une fois capturé par la justice ordinaire, invoquer le tribunal du Saint-Office, ou être remis par la justice ordinaire au Saint-Office, comme à un tribunal compétent pour son cas, ou être soustrait par le Saint-Office à la justice ordinaire en raison d'une considération analogue ? En ce qui nous concerne (mais nous n'avons pas de preuves) nous répondons non. A moins que l'on ait pu déceler dans son crime une sorte d'ambivalence, c'est-à-dire qu'il ait été susceptible d'intéresser, avec une semblable légitimité, les deux juridictions. Mais procédons avec ordre.

Le Saint-Office agissait généralement contre *cinq sortes de personnes* : les hérétiques et suspects d'hérésie, leurs partisans, les mages et sorcières, les blasphémateurs, les opposants au Saint-Office et à ses officiers ; et, de façon extraordinaire (mais avec une tragique fréquence), contre les juifs, les mahométans et infidèles d'autres sectes. En ce qui concerne les bigames, pourchassés avec assiduité, on doit admettre qu'ils rentraient dans la catégorie des blasphémateurs, et ils étaient indifféremment jugés par l'Inquisition ou par la cour vicariale (27). Un vagabond, un détrousseur pouvaient être déférés par le tribunal ordinaire à celui de l'Inquisition dans un seul cas, croyons-nous, c'est-à-dire s'il jouissait du privilège d'être un « familier ». Mais, à part les nobles et les riches, les « familiers » étaient certes des délinquants, selon ce qu'écrivait Marco Antonio Colonna, mais *recrutés parmi les aubergistes, taverniers, bouchers, marchands de volailles ou chargés de semblables fonctions de ravitaillement* (28) ; non pas, assurément, parmi les religieux. Au contraire, nous pouvons dire que nous n'avons pas rencontré le cas de

« familiers » qui fussent prêtres ou frères. Mais, même en admettant que frère Diego ait été un « familier », il reste à expliquer quelle abjuration l'on peut bien exiger d'un criminel de droit commun, d'un vagabond. D'autre part, nous savons que le Saint-Office, quand il intentait des procès à ses propres « familiers » pour des délits de droit commun, prononçait des peines plutôt légères mais non différentes de celles de la justice ordinaire ; et si frère Diego avait été jugé pour un délit qui n'était pas d'hérésie, il aurait eu une peine, fût-elle minime, de réclusion, ou une amende ; ou une mesure d'expulsion (déplacement ou exil). Au contraire, il lui suffit de l'abjuration pour obtenir son pardon : *il se présenta et abjura en forme, et fut absous,* comme le confirme le docteur Auria.

La seule hypothèse sensée que l'on puisse avancer demeure donc celle d'un délit ambivalent ; un acte qui aurait été à la fois une hérésie et une contravention aux lois ordinaires. Par exemple, une idée ou une opinion contre la propriété ou contre certaines formes de propriété. Ou, pour ne pas le prendre de trop haut, et en considérant le caractère politique de l'Inquisition et sa fonction proprement policière dans les possessions espagnoles (et même en Espagne), une opinion ou une protestation contre la pression fiscale qui, à ce moment, s'exerçait avec une particulière férocité sur le peuple sicilien : car il ne faut pas oublier que nous sommes déjà dans l'atmosphère d'où jaillira la révolte de d'Alesi.

A la lumière de cette hypothèse, on peut même faire crédit à Matranga d'une certaine bonne foi : dans son esprit, et dans sa conception de la société, la nuance entre le voleur de grands chemins et l'homme qui élève une protestation contre la propriété féodale, contre les gabelles ou les dîmes, devait être imperceptible (et du reste, nous avons aujourd'hui encore des *galantuo-*

mini qui ne font aucune disctinction entre un communiste et un bandit de grands chemins).

Par scrupule, et afin de ne rien négliger, nous voulons ajouter qu'il peut se trouver un certain fond de vérité, à la fois dans la légende populaire que nous avons transcrite, et dans l'invention romanesque de Natoli; mais au fond passablement éloigné, vague et improbable, et il ressort d'un document qui se trouve dans les archives de la curie épiscopale d'Agrigente. On apprend par ce document que le 6 novembre 1643, l'évêque d'Agrigente ordonnait, vraisemblablement à un magistrat de la curie épiscopale, de se rendre dans la terre de Racalmuto pour excommunier (*servatis servandis*), arrêter, et traduire à Agrigente avec toutes les précautions don Federico La Matina; et, en même temps, de réunir sur lui tous les renseignements possibles, et d'inventorier et séquestrer tous ses biens. Dans le cas où les témoins à charge ne voudraient pas déposer ou se montreraient réticents, dit l'évêque : *vous pourvoirez à des peines d'emprisonnement ou d'expulsion, et à tous autres remèdes que jugerez bons,* après excommunication préalable et séquestre de leurs biens; et il recommande d'agir de même *contre ceux qui s'opposeront à votre tâche; ce pour quoi garderez précieusement la grâce de Monsignor Illustrissime* (29).

Cette grande fureur de la part de l'évêque semble avoir été provoquée par une dénonciation du vicaire de Racalmuto; mais quant à savoir de quelle faute don Federico La Matina s'était souillé, c'est ce que nous ignorons. Nous avons seulement réussi à établir qu'il était prêtre; et nous le retrouvons quinze ans plus tard, le 10 avril 1658, en train de confesser une religieuse, Sœur Marie-Madeleine Camalleri (30); ce qui revient à dire qu'il avait été pleinement réintégré dans son ministère, après avoir éclairci son affaire ou purgé une peine. Et il peut se faire qu'il y ait un quelconque rapport entre son affaire et celle, qui éclatera plus tard, de frère Diego, et que par conséquent l'aventure de ce dernier ait trouvé son origine, comme le veut la légende et comme l'imagine Natoli, dans une histoire de famille (mais Natoli ne connaissait pas cet épisode, car il aurait appelé Federico, et non Gerlando, l'oncle augustin). En tout cas, c'est un fait curieux que deux hommes, portant le même nom, dans le même bourg, religieux l'un et l'autre, se soient trouvés à quelques mois d'écart impliqués dans deux affaires aussi graves.

Acquitté et libéré l'année même où il avait été arrêté pour la première fois, frère Diego revint très probablement à Racalmuto. Assurément, il y avait là quelqu'un qui, parce qu'il avait été désagréablement surpris de le voir revenir absous, et avec cette fermeté avec laquelle, dans nos pays, se maintient la haine et se poursuit la vengeance, se promit de le traîner à nouveau devant le tribunal de l'Inquisition. Ou bien, c'était, plus que de la haine et de la vengeance, une intention née de la peur de classe, policière, qui est typique de ceux qui, par intérêt et par métier, défendent les institutions, avec d'autant plus de fureur et de férocité qu'elles sont plus injustes et abjectes.

Le fait est que l'année suivante, 1645, frère Diego est de nouveau devant le Saint Tribunal. Encore une fois, il prononce une abjuration formelle, et, encore une fois, il est absous. Une telle clémence, de la part d'un tribunal plus connu pour l'atroce sévérité de ses jugements que pour son indulgence, est surprenante, et l'on serait presque porté à croire Matranga, c'est-à-dire que frère Diego était un voleur et non un homme d'idées.

Mais en fait, l'indulgence de l'Inquisition apporte une confirmation à notre hypothèse ; c'est-à-dire que l'hérésie de frère Diego était plus sociale que théologique, fondée sur des propositions évangéliques dont l'exégèse devait apparaître alors comme dangereuse et subversive, mais difficilement susceptible de controverse et de condamnation. Après tout, il y avait au Tribunal du Saint-Office des qualificateurs et des consulteurs, capables, grâce à leur science, de déterminer avec exactitude l'orthodoxie ou l'erreur, et il devait bien y en avoir quelques-uns parmi eux qui croyaient en Dieu, et qui avaient le sentiment du message évangélique. En somme, l'explication de la clémence du tribunal peut se trouver dans la nouveauté de l'erreur de frère Diego, dans la difficulté de la qualifier, dans l'hésitation à le condamner de façon décisive et sévère. On lui demandait seulement l'abjuration ; et frère Diego acceptait et la prononçait, puis il s'en retournait à son monastère. Cela, à deux reprises. Mais, la troisième fois, en 1646, le tribunal voulut punir l'obstination, sinon l'hérésie, et frère Diego eut cinq ans de galères.

Les peines et les tourments des Galères ne suffirent pas à l'amender et à le dompter, écrit Matranga, et en 1647, il est de nouveau convoqué devant le tribunal. Auria déclare sur ce point :

En 1647, il se présenta et s'accusa de nombreuses erreurs, et de s'être livré au démon avec un contrat ; et, après avoir fouillé ses poches et sa besace, on le trouva en possession d'un livre, écrit de sa main, contenant de nombreuses erreurs hérétiques, mais dépourvu de style, et rempli de mille ignorances. C'est pourquoi le 12 janvier 1648, il sortit de prison, absous pour la seconde fois ; et il retourna à sa galère.

Il faut préciser que des expressions comme *se présenta, s'accusa,* sont de purs euphémismes, et qu'elles signifient respectivement pour quiconque possède la moindre connaissance des méthodes du tribunal sacré : *il fut arrêté et traduit en justice, il confessa sous la torture*; et ce qui indubitablement dénonce la torture qu'il a subie, c'est l'aveu de s'être livré au diable avec un rôlet, c'est-à-dire un petit billet-contrat. En ce qui concerne le manuscrit que l'on trouva dans ses affaires, Auria en parle probablement par ouï-dire, et même s'il l'avait lu, nous ne pourrions pas davantage tenir compte de son jugement. Plus avisé, plus cohérent, Matranga ne souffle pas mot du manuscrit; car il aurait semblé étrange qu'un voleur de grands chemins eût écrit un livre.

Quelles qu'aient été les hérésies contenues dans cet écrit, la confession de ses rapports avec le démon sauva frère Diego de la mort : il fit une abjuration publique, et, une fois absous, il fut renvoyé à sa rame. (Sur le nombre de fois où frère Diego reçut l'absolution, nous avons le soupçon que le calcul d'Auria ne tombe pas juste; techniquement, jusqu'à ce moment, et selon la procédure du Saint-Office, nous croyons que frère Diego a été absous à quatre reprises, même si l'une de ces fois, l'absolution a comporté une peine de détention, par analogie, ou pour mieux dire, conformément à l'absolution que donne le prêtre après que confession lui ait été faite des péchés; absolution qui n'exclut pas la pénitence, et qui au contraire la comprend.) Mais *le 7 Août 1649, il entraîna quelques forçats des galères dans ses erreurs, ce pourquoi il fut de nouveau conduit devant le tribunal, où il détesta ses errements et ses fautes ; et il quitta une troisième fois le tribunal en 1650, condamné et reclus à perpétuité dans une cellule murée...*

Or, à moins que le docteur Auria n'écrive *sans aucun style,* le passage doit être interprété en ce sens : le 7 août 1649, sur une galère ou dans un port quelconque il se produisit une mutinerie ou quelque forme de sédition, de protestation, dirigée ou seulement provoquée par frère Diego. Si le chroniqueur ne partait pas d'une date précise, nous pourrions penser qu'à ce moment donné, on avait pris conscience de l'œuvre pernicieuse de persuasion et de prosélytisme que frère Diego accomplissait parmi les forçats ; et que, pour cette raison, on l'avait renvoyé au Saint-Office ; celui-ci, comme il est naturel, constatant qu'il était récidiviste, ouvrit un autre procès à sa charge. Mais la date semble se rapporter à un fait dont frère Diego et certains forçats furent protagonistes, à un effet de l'hérésie que frère Diego continuait à professer et à propager (31). *Il entraîna quelques forçats dans ses erreurs* ; et ce devaient être des erreurs douées d'une certaine séduction : sur les pauvres de Racalmuto, sur les désespérés des galères. En effet, Matranga ne manque pas de préciser que non seulement frère Diego fut hérétique, mais qu'il était aussi un dogmatiste, c'est-à-dire un propagateur *de ses erreurs* ; et la même faute lui est attribuée par Franchina qui, environ un siècle plus tard, et en qualité d'inquisiteur, écrivit une brève histoire de l'Inquisition en Sicile.

A l'âge de vingt-huit ans, frère Diego se trouva donc condamné à une peine sans espoir. Mais son esprit était indomptablement soutenu par une complexion de géant, par une force physique énorme. Et, pour en avoir une idée, il suffit de regarder le Palais du Steri à Palerme, qui était alors, comme nous le savons déjà, le siège du Saint-Office, même en ce qui concerne les prisons. Pour les Chiaramonte qui l'avaient fait construire, c'était un palais-forteresse en pleine ville ; non moins massif que leur château de Racalmuto, que tous leurs châteaux disséminés un peu partout en Sicile, pour surveiller et défendre les bourgs qui s'amassaient à leurs pieds. Or frère Diego s'évada du Steri en 1656 : *pour le plus grand étonnement de ceux qui virent les lieux, et entendirent rapporter le fait, il ouvrit la très forte muraille des prisons secrètes* (comme le dit Matranga) *et s'enfuit grâce à la corde des tortures, qu'il avait trouvée dans un certain lieu.* (Auria).

Il se réfugia certainement dans la campagne auprès de Racalmuto, dans la zone et dans la grotte qui portent encore aujourd'hui son nom. C'est une grotte dont l'entrée s'ouvre sur une paroi rocheuse difficile à escalader ; et elle semble assurer une position imprenable. Mais le rocher énorme sur lequel elle s'ouvre s'élève, isolé, dans la campagne, et c'est pourquoi il est difficile à un homme qui y est assiégé d'en sortir et de s'enfuir. Et de fait, selon Auria, la liberté de frère Diego ne dura que peu de jours.

Entre son évasion et sa capture, frère Diego, dit Matranga, *erra avec l'intention impie de se frayer chemin grâce au sang d'autrui.* Et nous pensons, nous aussi, qu'il s'était employé à battre la campagne autour de son refuge, parce qu'il ne lui restait plus aucune autre ressource ; mais il est certain qu'il ne tua personne, puisque Matranga, ineffablement, se voit obligé de lui en imputer l'intention. A moins que *le sang d'autrui* ne veuille dire, suivant une métaphore qui n'est pas inhabituelle en Sicile, *les biens d'autrui.*

Reconduit en prison, il devint plus furieux encore. Il vécut dans une rage continuelle contre les ministres du Saint-Office, qu'il maudissait et vilipendait sans cesse. Et c'est peut-être au cours de cette période que se situe, aussitôt après sa capture, sa tentative de meurtre contre l'inquisiteur monsignor Cottoner ; *et il l'eût fait, si celui-ci ne se fût défendu,* ajoute Auria. Celui-ci situe l'épisode avant l'évasion ; il nous semble pourtant qu'il faille le placer après, selon ce que laisse entrevoir Matranga lorsqu'il dit qu'une fois reconduit en prison, il commença à s'en prendre aux ministres du Saint-Office. Quant à la défense que monsignor Cottoner, qui avait déjà les deux pieds dans la tombe, pouvait opposer à frère Diego, on ne peut guère imaginer qu'un appel au secours désespéré et une rapide intervention des geôliers : ils n'étaient assurément pas loin si, comme il est naturel de le penser, les rencontres de frère Diego avec les inquisiteurs se produisaient dans la salle des tortures.

Le document le plus vivant de ces rencontres, de ces visites de charité comme les définit Auria, de bienfaisance, selon Matranga, a été publié par Garufi (32) : c'est un procès de sorcellerie à la charge d'une certaine Pellegrina Vitello, extrait des archives espagnoles de Simancas (mais, actuellement, les documents de l'Inquisition sont aux Archives de Madrid). Ces pages sont si pleines de vie, et si terribles, que Garufi en attribue la rédaction à Argisto Giuffredi, alors secrétaire du Saint-Office.

Et on donna l'ordre de la faire sortir et de l'attacher à la corde, et une fois sortie on l'avertit à nouveau.
Dixit : me voici, je ne sais que dire.
Et ils commandèrent qu'elle fût attachée, et les ministres attachèrent les traverses, et en pleurant elle dit : si je savais, je le dirais.
Et sa Seigneurie la pressait de dire la vérité.
Et ipsa ne répondit point, mais se lamentait.
Et quand on l'attachait elle disait : hélas, hélas, ah, mon Saint-Esprit, aidez-moi car je n'ai rien fait, oh, Saint-Esprit, comme je n'ai rien fait, aidez-moi !
Et comme on touchait la corde, elle était en train de dire : Oh mon Saint-Esprit, aidez-moi car je n'ai rien fait !
Et iterum Sa Seigneurie Rév.me la pressait de dire la vérité.
Dixit Seigneur jamais au monde ne le fis.
Et comme on la hissait au-dessus de terre, elle suait et disait : Seigneur, je ne sais rien, ce sont des traîtres qui m'ont accusée à tort, aidez-moi, chrétiens, ah, Seigneur, vous me donnez la corde à tort.
Et apposita tabula in pedibus.
Dixit : Que voulez-vous, Seigneur, que je dise par force ? Sainte

Catherine, ah Saint-Esprit ! Répétant Saint-Esprit, ah, Seigneur, vous me la donnez à tort. Et comme on lui demandait si elle avait oncques été torturée, dixit que non, et elle était pendue à la corde
Et pendens tacebat.
Iterum pendens tacet.
Interrogée si elle veut dire la vérité.
Dixit : Seigneurs que puis-je dire je ne le sais.
Et pendens tacet.
On lui dit de dire la vérité.
Dixit : oh Seigneur, si je la savais, je la dirais.
Dixit pendens : ha !
Et parlant toujours intra ipsa.
Pressée de dire la vérité.
Dixit : Seigneurs, point ne sais que dire ; puissé-je ne pas voir la mort de Votre Seigneurie.
Et pressée de dire la vérité.
Dixit nihil.
Pressée iterum, elle fut tirée en l'air.
Et comme elle était en l'air, fut pressée.
Dixit ne sais rien.
Et fut laissée descendre.
Et descendue, fut avertie.
Dixit : point ne sais.
Iterum levée en haut, et pressée iterum.
Dixit : je ne sais rien...

Et cela continue ainsi : enregistrement impassible d'un moment atroce qui a dû se répéter des milliers et des milliers de fois dans l'histoire de l'Inquisition, et dans l'histoire des peuples qui l'ont subie. Mais qu'un semblable document ait été rédigé par un écrivain comme Giuffredi, c'est ce que nous ne croyons pas ; au contraire, son attribution à un scribe espagnol, que Garufi lui-même avait précédemment proposée nous semble la bonne ; un scribe digne de figurer aux côtés de don Bartolomeo Sebastian, dont Garufi évoque amplement les mérites ; c'était l'évêque de Patti, inquisiteur de Sicile en cette même année 1555 où la pauvre Pellegrina Vitello, le 7 mai, était torturée par les tours de corde.

Toutefois, il y a un point du procès verbal que nous avons partiellement transcrit où une expression de la victime se colore, pour nous, d'une douloureuse ironie : lorsque, pour jurer de sa propre innocence, elle dit « *puissé-je ne pas voir la mort de Votre Seigneurie* ». Curieuse façon de jurer ; et, puisque don Bartolomeo Sebastian croyait à la magie, au mauvais œil, aux mauvais sorts, il a dû sans doute se lancer dans de frénétiques conjurations. Mais Pellegrina Vitello, en raison de la simplicité de son esprit, et de ses sentiments, et surtout en ce moment précis, a dû prononcer ce souhait sans malice, mais, dans son inconscient, le désir devait être bien vif de voir, mort au pied de la machine qui la tirait en l'air et la disloquait, l'évêque de Patti.

Et que frère Diego ait tué monseigneur de Cisneros dans une situation semblable, cela nous paraît certain ; c'est ce qu'estime aussi le chanoine Gioachino Di Marzo, éditeur du journal de Vincenzo Auria :

La fureur désespérée de frère Diego La Matina, qui brise ses menottes de fer et tue avec leurs débris le bourreau inquisiteur révèle bien les énormités de l'Inquisition... (33).

Et, un peu plus loin, en note au passage d'Auria relatif à la mort de Cisneros, il appelle frère Diego *l'intrépide meurtrier de Cisneros.* (Et, si l'on considère qu'en 1911, le chanoine Salvatore di Pietro écrivait, muni de l'imprimatur, précisément au sujet de frère Diego : *Quoi d'étonnant, si un monstre de la nature, à ce point répugnant, a été condamné au dernier supplice ?... Quel étonnement pourrait faire hausser le sourcil aux incrédules critiques modernes, contre l'action bénéfique qu'exerçait le Saint-Office pour le profit de tout le corps social* (34) ; si l'on considère que, de nos jours, l'attaque du Cardinal Frings contre le Saint-Office a suscité au concile des réactions violentes, on ne peut pas ne pas dire : gloire soit rendue à l'intrépide chanoine Di Marzo, à ce chercheur infatigable et éclairé de l'histoire de Sicile).

Du reste, Matranga lui-même, tout en affirmant que frère Diego tua l'inquisiteur *cependant qu'il était visité pour son profit,* nous laisse entrevoir de quelles souffrances naquit ce geste homicide, lorsqu'il dit que *les tourments de la galère, les jeûnes prolongés, les pénitences salutaires, les douloureuses tortures, les fers, les menottes, les chaînes, qui auraient suffi à amollir le fer, ne purent en rien plier l'esprit de ce criminel, et qu'il ne fut pas sans tenter à plusieurs reprises de se donner la mort à lui-même, insouciant du supplice éternel, en se privant de nourriture pendant plusieurs jours ; mais on trouva le moyen de l'obliger à manger.*

En un laps de temps inférieur à deux ans, entre 1656 et 1657, *et pour le plus grand chagrin de tout le Royaume,* suivant ce que nous affirme Matranga, quatre révérendissimes inquisiteurs partirent pour un monde meilleur : Monseigneur Giovanni La Guardia, *personnage d'un grand zèle, d'un profond savoir, d'une singulière intégrité, non moins fervent qu'éveillé pour toutes les choses de la foi* ; Monseigneur Marco Antonio Cottoner, *qui sut conjoindre au sens politique le sens chrétien,* et frère Diego n'en avait pas méconnu les qualités, s'il avait essayé de le supprimer ; Monseigneur Giovanni Lopez de Cisneros, *homme d'une grande bonté, et d'une intention droite,* comme nous le savons déjà ; Monseigneur Paolo Escobar, qui ne réussit à jouir que pendant quelques mois de sa promotion de promoteur fiscal au rang d'inquisiteur, pour lequel il avait été recommandé par *ses rares qualités et son agrément à commander.*

Matranga reconnaît que, dans cette hécatombe d'inquisiteurs, il doit bien s'être trouvé une intention divine. Non qu'il soupçonne quelque partialité céleste en faveur de frère Diego, des hérétiques et des sorcières qui attendaient leurs sentences dans les prisons du Saint-Office ; au contraire, il estime que les puissances infernales s'étaient armées et déchaînées contre le saint tribunal. Mais *Dieu le permit* : et c'est là que gît le lièvre. Probablement le Dieu de don Girolamo Matraga, *qui était le surintendant et le directeur de ses procès pour la Foi,* avait destiné la célébration de l'Auto da Fé à l'illustrissime don Luigi Alfonso de Los Cameros, archevêque de Monreale, qui fut nommé inquisiteur de Sicile par l'inquisiteur général après la mort de Cisneros et un peu avant celle d'Escobar.

Los Cameros avait l'expérience de cette charge, car il avait déjà été inquisiteur en 1641 (ou depuis 1641) *a latere,* supposons-nous, de don Diego Garsia de Trasmiera, un homme que nous dirions diabolique si la sainteté de son ministère ne nous l'interdisait, en raison de sa grande intuition politique et de son intelligence subtile et impitoyable ; son chef-d'œuvre fut la ruine qu'il sut préparer pour Giuseppe d'Alesi et pour la révolte populaire dirigée par d'Alesi en 1647 (35). Cisneros s'occupa donc de mener rondement le procès contre frère Diego La Matina et les trente et un autres accusés, et de préparer la grande fête de l'Auto da Fé. Et cette dernière tâche était la plus lourde, même si elle était porteuse de joies et de satisfactions mondaines. Mais ce fut don Luigi de Los Cameros, évidemment éclairé et assisté par Dieu, qui fort activement, *manipula tout seul toute cette grande charge, qui fut pesante pour beaucoup.*

Le 2 mars 1658, Matteo Perino, héraut de l' « heureuse » cité de Palerme, suivant *l'ordre et le commandement de l'Illustrissime et Révérendissime Seigneur Inquisiteur, Archevêque de Monreale,* pouvait finalement proclamer à tous les fidèles chrétiens de la ville l'annonce suivante : *Dimanche, dix-septième jour du courant mois de mars, sera célébré un Spectacle Général de Foi, sur le parvis de la Cathédrale ; tous ceux qui s'y trouveront présents, gagneront les Indulgences accordées par les Souverains Pontifes.*

Les travaux commencèrent : aux frais, comme on

peut le penser, des finances royales, *selon qu'en a disposé la Religieuse libéralité des Rois Catholiques*. On dressa sur la place de la cathédrale un vaste amphithéâtre de bois, composé de neuf rangées de gradins, dominés par quatre grandes estrades, d'une petite estrade pour les musiciens et d'un autel. En guise d'avant-scène, on prépara, au moyen de huit bancs de bois grossier, *la scène d'infamie* pour les coupables; le fond du décor était, naturellement, noir, *à la ressemblance de l'obscurité de leurs âmes*. Derrière les estrades, on construisit cinq vastes chambres, afin que les ministres du Saint-Office, le capitaine de justice et ses acolytes, le sénat et les dames eussent la possibilité de se restaurer pendant le cours de la longue cérémonie. En somme, il fallait préparer des *buvettes*. Draperies de velours écarlate et cramoisi, de soie et d'or, riches tapis, sièges recouverts de damas et de velours, coussins brodés, rameaux de cyprès et de myrte, vases et candélabres d'argent, furent disposés *avec un art conforme à l'architecture matérielle*. Les pères dominicains eurent l'honneur de décorer l'autel.

Ce fut le 16 mars que cette merveille fut dévoilée aux yeux du peuple. Mais le travail le plus ingrat restait encore à faire pour monseigneur de Los Cameros : celui d'établir l'ordre des préséances. Les qualificateurs, théologiens, avaient cherché querelle aux consulteurs, juristes; les premiers estimaient qu'ils devaient avoir l'avantage sur les seconds par le fait même que c'était l'erreur théologique d'un coupable qui était d'abord qualifiée, et que les juristes n'intervenaient qu'ensuite; mais ceux-ci, de leur côté, définissaient l'Acte de Foi public comme un acte judiciaire. Les consulteurs ecclésiastiques rivalisaient avec les consulteurs laïques; et le parti des consulteurs laïques était à son tour agité intérieurement par les rivalités entre juges, avocats simples, avocat du secret. Le nonce du secret se trouva en opposition avec le notaire civil ; et les commissaires et familiers venus des autres villes de Sicile se déchiraient entre eux. C'est ce que faisaient aussi les curés de Sant'Antonio, de San Giacomo à la Marina et de San Nicolo à la Kalsa. Un véritable enfer. Mais monseigneur l'Archevêque, *avec la prudence singulière et la circonspection qu'il apportait habituellement à juger, rejeta, précisa ou accorda promptement cela.* Pas si promptement, à notre avis : car on vit se prolonger la protestation de la cour capitale, qui était humiliée sur des sièges de damas de couleur perse et non pas exaltée comme il se devait sur des sièges de velours cramoisi.

Avec l'aide de Dieu, on arriva à la soirée du 16. Il soufflait un vigoureux vent d'ouest, et des nuages gorgés de pluie s'amoncelaient ; mais, par une particulière disposition divine, selon Matranga, dès l'heure de la procession, le ciel se rasséréna. Du palais du Saint-Office au parvis de la cathédrale, déferlait une grande foule, et des soldats allemands en armes faisaient un cordon pour le passage de la procession. Une grande théorie de carrosses, remplis de nobles dames, augmentait la confusion. L'étendard du Saint-Office était porté par don Giovanni Ventimiglia, marquis de Geraci ; et les rubans cramoisis qui descendaient des deux côtés de l'étendard étaient tenus par don Domenico Graffeo, prince de Partanna, à droite, et par don Blasco Carbino, prince de Mezzoiuso, à gauche ; tous trois étaient des familiers du Saint-Office, comme la plupart des deux cents nobles qui les suivaient. Ensuite, venaient les nobles de la compagnie de l'Assomption, vêtus d'un sac blanc avec un capuchon, d'un manteau de drap bleu, et tenant une torche allumée à la main ; soit une centaine de personnes. Puis les musiciens, puis les deux congrégations des orphelins, et les capucins, les réformés de la Merci, les réformés de Saint-Augustin, (sur lesquels passait un peu la honte de leur confrère), les tertiaires, les minimes, ceux de la Rédemption des Captifs, les carmes déchaux, les augustins, les dominicains ; les franciscains manquaient : *car la singulière prudence et la circonspection* de monseigneur l'archevêque n'était pas parvenue à aplanir leur vieille rivalité en matière de cérémonial avec les dominicains. Une multitude qui n'en finissait plus ; et la tête de la procession était déjà sur le parvis de la cathédrale quand la queue sortait finalement par la porte du Saint-Office : la croix verte du Tribunal, voilée de noir, portée par le père bénédictin Giovanni Martinez, revêtu d'une chape violette, et suivie par l'Archevêque inquisiteur, par le prince de la Trabia, par l'alcade des prisons secrètes, et une quantité d'autres autorités et de gentilshommes.

Quand ils furent parvenus à l'amphithéâtre, la croix verte fut plantée sur l'autel, et une trentaine de frères y restèrent de garde pour la nuit. Le reste de la procession se dispersa, cependant qu'une partie continuait vers le parvis de Sant'Erasmo, emplacement où avait été dressée la pile de bois pour le bûcher. Là aussi on planta une croix, mais blanche, et on alluma quatre cierges dans des lanternes de verre ; car le vent durait encore. Ici aussi, quelques fervents congréganistes demeurèrent de garde. Il était déjà trois heures du matin ; chacun, *par la voie la plus brève*, s'en retourna chez soi : vers sa nourriture, son repos, ses affections. Mais pour frère Diego, une longue nuit commençait.

Et ici, laissons directement la parole à Matranga :

Le perfide coupable avait été conduit dans le couloir bas des prisons secrètes, et revêtu du vêtement sacré de son Vénérable, et par lui immérité, ordre Religieux et sur une chaise de bois très solide, fabriquée tout exprès, il fut plutôt enchaîné que fait asseoir, avec des chaînes et des liens de fer qui le ceignaient de toutes parts : tant on redoutait son indomptable volonté qui, à chaque instant, menaçait blessures et massacres. A trois heures du matin, comme faire se doit, D. Giovanni de Retan nous notifia la dernière sentence, et que sous peu il serait abandonné au bras séculier. Monseigneur l'Archevêque Inquisiteur lui attribua, afin qu'ils l'assistassent, le Docteur D. Francesco Vetrano, curé de San Niccolo la Kalsa, Consulteur, le P.F. Angelo da Polizzi, carme déchaux, Consulteur et Qualificateur, le P. Melchiorre Balducci, de la Compagnie de Jésus, Consulteur et Qualificateur, et je fus également parmi eux ; tous, à d'autres reprises dans le cours de son procès, nous nous étions longuement et vainement opposés à lui, plus que nous n'avions discuté avec lui ; et nous étions rappelés pour tenter à nouveau, à l'extrême fin de sa vie, sa conversion dont tout le monde désespérait. S'y adjoignirent en outre le P. Bachelier Fr. Vincenzo Muta, Prieur de Saint Dominique, des frères prêcheurs, le P.D. Giuseppe Cicala, Principal de la Maison de Saint-Joseph, théatin, Consulteur, le P. Placido Agitta Crocifero, Consulteur, et deux congréganistes de la Compagnie de l'Assomption. On n'observa pas la règle habituelle, voulant qu'on l'assistât à tour de rôle : nul ne voulut l'abandonner, et chacun bannit le sommeil de ses yeux, afin que, grâce à la persuasion commune d'un grand nombre, se dissipât la torpeur de cet esprit infernal. Cependant, forcés par la courtoise libéralité de l'Alcade, et s'étant retirés dans ses appartements, où une splendide et exquise collation avait été préparée, ils se restaurèrent quelque peu.

C'est l'une des scènes les plus atroces et les plus hallucinantes que l'intolérance humaine ait jamais représentée. Et, de même que ces neuf hommes, férus de doctrine théologique et morale, qui s'agitent autour du condamné (mais vont, de temps à autre, se restaurer dans les appartements de l'alcade) restent dans l'histoire du déshonneur des hommes, Diego La Matina affirme la dignité et l'honneur de l'homme, la force de la pensée, la ténacité de la volonté, la victoire de la liberté.

De quelle façon il a répondu à une si grande charité, comment il a brisé les propositions pénétrantes et les arguments subtils des théologiens, c'est ce que nous ne savons pas. Ce qui est sûr, c'est qu'il ne céda pas. Ce qui est sûr, c'est que le P. Matranga et ses collègues, même restaurés par les mets exquis offerts avec une telle libéralité par l'alcade, passèrent une fort mauvaise nuit ; et peut-être qu'ils ne jouirent pas pleinement du spectacle du lendemain, plongés qu'ils étaient dans la brume du sommeil.

Lorsque les pères comprirent qu'il n'y avait rien à faire, et décidèrent d'abandonner frère Diego à son destin infernal, c'était déjà le matin du dimanche, le 17 mars 1658. Il pleuvait. On discuta pour savoir s'il convenait ou non de renvoyer la fête ; car il était déplorable, après tant de préparatifs et tant de dépenses, de courir le risque que la pluie n'en compromît les effets les plus beaux et les plus solennels ; sans parler du problème, quasiment domestique, et digne d'un pique-nique à la campagne, de la difficulté d'allumer le feu à ce beau tas de bois, sur le parvis de Sant'Erasmo. La décision de gagner du temps sembla la plus opportune, et en attendant, on célébrait des messes, l'une après l'autre.

Avant midi, le ciel s'éclaircit. La procession se mit aussitôt en ordre, et les autorités policières de l'inquisition et laïques y brillaient maintenant ; Don Antonio Cabello, alcade, accompagné par une multitude de nobles et par les officiers du secret auxquels, peu de temps auparavant, il avait offert une fastueuse collation dans sa demeure, et don Francesco Cappero, capitaine de justice, suivi, lui aussi d'un grand nombre de nobles, avec don Ottavio Lanza, prince de la Trabia, à ses côtés. Entre la justice du Saint-Office et la justice laïque, s'avançaient les accusés.

Cette fois-là, ils furent au nombre de trente-deux : chacun d'entre eux marchait avec un vêtement défait et sans ceinture, avec une mitre infamante, sur laquelle la qualité et la gravité du crime pouvaient se voir figurées en peinture. Ceux qui ne portaient point d'insignes sur leur tête, allèrent décoiffés. Les condamnés aux Galères Royales, ou au fouet public, avaient une grosse corde au cou ; les Blasphémateurs, de forts bâillons. Le dernier de tous, et point de mire des yeux du Royaume, le Monstre de notre temps, avec un vêtement méprisable, et portant une mitre colorée de poix noire, et horriblement embrasée avec des images de flammes, fut porté par plusieurs serviteurs, sur la chaise que nous avons décrite, et entouré d'hommes en armes. Avec lui s'avançaient d'autres Religieux, et à ses côtés les Frères de l'Assomption, qui tentaient de réduire à la Vérité Catholique son entendement obstiné.

Sur trente-deux, neuf étaient des femmes; sorcières, jeteuses de sorts, invocatrices de démons; l'une s'appelait Domenica La Matina, mais n'était pas parente du principal condamné. (On trouva deux autres La Matina dans la liste publiée par la Mantia : Isabella, brûlée vive le 16 Juillet 1513, et Francesco, brûlé en effigie le 14 septembre 1525; tous deux d'Agrigente, tous deux néophytes judaïsants).

Un détail qui nous frappe, dans la liste des coupables publiée par Matranga, c'est que la peine la moins sévère ait été attribuée à un certain don Celidonio Ruffino : trois ans de prison *à lui assigner*, et l'habituel sanbenito à porter. Cette condamnation non encore prononcée, et comme suspendue et conditionnée, est curieuse; et peut-être trouve-t-elle son explication dans cette annotation : *vit de ses rentes*, que Matranga laisse tomber après les indications d'identité.

Avant que la procession ne partît du palais du Saint-Office, le marquis de Geraci et le prince de la Trabia s'approchèrent de frère Diego et, *avec une énergie indicible, véritablement animée par Dieu, que ne lui dirent-ils pas ? Quels reproches ne lui firent-ils pas ?* Mais frère Diego repoussa durement cette nouvelle vague de charité, ce pour quoi la compassion des deux gentilshommes se changea en colère ; *et ils auraient voulu, de leurs propres mains, arracher de sa bouche sa langue sacrilège.* Cela n'aurait pas été à Palerme le premier exemple de nobles se mettant à usurper le rôle de bourreau ; environ dix ans auparavant, don Alessandro Platamone, de vieille noblesse espagnole et descendant d'un vice-roi, avait revendiqué le plaisir et l'honneur de décapiter Giuseppe d'Alesi.

Contenu par les hallebardiers allemands et les mousquetaires espagnols, le peuple voyait, une fois encore, *le Saint-Office à cheval* ; c'était un spectacle qui ne se donnait que dans la célébration des Actes de Foi ; et, en raison de la terrible signification qu'il venait à assumer, il s'était figé dans la sensibilité populaire en un proverbe menaçant : *Ti fazzu vidiri lu Sant'Ufficiu a cavaddu :* je vais te faire voir le Saint Office à cheval, ce qui signifiait, jusqu'à une date récente, en faire voir de toutes les couleurs.

Ils étaient tous à cheval, sur des coursiers richement sellés et caparaçonnés, depuis l'Inquisiteur, en cape d'hermine et chapeau pontifical, jusqu'aux frères. Et il semble que les frères à cheval constituaient une nouveauté : une nouveauté capable d'émouvoir le peuple jusqu'aux larmes, selon Matranga, en raison du contraste entre les gracieux ornements des chevaux et la rudesse des draps épais et des bures grises dont les frères étaient revêtus. Mais le peuple sicilien, nous le savons, n'a jamais été enclin à s'attendrir sur l'humilité et la pauvreté des frères ; et puis, à cette époque, il avait bien d'autres choses sur lesquelles pleurer. Et nous ne voulons pas dire qu'il aurait dû pleurer sur cette tragique bouffonnerie, sur ces pauvres condamnés qui allaient, la corde au cou, et sur Diego La Matina, qui était sur le point d'être brûlé vif; car nous pensons au contraire qu'un tel sentiment est très éloigné de la plèbe de ce temps, superstitieuse et féroce; et si quelqu'un avait été touché de pitié en général, ou par solidarité envers les accusés, et en avait inconsidérément fait l'aveu, les oreilles des mouchards, en tout état de cause, erraient parmi la foule comme des cerfs-volants. Et on le savait bien.

Le peuple criait donc sa réprobation à frère Diego et l'exhortait à se repentir; et frère Diego répondait. *Il redoubla d'audace et multiplia ses imprécations*; et ce devaient être des imprécations capables de produire un certain effet, s'il *fut nécessaire, à plusieurs reprises, de lui remettre son frein et son bâillon.* Scène grotesque et terrible que celle-ci, où les sbires sont là, prêts à fermer la bouche de la victime, avec un frein (probablement une sorte de mors de cheval) et un bâillon, car on ne prend jamais trop de précautions.

La procession parvint à l'amphithéâtre de la place du Dôme, et don Pietro Martinez Rubio, archevêque de Palerme et président du Royaume, s'avança au balcon du palais archiépiscopal, avec un visage qui, selon Matranga, était radieux de satisfaction pour la beauté et l'ordre avec lesquels se déroulait la fête. Comme cela se produit toujours, il monta sur les estrades plus de gens qu'on n'en avait prévu, car en Sicile, de nos jours encore, pour les fêtes publiques ou privées, le nombre des autorités ou des amis dépasse toujours toute prévision, et l'effondrement des estrades ou des planchers n'est pas rare. Le duc d'Albe, qui arrivait à Palerme en qualité de vice-roi, se gagna une réputation de porte-malheur parce que le pont qui avait été préparé pour sa réception s'effondra dans la mer un instant avant qu'il n'y mît le pied, et il y eut un grand nombre de victimes. Se souvenant peut-être de la fatale réputation qu'en avait retirée son compatriote, monseigneur de Los Cameros se préoccupa aussitôt de faire solidement étayer les estrades. On perdit du temps, mais enfin l'Inquisiteur put donner la parole au dominicain Pietro Martire Lupo, qui était l'orateur désigné. Mais tel était le brouhaha de *la multitude indiscrète* que seuls purent jouir du sermon ceux qui étaient auprès de l'orateur.

On commença la lecture des procès. Les accusés, un à un, s'avançaient et écoutaient, presque tous sans comprendre, leurs fautes et la sentence de condamnation. Cependant, l'on servait aux dames, sur leur estrade, une *convenable collation* ; nous ne savons si elle convenait à la *libéralité et à la grandeur d'âme* de l'Inquisiteur qui l'offrait ou à la qualité des dames, ou encore à l'heure, au lieu, à la cérémonie. Et, pour les gentilshommes, les *buvettes* fonctionnaient sur un rythme frénétique. Mais il se faisait tard ; et monseigneur de Los Cameros ordonna d'abandonner les procès des accusés mineurs, et d'en venir au principal.

Frère Diego, *lié comme il était à sa chaise,* fut placé en avant par des porteurs. Le bruit de la foule cessa soudain. *L'attention fut incroyable, avec laquelle chacun écouta la lecture de ses sacrilèges scélératesses, et ses propositions hérétiques, qui, toutes, étaient confirmées fort clairement par son aspect scélérat et obstiné, et par son front insolent.* C'est une image qui fait naître en nous un sentiment d'émotion et d'orgueil, à la fois en tant qu'hommes libres et que concitoyens tardifs de frère Diego. A ce moment-là, il ne fait pas de doute que le condamné avait été bâillonné comme il se doit, sinon, il aurait crié son mépris au lecteur, au tribunal et aux spectateurs.

Et il faut expliquer ici que la lecture du procès

consistait en une énumération générique de fautes, comme le prescrivaient les dispositions du Conseil Suprême de l'Inquisition Espagnole. C'est une précaution qui est commentée en ces termes par un expert en procédure du Saint-Office :

Il convient d'avertir que, dans les sentences, l'on n'énonce point les motifs et les raisons que fournit l'accusé, sur lesquelles il se fonde pour maintenir ces erreurs, ni de même, celles que fournissent les hérétiques, ni aucune autre chose qui puisse offenser l'oreille des catholiques, ni qui que ce soit, ni ne puisse être occasion que, de la sorte, ils soient endoctrinés ou qu'ils viennent à apprendre quelque chose desdites erreurs, ou qu'ils viennent à douter en quoi que ce soit ; et il faut considérer ce point avec attention, car on affirme que certains ont appris des choses en entendant de telles sentences (36).

Donc les assistants surent seulement que frère Diego était hérétique, apostat, blasphémateur ; et parricide, parce qu'il avait tué monseigneur De Cisneros, qui était son père dans la hiérarchie, ainsi que dans l'amour et la charité.

La sentence une fois prononcée, le condamné fut transporté devant l'archevêque inquisiteur. Une si grande quantité de gens se déplacèrent pour voir la scène que le plancher faillit céder ; et monseigneur n'eût évité la réputation de jeteur de mauvais sort qu'au prix de sa propre chute, inévitable. On réussit à faire un peu d'ordre, et l'on entreprit la déconsécration. On retira au condamné sa mitre, puis le sanbenito ; et on le revêtit tant bien que mal de l'habit de son ordre et de tous les ornements qu'un diacre, comme lui, porte en officiant. La chose fut passablement compliquée, car il n'est pas facile de déshabiller et de rhabiller un homme enchaîné à une chaise. Après quoi, les ornements qu'on avait à grand-peine réussi à lui mettre lui furent arrachés un à un. Chaque fois qu'il lui arrachait un ornement, Monseigneur récitait une formule ; et entre-temps, il approchait de ses mains liées, pour les retirer aussitôt, les liens sacrés, les saintes ampoules, le calice, le manuterge, les clefs. Après quoi, on le revêtit de nouveau du sanbenito et de la mitre.

Frère Diego aurait dû subir la déconsécration en restant étendu à plat ventre ou à genoux ; mais la prudence conseilla de passer sur ce détail *dans le doute que, l'impie se trouvant libéré de ses fers, il ne vînt à sceller d'un nouveau crime atroce le terme infâme de sa vie.* Monseigneur de Los Cameros, selon toute évidence, n'avait pas la vocation du martyre.

En ce qui concernait le Saint-Office, l'aventure de frère Diego était finie ; il suffit de le transporter devant l'estrade du capitaine de justice, *et l'ultime sentence de mort lui fut signifiée : que, brûlé vif, ses cendres fussent dispersées au vent.*

Après que les trente et un autres coupables eurent abjuré, la procession se reforma ; et elle devait passer devant le palais du Saint-Office, où les trente et un qui avaient été absous devaient rentrer dans les prisons, puis continuer vers le parvis de Sant'Erasmo.

Cette fois, frère Diego avait été placé sur un chariot tiré par des bœufs. C'était déjà le soir, mais les chandelles et les torches donnaient cependant une lumière suffisante. Mais pour les marchands de vin, de friture et de noisettes grillées qui avaient placé des tables et des bancs autour de la palissade du bûcher, cette pluie qui avait retardé la cérémonie fut un désastre. Et de même pour les dames, pour leurs toilettes et pour leurs dentelles, que les lumières vacillantes ne mettaient pas dans la splendeur qui leur était due. On pouvait toutefois compter sur la lumière du bûcher.

A la vue du bûcher, frère Diego ne s'altéra pas, ne se troubla point, et ne montra point de signe d'effroi ou d'épouvante. Il fut placé sur la pile de bois, toujours enchaîné à la chaise et la chaise fut liée à un pieu. les deux doctes prêtres qui, pendant la route du parvis de la cathédrale à celui de Sant'Erasmo avaient tenté de le réduire à la pénitence s'éloignèrent de lui. Extrême tentative de persuasion, l'on feignit par deux fois de mettre le feu au bois ; et, finalement, frère Diego dit qu'il voulait parler au théatin Giuseppe Cicala, l'un des deux pères qui l'avaient accompagné sur le chariot. Le théatin, qui sait pourquoi, peut-être en proie à une certaine émotion, (et c'est peut-être là aussi la raison pour laquelle frère Diego l'avait fait demander) s'était mêlé à la foule, et peut-être était-il sur le point de renoncer au spectacle : il fut rappelé à grands cris par le peuple. Il s'approcha de nouveau du condamné. *Je changerai d'opinion, et de Foi, et je me soumettrai à l'Eglise Catholique,* dit frère Diego, — *si vous me donnez la vie du corps.* Le théatin répondit que désormais la sentence était définitive. Et frère Diego : « *Pourquoi donc le Prophète a-t-il dit : Nolo mortem peccatoris, sed ut magis convertatur, et vivat ?* » Et comme le théatin répondait que le prophète voulait parler de la vie spirituelle et non de la vie corporelle, frère Diego lui dit « *Alors, Dieu est injuste* ».

Sur ces paroles sacrilèges, le bois fut allumé, et bientôt le corps immonde du scélérat hérétique fut enfumé, étouffé, brûlé et réduit en cendres, son âme enragée et infernale s'en alla peiner et blasphémer à jamais.

Monseigneur l'Archevêque Inquisiteur, poussé par de justes raisons, ordonna que le matin, de très bonne heure, les cendres sordides fussent recueillies et qu'on les jetât au vent.

Le docteur Auria crut bon, pour sa part, d'ajouter une touche de surnaturel en conclusion du bref rapport qu'il donne dans son journal de cet Auto da Fé :

Il fut remarqué par tous, et, de même, par moi qui étais présent, que, tandis que l'infâme et pervers condamné se trouvait sur ledit parvis de Sant'Erasmo, il y avait une nuée de corbeaux qui criaient et croassaient à grande voix autour de son corps, et qu'ils ne le quittèrent point qu'il ne fût trépassé. Aussi il fut estimé de tout un chacun que c'étaient les démons qui veillaient sur sa vie, et qui à la fin l'emportèrent parmi eux aux peines perpétuelles de l'enfer.

Il est très étrange que le P. Matranga, si attentif à épier tous les signes naturels et surnaturels qui coïncidèrent avec l'Auto da Fé, n'ait point porté attention à ces corbeaux-démons : et d'autant plus que *tous* les avaient remarqués. (Mais en réalité, le chroniqueur vit ce vol de corbeaux quelques années plus tard, dans la page consacrée au cas de frère Diego par le dominicain Giovanni Maria Bertino, dans ce curieux livre qui s'intitule *Sacratissimae Inquisitionis Rosa Virginea,* publié à Palerme en 1660-62). En revanche, les répliques entre frère Diego et le P. Cicala échappèrent à don Vincenzo Auria, ces répliques qu'il nous semble devoir considérer, non pas comme un signe de fléchissement et de peur de la part du condamné, mais comme l'extrême façon de donner la preuve au peuple de la férocité inflexible d'une foi qui proclamait qu'elle était inspirée par la charité, la pitié, l'amour.

Nous nous donnerions volontiers au diable avec un petit rôlet si, en échange, nous pouvions avoir le livre écrit par frère Diego *de sa main, avec de nombreuses erreurs hérétiques, mais dépourvu de style et rempli de mille ignorances ;* mais n'en déplaise au docteur Auria et aux révérendissimes inquisiteurs qui y croyaient, établir un semblable commerce avec le diable n'est pas possible.

Quelles erreurs hérétiques contenait ce livre, quelle était précisément l'hérésie de frère Diego, c'est ce que nous ne saurons peut-être jamais. Les actes du procès et le livre, écrit de sa main, joint aux actes comme corps du délit, furent consumés dans les flammes, dans la cour intérieure du palais du Steri, le vendredi 27 juillet 1783 ; avec toutes les dénonciations, les procès, les livres, les écrits des archives inquisitoriales proprement dites, c'est-à-dire de ce qu'on appelait les affaires de Foi (cependant que d'autres archives des affaires du tribunal, de nature civile ou en tout cas sans rapport avec la foi étaient sauvées dans l'intérêt du roi). La destruction des archives, selon ce qu'atteste un aristocratique chroniqueur *rencontra les applaudissements de tous, car si de tels documents, ce qu'à Dieu ne plaise, avaient été révélés, cela aurait équivalu à souiller de marques noires un très grand nombre de familles de Palerme et de la totalité du*

Royaume, aussi bien dans le rang des nobles, que dans celui des familles honnêtes et civiles (37). Et il semble évident que le chroniqueur se préoccupait davantage des noms des délateurs, qui pouvaient ressortir de ces papiers, que de ceux des victimes de l'Inquisition : car le saint Tribunal devait avoir eu un si vaste réseau d'espions (parmi les nobles, les familles convenables et les *honnêtes* gens) que celui de l'OVRA pâlissait par rapport à lui. Mais nous parlerons sous peu de l'événement qui conduisit à la destruction de ces archives.

Pour les recherches sur l'Inquisition en Sicile, il existe une grande ressource, mais qui n'est pas suffisante à compenser la perte des archives de l'inquisition palermitaine, grâce aux Archives de Madrid, où, il y a de cela cinquante ans, ont été transportés les papiers de l'Inquisition qui se trouvaient précédemment à Simancas. Mais ce n'est pas une ressource pour nous, pour l'affaire de frère Diego. Tout ce qu'il y a à Madrid à ce sujet se résume à une *relacion sumaria* de l'autodafé et à cette notation :

Fray Diego la Matina, natural de Rahalmuto, Diocesis de Girgento, de edad de 37 anos, religioso profeso de los Reformadores de S. Agustin, de orden Diacono, por hereje formal, reincidivo, homicida de un señor Inquisidor in odium fidei, Impenitente, Pertinaz, Incorregible, auto, con insignias de Relaxado, donde se le lea su sentencia, y despues de degradado, sea Relaxado a la Justicia temporal.

Déjà Garufi (38), travaillant à Simancas, avait remarqué le désordre dans lequel se trouvaient les papiers *de la Inquisicion de Palermo o Sicilia* ; mais, parmi les indications qu'il donnait, il y en avait une qui correspondait à notre affaire : celle du *legajo 156,* dans lequel, entre autres, étaient contenus les rapports des procès jugés en 1658. Mais le *legajo 156,* qui, pendant des mois, scintilla dans notre esprit avec une fréquence fébrile, et jusqu'à l'hallucination, ne correspond plus à Madrid aux *relaciones de causas de fé* des années indiquées par Garufi. Les rapports 1640-1702 se trouvant dans le volume 902, et celui de 1658 commence au *folio* 388 (l'annotation transcrite ici se trouve au *folio* 390, paragraphe 32, et 32 est également le numéro que porte frère Diego dans le relevé de Matranga).

Il n'est pas improbable qu'une copie complète du procès ou un rapport moins sommaire se trouvent dans quelque *legajo* où ils n'ont rien à faire, et que, soit par hasard, soit en récompense de plus patientes recherches, ils finissent par sortir un jour ou l'autre. En tout cas, il est certain que si les recherches de Garufi à Simancas se déroulèrent, pour ce qui est de l'Inquisition en Sicile, en marge d'un autre travail dont il s'occupait (les rapports diplomatiques entre Philippe V et Victor-Amédée II) et n'allèrent pas au-delà des premières années du XVIIe siècle, celles de Henry Charles Lea, exclusivement dédiées à l'Inquisition dans les possessions espagnoles, n'ont rien apporté de nouveau en ce qui concerne frère Diego ; et il se peut même que le rapport sommaire que nous citions ne soit même pas tombé sous les yeux du chercheur américain, s'il se trouva contraint de se reporter à Franchina, historien pour le moins suspect de l'Inquisition en Sicile, pour noter que *the position of Inquisitor was not wholly without danger, for Juan Lopez de Cisneros died of a wound in the forehead inflicted by Fray Diego La Matina, a prisoner whom he was visiting in bis cell...* (39).

Un sentiment d'exultation soudaine, aussitôt démenti par la réflexion, nous fut donné aux Archives d'Etat de Palerme par un passage du cérémonial vice-royal, là où le protonotaire, enregistrant l'Acte de Foi, disait du principal accusé : « *hérétique, obstiné, qui était d'évangile* » (40). Mais il y a une probabilité sur mille pour que le protonotaire du royaume ait voulu, par cette expression *d'évangile,* qualifier l'hérésie de frère Diego ; et pour des quantités de raisons. En premier lieu, parce que cette expression, à cette époque, pour des laïcs qui étaient beaucoup plus que nous au courant des choses ecclésiastiques, devait avoir la signification univoque du second des ordres majeurs, le diaconat précisément, où frère Diego était parvenu ; et il n'y a aucun document, estimons-nous, où les hérésies luthériennes ou anabaptistes soient désignées comme étant *d'évangile.* Mais, même si l'on ne voulait pas totalement exclure une telle probabilité, il faut observer que les vagues qui s'étaient propagées en Sicile, devaient être complètement éteintes entre 1644 et 1658 (41). De plus, l'hypothèse selon laquelle serait indiquée comme étant d'évangile une hérésie qui, sans participer d'un mouvement religieux déjà défini, faisait appel à certains principes sociaux de l'évangile (c'est-à-dire l'hérésie que nous supposons avoir effectivement été professée par frère Diego) résiste encore moins. Et enfin, il faut noter que le protonotaire du Royaume se serait difficilement hasardé à rompre, surtout sur le registre du cérémonial, cette conspiration du silence autour du cas de frère Diego, à laquelle les auteurs de chroniques s'étaient eux-mêmes tenus, dans le secret de leur bureau.

En effet, et c'est un comportement qui n'est pas inhabituel au sujet de faits qui ont un rapport avec la religion et l'aristocratie (et il n'est pas superflu de rappeler le cas de la baronne de Carini) (42), cette façon de faire des auteurs de chroniques ou de journaux est bel et bien une forme de loi du silence, pour la confirmation solidaire des versions officielles ou officieuses, des mystifications familiales, et, dans ce cas, des affirmations de Matranga. Celui-ci écrit :

Ce fut un blasphémateur hérétique, injurieux, dénigrant les

Saintes Images et les sacrements. Il fut superstitieux, malfaisant, téméraire, impie, sacrilège, et souillé de forfaits inouïs que l'on passe sous silence par modestie. Il fut non seulement hérétique, mais aussi propagateur éhonté d'hérésies innombrables et impudentes, et défenseur perfide de celles-ci.

Ce qui est trop, ou trop peu. On peut remarquer aussi la façon malicieuse dont le théatin insinue à la charge de frère Diego, une faute quelconque de nature sexuelle : le terme de *modestie* signifiant encore de nos jours, dans le langage clérical, la vertu en ce qui concerne le sexe. Mais si vraiment frère Diego s'était rendu coupable d'un délit de cette nature, une allusion n'aurait pas manqué dans le rapport annuel envoyé à Madrid, si l'on considère avec quelle volupté, dans d'autres rapports, les pères inquisiteurs s'attachent et s'attardent à décrire de semblables fautes (43).

Le dominicain Giovanni Maria Bertino, dans sa *Rosa Virginea,* lui non plus, (et sauf en un seul point, et en un seul mot), ne va pas au-delà de l'énumération générique de Matranga, encore qu'il la parsème d'images baroques :

La forteresse de son esprit fut assiégée par le démon, qui fit irruption en elle, et dans la partie la plus intérieure de son cœur ; ce terrible ennemi pénétra dans les recès de son esprit, il en dissipa la foi, y sema largement les propositions hérétiques, blasphématoires, téméraires, et l'homme devint apostat, idolâtre, blasphémateur, malfaisant, superstitieux, hérétique et propagateur d'hérésies, sentine pestilentielle de tous les crimes les plus horribles.

Et nous sommes convaincus, absolument convaincus que, en l'espace de quatorze ans, le Saint-Office pouvait bien réussir à faire d'un homme religieux, qui, à l'intérieur de la religion dans laquelle il vivait et agissait, montrait uniquement quelques signes de liberté de conscience (l'expression est de Matranga), un homme absolument irréligieux, radicalement athée ; car si, aujourd'hui, le cardinal Frings peut définir le Saint-Office comme « une source de danger pour les croyants », nous pouvons bien nous figurer quelle source de danger ce pouvait être trois siècles auparavant. Mais quel a été le point de départ de frère Diego ? quelle fut sa première hérésie ? Et était-ce l'hérésie d'un homme ignorant, grossier, *sauvage*, comme s'emploient à le faire croire Matranga et Auria, ou une hérésie née d'une expérience d'exégèse, d'une culture vivante, d'une aspiration rationnelle, d'un profond sentiment humain ? Il faudrait certes accorder un peu de crédit aux illustres prêtres qui s'employèrent à le convertir, et au P. Matranga qui en parle en ces termes :

Les discussions avec les premiers Théologiens de la ville, les raisonnements de religieux non moins pieux que doctes et diserts, les avertissements des supérieurs, les discours et les persuasions des ministres du Saint-Office, devenus prédicateurs, qui auraient convaincu la témérité elle-même et mis en pièces n'importe quel esprit grossier, grâce à leur science, ne réussirent pas à ébranler l'opinion tenace de cet homme véritablement de pierre.

L'opinion tenace : cela est bien dit. Il faut en convenir : ce Père Matranga qui écrit si mal, sa plume s'affine, devient efficace et précise dès qu'elle évoque la force et la résistance de frère Diego. Et encore :

Au cours de la dernière nuit qui précédait le spectacle, il épuisa dix religieux (selon notre compte, ils étaient neuf), *tous attentifs à l'avertir et à le convaincre ; et jamais il ne cessa de mépriser et de réfuter leurs reproches, leurs raisons, leurs prières et leurs larmes.*

Ce n'était donc pas un ignorant : il discutait avec les premiers théologiens de Palerme ; pendant des mois, pendant des années, parmi les flatteries et sous la torture, il repoussa leurs persuasions, et répondit à leurs raisons par des raisons à lui. Et au cours des dernières heures de sa vie, il en *épuisa* jusqu'à dix ; dix savants théologiens, restaurés de temps à autre par la cuisine et la cave de l'Alcade, furent épuisés par un homme dont le corps et l'esprit avaient subi pendant quatorze ans des épreuves dures et atroces ; par un homme qui, depuis des mois, et à ce moment encore, et jusqu'à la mort sur le bûcher qu'il allait connaître quelques heures plus tard, était lié avec des liens de fer à une solide chaise de châtaignier.

Sommes-nous leurrés par l'amour, et l'honneur d'appartenir à la même race, d'être né de la même terre, si nous nous rappelons ces vers : *il ne changea point d'aspect, ne bougea pas la tête, ne plia pas le tronc* [1]

1. Dante, Enfer, X, 74-75.

Con qué pocas ideas viven una secta y un siglo! écrit Menéndez Pelayo dans sa fameuse *Historia de los Heterodoxos*.

Et il ajoute :

Il suffit aux protestants de la doctrine de la justification par les seuls mérites de Jésus-Christ et sans l'efficacité des œuvres. Il suffit aux alumbrados et aux quiétistes de l'idée de la contemplation pure, dans laquelle l'âme, perdant sa propre individualité, s'abîmant dans l'Essence infinie, s'annihilant pour ainsi dire, parvient à un tel état de perfection et d'irresponsabilité que le péché commis cesse d'être péché.

Et l'on peut même être d'accord sur la pauvreté, quantitative et spirituelle, des idées dont vivent les mouvements hérétiques des XVIe et XVIIe siècles, mais le fait est qu'ils furent combattus avec une rigueur et une férocité qui dénoncent une pauvreté, philosophique et religieuse, encore plus misérable.

La doctrine des *alumbrados,* qui était l'idée hérétique courante au temps de frère Diego, n'était, tous comptes faits, qu'une tentative pour briser le cercle de la sexophobie catholique. Les cas qu'on en enregistre sont en effet d'un érotisme pesant, et impliquent habituellement le moine et la nonne, les communautés religieuses féminines et leurs confesseurs : au niveau, parfois, de la première journée des *capricieux raisonnements* de l'Arétin. Si frère Diego avait professé la doctrine des *alumbrados,* nous aurions trouvé chez l'un des trois chroniqueurs du temps, sinon chez les trois, je ne dis pas la définition nette de l'hérésie, mais pour le moins une vague référence; comme pour d'autres relations d'Actes de Foi qui concernent les disciples de sectes déjà identifiées et frappées, d'idées déjà définies et condamnées. Et l'allusion, à peine esquissée, à une faute de nature sexuelle, ne peut pas être considérée comme une indication. Il faut dire aussi que le comportement des *alumbrados,* une fois qu'ils étaient tombés aux mains de l'Inquisition, était d'une passivité et d'un abandon absolus, comme la preuve suprême du *dexamiento* en Dieu. Tout à fait différent, en somme, du comportement de frère Diego.

Frère Diego se défend, s'enfuit, tente de se donner la mort, tue. Si l'une quelconque de ses actions avait été en contradiction avec la doctrine qu'il professait, Matranga et Bertino n'auraient pas exprimé une telle stupeur pour sa fermeté arrogante, pour son *opinion tenace.*

En sens théologique, il semble que son hérésie puisse se restreindre et se résumer en l'affirmation que Dieu est injuste; car, selon Bertino, ce ne fut pas seulement sur le bûcher que frère Diego la prononça : *Qui tandem, propius admoto igne, antiquatam suam blasphemiam repetens hanc haereticalem Deus est iniustus, fumosis flammis suffocatus, interiit...* Donc, en répétant son ancien blasphème; et cela devait être la proposition hérétique finale de ses idées morales et sociales. Et il semble facile de pouvoir formuler l'hypothèse que, de la révolte contre l'injustice sociale, contre l'iniquité, contre l'usurpation des biens et des droits, il soit parvenu, au moment où il voyait sa propre défaite irrémédiable et sans espoir, et identifiant son propre destin au destin de l'homme, sa propre tragédie avec la tragédie de l'existence, jusqu'à accuser Dieu. Non pas à le nier, mais à l'accuser. Et ceci rappelle le passage de l'*Histoire de la Colonne Infâme* où Manzoni dit que *cherchant un coupable contre lequel s'indigner à juste raison, la pensée se trouve avec effroi conduite à hésiter entre deux blasphèmes, qui sont deux délires : nier la Providence, ou l'accuser*. Et il faut bien penser que cette réalité que Manzoni scrutait dans les papiers du procès contre les empoisonneurs, frère Diego l'avait soufferte dans sa chair et dans son esprit, pendant des années.

Il est toutefois plus que probable que cette proposition ait été chez frère Diego, moins ancienne, que Bertino ne voudrait le faire croire ; et qu'au début, elle ait été prononcée en des termes différents. Par exemple, que Dieu ne pouvait pas, sans être injuste, consentir à l'injustice du monde. Une hérésie se fondant sur l'affirmation que Dieu est injuste ne peut pas, et elle ne pouvait pas, à plus forte raison, au XVIIe siècle, faire beaucoup de chemin dans le sens du prosélytisme ; or, il semble toutefois que frère Diego avait réussi à faire des prosélytes (et c'était là la préoccupation majeure du tribunal).

Ce mot *antiquatam* est, de toute façon, dans le silence compact des contemporains, l'unique accroc qui nous permette d'entrevoir l'hérésie de frère Diego, de hasarder l'hypothèse qu'il agita le problème de la justice du monde en un temps suprêmement injuste. Et cela explique le silence de ses contemporains, et l'horreur. *Oh, si l'impiété de ce condamné pouvait demeurer ensevelie dans les ténèbres de l'enfer !* invoquait Bertino.

Sans métaphysique et sans oripeaux baroques, en un temps plus proche de nous, un homme dont les intentions n'étaient pas très différentes de celles de

Bertino et de Matranga donne cet ordre : *le cerveau de cet homme ne doit pas continuer à fonctionner*[1].

Un drame qui se répète, qui, peut-être, se répétera encore.

1. L'ordre a été donné par Mussolini, et concernait le jeune journaliste et critique Piero Gobetti, mort en 1926, à la suite des matraquages fascistes.

Le 12 mars 1782, don Saverio Simonetti, conseiller du Royaume, *à seize heures trente, se présenta au Palais du Saint-Office et là, faisant acte de juridiction, il visita ledit palais de part en part, procédant en même temps à une saisie conservatoire non seulement des habitations et de tous les corps de logis compris dans l'édifice, mais encore et généralement des rentes et des attributions du tribunal. Ce pour quoi il apposa les scellés aux archives des écrits, et passant à faire l'inventaire de l'argent et du mobilier conservés et existant dans le palais, il termina finalement sa tâche en annonçant aux condamnés qui s'y trouvaient emprisonnés leur libération assurée sous peu de jours.*

Le 27 mars, eut lieu ensuite une prise de possession plus solennelle de la part du gouvernement. Le marquis Domenico Caracciolo, vice-Roi de Sicile, se rendit au palais de l'Inquisition *de la même manière, et avec le même train qu'il avait coutume d'employer pour les chapelles royales*. A sa suite venaient les autorités militaires et civiles, et jusqu'à l'archevêque de Palerme, Monseigneur Sanseverino. *Dans la propre salle des inquisiteurs*, le secrétaire d'état Giuseppe Gargino lut le décret d'abolition (44). Le vice-Roi s'émut jusqu'aux larmes : « *A vous dire vrai, mon cher ami, je me suis attendri et j'ai pleuré* ». L'ami était d'Alembert, qui, le mois de juin de la même année, publiait dans le

« Mercure de France » la lettre dans laquelle Caracciolo, orgueilleux et ému, donnait la nouvelle de l'abolition du Saint-Office en Sicile (45).

Après avoir lu le décret, continue le chroniqueur, *nous nous divertîmes tous, escortant la personne du prince, à visiter de toutes parts le palais dans son ensemble et à observer l'état des prisons*; mais il faut entendre le divertissement dans le sens d'une curiosité finalement apaisée, car l'état d'esprit du chroniqueur, c'est-à-dire de don Francesco Maria Emanuele e Gaetani, marquis de Villabianca, était totalement opposé à celui de don Domenico Caracciolo. Au début de cette chronique, il avait déclaré, en guise d'avertissement à ses descendants *qu'ils ne devaient point rougir* s'il leur arrivait de découvrir que quelque membre de leur noble maison avait figuré parmi les familiers du Saint-Office, et pour son compte, il déclarait ses regrets et sa mélancolie dans ce distique :

Adieu, croix fleurdelysée, adieu épées et oliviers
Vous ne comptez plus, vous n'êtes plus rien maintenant.

Les croix fleurdelysées, vertes sur champ violet, étaient l'insigne des familiers; l'épée entourée de rameaux d'olivier et de l'inscription *Exsurge Domine, et judica causam tuam* était le blason du Saint-Office. Et le vice-Roi ordonna que cet écusson fût aussitôt martelé sur la façade du Steri.

Cette hâte apportée par Carraciolo (*l'un des esprits éclairés du présent siècle,* dit ironiquement Villabianca, et il l'était vraiment) à effacer les emblèmes et les marques d'une institution qui en elle-même était une offense à la raison humaine, tomba également *sur un vieux et mauvais tableau, qui était accroché dans l'une des salles intérieures du palais, et, ayant vu que c'était le portrait d'un ancien inquisiteur espagnol, au moment où il était tué par un condamné, d'un coup de menottes de fer sur la tête, — car le criminel se trouvait attaché par ces fers en sa présence, pour répondre aux interrogatoires — il donna l'ordre de l'envoyer au feu sur le champ.*

Cela lui valut la réprobation de Villabianca (dans la chronique destinée à ses descendants, bien entendu) : *encore une de ses habituelles gamineries napolitaines,* annota-t-il. Une gaminerie, une polissonnerie, et digne du napolitain qu'il était, car la nation napolitaine avait toujours été *oh combien hostile au Saint-Office !*

Le marquis Caracciolo (*homme d'un esprit élevé, pénétrant et facétieux,* comme dit Vittorio Alfieri (46), *d'une intelligence pénétrante et lumineuse,* selon Marmontel (47), et d'un jugement sûr, aigu et inflexible sur les choses de Sicile, comme nous pouvons le dire) se trouva ainsi, pendant un moment, en face de frère Diego La Matina. Et que celui-ci, meurtrier mais victime, lui inspirât une sympathie solidaire, il n'y a pas lieu d'en douter ; l'ordre de détruire immédiatement le tableau s'explique, non seulement par l'inclination caractéristique des « lumières » à effacer tout ce que, dans le passé, le songe de la raison avait pu engendrer (48), mais aussi pour les qualités, les teintes, les effets du tableau lui-même ; celui-ci, on peut aisément l'imaginer, a dû représenter frère Diego plein de fureur diabolique et de férocité, et monseigneur de Cisneros en martyr doux et sans défense, presque un saint.

Peut-être le vice-roi demanda-t-il quel épisode représentait précisément le tableau. Mais personne, sur le moment, n'était en mesure de lui répondre, pas même le marquis de Villabianca qui savait tout de l'histoire de sa patrie. C'est pourquoi :

La curiosité s'étant éveillée en moi, Villabianca, de savoir qui était ledit malheureux inquisiteur désigné sur le tableau, je le trouvai dans le « Breve Rapporto del Tribunale della S. Inquisizione di Sicilia » publié par feu monseigneur Franchina en 1744, où l'on voit, page 135, que ç'avait été Giovanni Lopez de Cisneros, inquisiteur avec la charge de procurateur fiscal et que son meurtrier avait été en 1657, le fameux impie, frère Diego La Matina, qui fut à la fin brûlé vif en 1658.

Le *fameux impie* : mais pas assez fameux pour que le marquis s'en soit souvenu à première vue. Le fait est que le meurtre de l'Inquisiteur et l'identité de son meurtrier étaient désormais entrés dans une légende quasiment clandestine, avec les variantes, les bouleversements, les dispersions dont sont objet les événements exceptionnels, à mesure que les années passent. Dans l'imagination et dans le sentiment du peuple, frère Diego était devenu un brigand descendu dans la série qui, depuis des siècles, dure sans interruption jusqu'à Salvatore Giuliano ; un de ces hommes pacifiques dont l'honneur de la famille ou la nécessité arme soudain la main, et qui se dressent pour la vengeance ; obligés par la suite de prendre le maquis, ils se mettent à rançonner les riches et à faire du bien aux pauvres. Et peut-être que, parmi la noblesse, une légende apparemment semblable, mais fondamentalement différente, s'était également répandue, si Brydone, en 1770, pouvait écrire :

Les Inquisiteurs qui poussent un peu trop loin leur zèle finissent bientôt assassinés, surtout s'ils se risquent à se mêler de la conduite et des opinions de la noblesse. Cet expédient ralentit leur ardeur et inspire modération au Saint-Office (49).

A moins que Brydone n'ait complètement faussé l'information, on peut dire que si le peuple voyait en frère Diego un vengeur, les nobles l'avaient réduit au rôle de tueur. On peut en effet présumer que le cas de frère Diego a été raconté au voyageur anglais comme une vantardise de classe, pour ainsi dire, par un noble palermitain qui, en présence d'un homme libre, a voulu se montrer et montrer sa classe comme affranchis, ne serait-ce que par un expédient secret et violent, de la honte de l'Inquisition. Brydone, pour sa part, a dû généraliser, le meurtre des Inquisiteurs trop zélés lui paraissant s'adapter au mode de vie des Siciliens, et de la noblesse.

Quelqu'un qui, au contraire, s'était souvenu de frère Diego comme d'un affirmateur de principes, d'un ennemi, et d'une victime de l'Inquisition, c'était l'augustin frère Romualdo de Caltanissetta ; environ cinquante ans après la mort de frère Diego et environ cinquante ans avant que Brydone ne vînt en Sicile. Parmi ses autres hérésies, le moliniste frère Romualdo (au siècle Ignazio Barbieri) avait affirmé que frère Diego La Matina était un saint martyr ; et il reçut du Saint-Office l'honneur d'un semblable martyre, en compagnie de sa pénitente et disciple Sœur Gertrude (au siècle Filippa Cordovana) au cours de l'Auto da Fé célébré à Palerme le 6 avril 1724 (50).

Un saint martyr. Mais nous avons écrit ces pages à cause d'un jugement différent sur notre concitoyen : c'est-à-dire qu'il était un homme, qui garda haute la dignité de l'homme.

NOTES

1. Edition nationale des œuvres de Giuseppe PITRÉ, vol. X-XVI, Rome, 1940.

Quelques mois après la publication de ce petit livre, on a découvert dans le palais du Steri trois cellules des prisons de l'Inquisition, recouvertes de graffiti et de dessins : d'où cette note, que j'ai publiée dans « La Fiera Letteraria » du 22 novembre 1964.

« La culture sicilienne dont Giovanni Gentile communiquait le décès dans son essai *Il Tramonto della cultura siciliana,* avait une caractéristique : elle se développait, entre ses protagonistes, comme une espèce de dialogue de sourds. Et il ne pouvait en être différemment, dans une terre où l'individualisme et l'amour-propre atteignent des sommets paroxystiques et parfois mortels.

Nous pourrions donner beaucoup d'exemples. Mais nous nous arrêterons à celui-ci, qui nous importe actuellement : Giuseppe Pitré, parce qu'il n'avait pas lu, ou n'avait lu que superficiellement un livre de Vito La Mantia, son contemporain et très probablement son ami, laissa échapper l'occasion de donner une étude complète des prisons de l'Inquisition à Palerme. Ces prisons furent, pendant des mois, pendant des années peut-être, un important centre d'intérêt pour lui, un lieu de recherches non seulement intellectuelles, mais aussi de travaux matériels délicats et épuisants.

En 1906, un conseiller municipal de Palerme, l'avocat Giuseppe Capellani, informait Pitré que, pendant les travaux qui étaient en cours pour transformer certaines salles du palais Chiaramonte en Archives du Tribunal Correctionnel : « l'enduit s'écaillant spontanément, il en sortait je ne sais quelles figures ». « Je n'hésitai pas un instant à m'y rendre, dit Pitré, impatient de trouver quelque chose d'important pour la connaissance des lieux. » Et il trouva en effet, sur quatre couches d'enduit anciennes et répétées ce qu'il appela, d'une expression heureuse « les palimpsestes de la prison » : dessins et inscriptions que, pendant une période de deux siècles environ, les prisonniers de l'Inquisition avaient laissés sur ces murs.

Sur six cellules, il réussit à en examiner trois, car les trois autres avaient été déjà irrémédiablement dégradées par les travaux. Et, dès qu'il eut achevé son patient examen (auquel devait correspondre l'impatience de ceux qui étaient chargés des travaux et des bureaucrates de la justice), ces trois cellules furent également dévastées.

Les techniciens et les ouvriers, qui pourtant devaient bien connaître tous les locaux de ce vieux palais, se gardèrent bien de lui dire que, dans un entresol situé entre le rez-de-chaussée et le premier étage, à peine éclairées par des ouvertures donnant sur la Piazza Marina, existaient encore ce qu'on appelait les prisons philippines, trois cellules dont les murs étaient couverts d'inscriptions, de dessins et de peintures des prisonniers : et peut-être avaient-elles échappé à une dernière couche de chaux grâce, précisément, à la qualité des peintures.

Mais ce qui est curieux, c'est que Vito La Mantia, le seul qui ait tenté jusqu'ici une histoire organique de l'Inquisition en Sicile (mais sur la base des rares documents subsistants à Palerme après la destruction des archives de l'Inquisition) dans un livre publié deux ans avant la découverte de Pitré, avait fait mention des trois cellules, et que Pitré cite continuellement ce livre dans son étude, intitulée *Del Sant'Uffizio a Palermo e di un carcere di esso*. Mais il y a plus. Comme Pitré avait cité deux graffiti géographiques qui représentaient la Sicile, un spécialiste de géographie, Giuseppe Di Vita, était allé les examiner avant que Pitré n'eût achevé son travail de décollage et de déchiffrage, puisque, comme nous le savons, les cellules furent attaquées par les ouvriers aussitôt après. Et Di Vita, à cette occasion, vit également les trois autres cellules qui étaient demeurées invisibles pour le vieux et illustre savant. Il en donna même une communication au Congrès de Géographie qui eut lieu à Palerme en 1910 (et nous présumons, non sans fondement, qu'un exemplaire imprimé de cette communication se trouvait parmi les livres de Pitré).

Quoi qu'il en soit, ceci n'est qu'une anecdote sur la culture sicilienne au moment où, selon Gentile, elle lançait ses ultimes et crépusculaires lueurs. Ce qui est plus importants, c'est que précisément ces jours-ci, alors que les travaux de transformations du Palais Chiaramonte sont en pleine activité, et cette fois-ci, pour le rendre à sa structure originale, le journaliste Giuseppe Quatrigli a redécouvert les trois cellules connues des La Mantia et Di Vita, et demeurées inconnues à Pitré ; intactes, peut-être parce qu'elles ont été préservées par les dossiers d'archives qui y étaient conservés. Et elles sont le témoignage le plus vivant et le plus direct du drame qu'a représenté l'Inquisition pour les peuples qui y étaient soumis : il faut donc les conserver à tout prix et par tous les moyens.

Il n'y a sur les murs aucun espace, si minime soit-il, qui ait été épargné par les prisonniers. Chacun y a laissé la trace de sa peine, de ses pensées. Certains ont marqué les jours avec une série de barres verticales, certains ont confié à la paroi le cri de leur innocence. Certains ont fait preuve de résignation, certains de faiblesse. Certains ont simplement marqué leur nom, d'autres ont écrit des vers de dévotion. Certains ont transcrit des passages des Ecritures, certains ont voulu douloureusement tourner en dérision leur condition et celle de leurs compagnons. Et certains ont représenté des lieux de leurs souvenirs, et dessiné le Christ, la Madone, les Saints.

Parmi les inscriptions, il y en a une, ironique et moqueuse, qui frappe : « *soyez joyeux, car s'il pleut, vous êtes bien protégés* ». Et celle-ci, qui suscite des images de souffrances, de tortures : *Semper tacui*. Puis le renversement complet de la vision chrétienne de la vie : *Peu de souffrance, éternelle jouissance, peu de jouissance, éternelle souffrance*. Pensant à lui-même, à ses compagnons, quelqu'un écrivit : *Isti sunt qui calicem Domini biberunt*; cependant qu'un autre réprouvait la confiance qu'il avait eue dans son prochain : *Maudit soit l'homme, injuste et gueux / qui a confiance en l'homme et non en Dieu*. Et, faisant peut-être allusion au destin éternel des Inquisiteurs, un autre avait écrit : *Rares sont ceux qui atteignent le ciel car la voie est étroite*.

On s'étonne, en un lieu où, à en croire les accusations, on devait réunir les champions de la perversité hérétique, les blasphémateurs, ceux qui étaient coupables de pratiques et de commerces avec le démon, de trouver tant d'expressions de dévotion, de prière. Deux sonnets, l'un, complètement lisible, l'autre, jusqu'au sixième vers seulement, sont adressés à la Croix ; ils sont de bonne facture, bien que le sentiment n'en soit pas très intense. *Tout autre répand sur nous de sombres images*, ainsi commence celui qui est complet. Et les six vers de l'autre : *Les âmes, telle des brebis errantes et perdues/ couraient le risque d'un désastre éternel/ A sa gouverne, sous cet arbre saint/ Le bon Pasteur les réunit toutes/ Sur cet autel, Grand-Prêtre il offrit/ une Hostie pour apaiser la rigueur de son Père*.

On peut estimer que ces vers sont nés comme un commentaire de deux crucifixions peintes dans deux cellules différentes, et de deux mains différentes. L'une est incontestablement due à un artiste d'une sensibilité exceptionnelle et de capacités techniques remarquable ; l'autre, très probablement, est d'un amateur qui se réfère à des formes populaires. La première représente le Christ en croix devant un paysage peut-être familier à l'artiste : des maisons et des églises devant une crique ou un golfe, dominées par une hauteur sur laquelle s'élèvent trois croix ; sur l'arrière-plan d'un ciel étoilé et d'une lune qui accueille dans son croissant un profil caricatural, exprimant l'hypocrisie et une férocité glaciale. Si l'on considère que la croyance populaire voit dans les taches de la lune le visage de Caïn, on peut aussi avancer l'hypothèse que le peintre a voulu reproduire les traits d'un geôlier ou en tout cas d'une personne qui avait pesé sur son destin. L'autre crucifixion, même si elle ne manque pas de suggestion, spécialement en ce qui concerne le dessin du côté et du visage du Christ, ne nous pose pas le même problème que l'autre, qui est de nous permettre d'approcher l'identité de son auteur.

C'est le même problème que proposent également un paysage (un véritable trompe-l'œil, et dans la lumière avare, il devait apparaître comme l'une de ces peintures sur soie, tendues par des tiges métalliques et attachées au mur par un cordonnet) ; et un *tondo* d'une dimension considérable, où sont figurés la Madone avec l'Enfant et deux Saints en adoration (et ici également, il y a l' « illusion » d'un cadre). Déjà l'idée d'un *tondo* n'est pas d'un peintre amateur. Et il y a de plus dans la façon dont il est exécuté, dans la disposition, dans le style, une culture figurative où domine une certaine expérience du Seicento Napolitain : Giordano, Solimena. Mais il ne semble pas possible d'affirmer que la plus précieuse des deux crucifixions (où se trouvent, à la rigueur, des souvenirs d'Antonello) ait quelque chose de commun avec le paysage en trompe-l'œil, et avec le *tondo*, que l'on peut attribuer avec une certaine certitude à une même main. C'est une main plus agile peut-être que celle qui traça la crucifixion ou, peut-être, de quelqu'un qui fit en prison une plus longue pénitence, si l'on peut également lui attribuer d'autres images de saints, d'un style plus populaire.

C'est donc un problème complexe, et qui se pose en ces termes : au XVIIe siècle, il se trouva deux peintres dans les prisons de l'Inquisition ; l'un, disposant d'un métier correct et d'une culture suffisante, l'autre, non moins préparé sur le plan technique, non moins informé, mais d'une sensibilité et d'une expression plus complexes. C'est un problème presque insoluble, même pour les plus grands connaisseurs de l'art et des artistes de cette période. Et Di Vita se trouva en présence d'un problème analogue, en essayant de donner une attribution aux deux dessins géographiques de la Sicile, car, tracés de façon certaine au XVIIe siècle, et certainement pas avant 1637, ils ne pouvaient être que de la main d'un géographe ou d'un homme d'une exceptionnelle culture. Et Di Vita risque deux noms : Carlo Ventimiglia ou Francesco Nigno. Mais il n'y a pas de preuve que l'un des deux ait eu quelque chose à voir avec l'Inquisition. Et il en serait de même pour un nom, quel qu'il soit, d'artiste ayant travaillé en Sicile au XVIIIe siècle, que nous nous risquerions à proposer pour ces peintures.

Les rares noms que nous ayons réussi à déchiffrer sur les murs n'appartiennent à personne qui soit connu comme peintre : Giuliano Sirchia, Pietro Lanzarotto, Francesco Gallo. Ce dernier notait qu'il avait été dans cette cellule pendant dix-sept jours, en avril 1772, et aucune autre date parmi celles qu'on peut lire çà et là n'est antérieure à 1770. Pour cette raison, on peut estimer que la dernière couche du palimpseste, c'est-à-dire celle qui est visible pour nous, se rapporte aux vingt dernières années de l'Inquisition en Sicile. Cette considération, qu'il faudrait toutefois contrôler à travers un examen plus minutieux, vient restreindre ultérieurement le champ de l'enquête, de 1770 à 1782. Mais le résultat serait dans tous les cas incertain, discutable. Et l'on en vient à se demander combien de personnes, de 1487 à 1782, ont eu douloureusement affaire à l'Inquisition ? Nous savons avec certitude que deux cent trente-quatre, au moins, furent abandonnées au bras séculier, pour la peine suprême du bûcher. Mais combien ont été interrogés, condamnés à des peines inférieures ? Et combien s'est-il trouvé parmi eux de poètes, des philosophes, d'artistes ?

La réponse à ces questions est enfermée dans les papiers de la « Inquisición de Palermo o Sicilia », aux Archives Nationales de Madrid. Espérons qu'un historien se décidera à les étudier.

2. Traduction italienne : *Epopea della Spagna*, Milan, 1948. Dans le même livre, une autre perle de D'Ors sur l'Inquisition : « ... il convient de rappeler que l'Inquisition, en Espagne, fut une institution moins religieuse que politique ; plus que politique, pédagogique, plus que pédagogique, policière. » Ce style, ce jugement en queue de souris, qui s'amenuise et s'évanouit, est la grande ressource de D'Ors, et cela lui réussit quand il parle du baroque, mais cela ne va plus du tout quand il parle de l'Inquisition. L'historien jésuite Juan de Mariana, qui écrivait à la fin du XVIe siècle, était beaucoup plus en avance que D'Ors (et aussi, il faut bien le dire, que quelques-uns de nos historiens) à l'égard de l'Inquisition. Il est vrai que, pour protéger ses arrières, il la définissait comme un « remède envoyé par le ciel », mais il ajoutait : « Ce qui étonnait par-dessus tout, c'était que les fils payassent les crimes de leurs pères ; que l'on ne connût ni ne révélât celui qui accusait, qu'il n'y eût point de citation de témoins, tout à l'opposé de ce qui était autrefois d'usage dans les autres tribunaux. En outre, cela semblait une chose nouvelle que de tels pécheurs fussent punis de la peine de mort ; et, ce qui était plus grave, qu'en raison de ces investigations secrètes la liberté de parler et d'écouter diminuât, pour cette raison qu'il y avait dans les villes, bourgades et villages des personnes qui avaient pour tâche de

rapporter ce qui se passait : chose que d'aucuns tenaient pour un très pesant esclavage, et semblable à la mort » (*Historia de España*, Toledo, 1592).

3. A. Castro. *La Spagna nella sua realtà storica*, Florence, 1955.

4. *Diari della Città di Palermo dal secolo XVI al XIX*, per cura di Gioacchino Di Marzo, volume V, Palerme, 1870.

5. Pitré, *op. cit.*

6. C. A. Garufi, *Contributo alla storia dell'Inquisizione di Sicilia nei secoli XVI e XVII*, in « Archivio Storico Siciliano » XXXVIII-XLIII (1914-1921) ouvrage d'une extraordinaire importance, qui mériterait d'être réimprimé en volume, si l'on considère aussi que certains fascicules de l'A.S.S. où il est contenu, sont introuvables.

7. *Relazione dell'Atto Publico di Fede celebrato in Palermo a' 17 Marzo dell'Anno 1658 del P. D. Girolamo Matranga Chierico Regolare teatino, Consultore e Qualificatore del Tribunale del S. Ufficio di Sicilia*, 2e édition augmentée, Palerme, 1658. La première édition, intitulée *Racconto dell'Atto...* est moins riche de renseignements, mais s'ouvre sur deux gravures relatives aux interprétations astrologiques du Père Matranga.

8. Pitré, *op. cit.*

9. A propos de Pedro Arbues ou de Arbues (saint Pierre de Arbues) et de son martyre, l'*Inventario dei beni mobili esistenti nel Palazzo del Sant'Officio di Palermo* effectué par le Tribunal du Patrimoine Royal le 27 mars 1782 (in La Mantia, *L'Inquisizione in Sicilia*, Palerme, 1904) ne mentionne pas moins de treize tableaux ; onze de ceux-ci, dans le premier salon, racontaient sa vie.

10. Racalmuto, Archivio della Matrice, Registre des Baptêmes 1600-1622.

11. N.T.M. *Racalmuto, Mémorie e Tradizioni*, Agrigente, 1897.

12. Ludovico Paramo ou de Paramo est l'auteur de ce livre que Voltaire mentionne, à l'article *Inquisition*, dans le *Dictionnaire Philosophique :* « ... Louis de Paramo, l'un des plus respectables écrivains et des plus brillantes lumières du Saint-Office... Ce Paramo était un homme simple, très exact dans les dates, n'omettant aucun fait intéressant, et supputant avec scrupule le nombre des victimes humaines que le Saint-Office a immolées dans tous les pays. »

13. Vito La Mantia a écrit, sur l'Inquisition en Sicile, deux livres très riches de documents, en majorité recueillis à la bibliothèque Communale de Palerme : *Origine e Vicende dell'Inquisizione in Sicilia* extrait de la « Rivista Storica Italiana », Turin, 1886 ; et *L'Inquisizione in Sicilia*, Palerme, 1904, qui n'est pas, comme certains l'affirment, une réimpression du premier.

14. Avec le *Contributo...* déjà cité.

15. In La Mantia, *Origine... cit.*

16. Garufi, *op. cit.*

17. Un travail d'un grand intérêt à ce sujet est celui de Salvatore Caponetto, *Origine e Caratteri della Riforma in Sicilia,* in « Rinascimento », a. VII, n. 2 (décembre 1956).

18. A. Castro, *op. cit.*

19. Serafino Amabile Guastella, *Canti popolari del circondario di Modica,* Modica, 1876. « Une désobéissance minime, une expression obscène, un demi-blasphème faisaient encourir la punition du collier, infligée impitoyablement par le Curé... Le jeune délinquant, ou du moins présumé tel, était serré par le cou dans ce collier de fer, on lui attachait les mains derrière le dos, puis, après l'avoir dénudé au-dessus de la ceinture, on l'enduisait de miel. A ses pleurs, à ses cris, à ses supplications de pitié, à sa prière qu'on chassât pour le moins les mouches, il était répondu par des injures et par une tempête de sifflets. Tous les enfants, conduits tout exprès par leurs familles, se trouvaient là pour leur avertissement présent et comme une menace pour l'avenir. » Cet usage, ajoute Guastella, dura « jusqu'aux premières années du siècle. Selon toute évidence, avec la suppression de l'Inquisition, la cour du vicaire put finalement s'emparer du monopole recherché du collier. »

20. Gênes-Rome-Naples, 1940.

21. F. Maggiore Perni, *La Popolazione di Sicilia e di Palermo dal X al XVIII secolo,* Palerme, 1892.

22. *Dizionario topografico della Sicilia,* de Vito Amico, publ. par G. Di Marzo, Palerme, 1859.

23. R. Pirro, *Sicilia Sacra,* livre troisième, Palerme 1641.

24. N. Tinebra Martorana, *op. cit.*

25. Réimprimé en volume, sans date, par la maison d'éditions milanaise La Madonnina.

26. I. La Lumia, *Giuseppe d'Alesi et la révolution de Palerme de 1647,* Palerme, 1863.

27. Le titre de *Sacro Arsenale* est généralement celui que portent ce que nous appellerions les manuels de procédure de l'Inquisition et ils sont nombreux. L'un de ceux-ci, nous a été particulièrement utile : c'est le *Sacro Arsenale* du dominicain Eliseo Masini, inquisiteur, publié à Bologne en 1679. Ouvrage curieux, pour son abondante casuistique sur les hérésies et c'est pourquoi, probablement, il fut objet d'une mesure de séquestre et de destruction de la part du Saint-Office même (Cailler, *Manuel Bibliographique,* Paris 1913).

28. A. Italia, *op. cit.*

29. Agrigente, Archivio della Curia Vescovile, Registre des Visites, 1643-1644.

30. Racalmuto, Archivio della Matrice, Registre des décès, 1648-1664.

31. G. E. de Blasi, *Storia Cronologica dei Viceré, Luogotenenti e*

Presidenti del Regno di Sicilia Palermo, 1842. « Celui-ci avait feint à diverses reprises de se raviser, il avait été finalement condamné pour de nombreuses années aux galères, mais ayant poussé ses compagnons à se soulever, il fut nécessaire que le Tribunal mît à nouveau la main sur lui, et le relégât à un emprisonnement perpétuel ».

32. Dans le *Contributo...* cité. Il faut observer que cet ouvrage de Garufi, publié, et probablement écrit sans continuité dans le temps, entre 1914 et 1921, bien qu'avec une orientation cohérente, tombe parfois dans de menues erreurs ou contradictions, comme celle qui attribue à Giuffredi, dans le fascicule XL, le procès-verbal que, dans le fascicule XXXIX, il avait exactement attribué à un espagnol qui écrivait « un dialecte sicilien mêlé à des formes orthographiques et dialectales caractéristiques de sa propre langue ».

33. Préface au volume, cité, des *Diari della città di Palermo.*

34. S. di Pietro, *Inquisizione e Sant'Offizio in rapporto al diritto publico naturale-cristiano,* Palerme, 1911.

35. I. La Lumia, *op. cit.*

36. P. Garcia, *Modo di processare nel Tribunale del S.O. della Inquisizione di questo Regno di Sicilia,* Palerme, 1714. Le passage que nous rapportons est dans l'ouvrage cité de Caponetto.

37. *Diari della Città di Palermo dal secolo XVI al XIX,* publ. par Gioacchino Di Marzo, vol. XVII, Palerme, 1880, du Marquis de Villabianca.

38. Garufi, *op. cit.*

39. H.C. Lea : *The Inquisition in the Spanish Dependencies,* New York, 1908. Mais, en ce qui concerne la Sicile, cet ouvrage, fondamental dans l'ensemble, présente fort peu de nouveautés par rapport aux deux livres déjà cités par La Mantia (où il puisse largement) et à ce *Breve Rapporto del Tribunale della SS. Inquisizione di Sicilia,* de l'Inquisiteur Antonio Franchina, publié à Palerme en 1744. De ce livre, il traduit presque littéralement ce passage : « il mourut d'une blessure qui lui avait été faite au front par frère Diego La Matina, cependant qu'avec toute sa charité il était occupé à lui rendre visite dans les prisons secrètes ».

40. Archivio di Stato di Palermo, Protonotaire du Royaume, Cérémoniaux, vol. 1060, pp. 488-489.

41. Delio Cantimori (*Prospettive di Storia ereticale italiana del Cinquecento,* Bari, 1960) divise en trois temps l'histoire des hérésies de la Réforme en Italie :

1° L'évangélisme, où l'on ne peut pas facilement distinguer le mouvement de réforme catholique et le mouvement philo-luthérien philo-zwinglien, ou, en général, favorable aux protestants. Limite chronologique *ad quem* 1541-1542 (mort de Giovanni di Valdès, Saint-Office).

2° La crise de l'évangélisme; fuites sensationnelles ou non, exil, diffusion de l'anabaptisme; première apparition des positions ou tendances de type nicodémites. Limites: de 1541-1542 à 1560 environ.

3° La seconde génération, ses espoirs, sa défaite (Carresecchi) Fin du mouvement en Italie (sauf résidus clandestins, anabaptistes ou non) Limites; 1560 env. — 1580 env.

42. Sur le cas de la baronne de Carini, célèbre grâce à un récit populaire en vers, publié en 1870 par Salomone Marino, voir l'étude récente d'Aurelio Rigoli, *Le Varianti della « Barunissa di Carini »*, Palerme, 1963.

43. On en trouve des exemples dans le livre de Garufi, déjà plusieurs fois cité, et notamment dans la première partie.

44. *Diari,* etc... voir note 37.

45. « Mercure de France », juin 1782, mais également dans La Mantia *L'Inquisizione in Sicilia,* cit.

46. Dans sa *Vita.*

47. Marmontel, *Memorie,* Milan 1822.

48. Mais, bien qu'elle soit conforme à son tempérament et à sa formation, la décision de détruire les archives de l'Inquisition ne fut pas prise par Caracciolo. Déjà, à travers le journal de Villabianca, le soulagement de la classe aristocratique devant l'événement est évident; et l'on devine l'agitation et les pressions qui le précédèrent, et auxquelles l'Inquisiteur suprême, Monseigneur Ventimiglia, prêta officiellement sa voix. Et du reste, c'est Villabianca lui-même qui le dit. Mais en Sicile persiste encore, même auprès de personnes d'une certaine culture, cette idée courante, relativement à Caracciolo, qu'il est celui qui a fait brûler les archives de l'Inquisition. C'est une idée qui est même alimentée par un historien, Isidoro La Lumia, qui travailla également, pour son ouvrage sur Caracciolo (in *Studi di Storia Siciliana,* Palerme, 1870) sur les journaux de Villabianca. Mais il faut dire que la classe cultivée, en Sicile, a généralement montré, à l'égard de Caracciolo, un certain agacement, sinon une véritable aversion. Avec les nécessaires exceptions, cela va de soi.

49. Brydone, *Voyage en Sicile et à Malthe,* traduit de l'anglois par Demeunier, Amsterdam, 1775.

50. *L'Atto Pubblico di Fede solennemente celebrato nella città di Palermo a' 6 aprile 1724 dal Tribunale del S. Uffizio... Descritto del D.D. Antonino Mongitore,* Palerme 1724. Dans une relation manuscrite qui se trouve à la Bibliothèque communale de Palerme, (3 Qq B 151, n. 29) on lit que frère Romualdo « changeait le nom de tout sous la tromperie des démons, et nommait tromperie l'infaillibilité du Pontife, tromperie l'adoration des Saints, car il n'y avait d'autre

saint que Dieu (bien qu'il eût admis les hommes de bien, parmi lesquels il rangeait Luther, Calvin, frère Diego La Matina...) »

En plus des chroniques, des relations, des ouvrages qui sont cités ici, j'ai lu (ou je présume que j'ai lu) tout ce qu'il y avait à lire au sujet de l'Inquisition en Sicile ; et je puis dire que, pour cet essai, j'ai travaillé davantage, et avec plus de soin et de passion, que pour aucun autre de mes livres. Et dans ce travail, j'ai été accompagné, tout comme certains thèmes, certaines phrases musicales nous accompagnent parfois pendant des heures ou des journées entières, par certaines notations de mon ami Antonio Castelli ; celles qui, dans ce livre très fin qui s'intitule *Gli ombelichi tenui*, parlent de nos racines (des siennes comme des miennes) de notre respiration, de notre mesure humaine dans le village où nous sommes nés. Et des souvenirs aussi m'ont accompagné : ceux de personnes aimées et estimées, de ma famille, de mon village, qui maintenant ne sont plus. Des hommes, dirait Matranga, d'*opinions tenaces* ; têtus, inflexibles, capables de supporter une énorme quantité de souffrance et de sacrifice. Et j'ai parlé de frère Diego comme de l'un d'eux, hérétiques, non pas en face de la religion (qu'à leur manière, ils observaient ou n'observaient pas) mais en face de la vie.

Mais je ne veux pas, après avoir (à ma façon) écrit un livre d'histoire, décliner des souvenirs et des états d'âme. Et je dis simplement que ce petit livre est dédié aux habitants de Racalmuto vivants et morts, *d'opinions tenaces*.

Il me reste à ajouter un remerciement : et, de même que mes recherches ont été en grande partie infructueuses, le nombre des personnes auxquelles je dois de la gratitude est en proportion inverse. Et, en particulier à Gonzalo Alvarez, Antonio Cremona, Enzo d'Alessandro, Romualdo Giuffrida, Giovanna Onorato, Michele Pardo, Fernando Scianna, Giuseppe Troisi ; à monsignor Giovanni Casuccio et à monsignor Alfonso Di Giovanna.

DU MÊME AUTEUR

Aux Éditions Denoël

LE CONSEIL D'ÉGYPTE

LES ONCLES DE SICILE

A CHACUN SON DÛ

LE CONTEXTE

L'ÉVÊQUE, LE VICE-ROI ET LES POIS CHICHES

LE CLIQUET DE LA FOLIE

TODO MODO

LA MER COULEUR DE VIN

COLLECTION FOLIO

Dernières parutions

2210.	Pierre Magnan	*Le tombeau d'Hélios.*
2211.	Pascal Quignard	*Carus.*
2212.	Gilbert Sinoué	*Avicenne (ou La route d'Ispahan).*
2213.	Henri Vincenot	*Le Livre de raison de Glaude Bourguignon.*
2214.	Émile Zola	*La Conquête de Plassans.*
2216.	Térence	*Théâtre complet.*
2217.	Vladimir Nabokov	*La défense Loujine.*
2218.	Sylvia Townsend Warner	*Laura Willowes.*
2219.	Karen Blixen	*Les voies de la vengeance.*
2220.	Alain Bosquet	*Lettre à mon père qui aurait eu cent ans.*
2221.	Gisèle Halimi	*Le lait de l'oranger.*
2222.	Jean Giono	*La chasse au bonheur.*
2223.	Pierre Magnan	*Le commissaire dans la truffière.*
2224.	A.D.G.	*La nuit des grands chiens malades.*
2226.	Albert Camus	*Lettres à un ami allemand.*
2227.	Ann Quin	*Berg.*
2228.	Claude Gutman	*La folle rumeur de Smyrne.*
2229.	Roger Vrigny	*Le bonhomme d'Ampère.*
2230.	Marguerite Yourcenar	*Anna, soror...*
2231.	Yukio Mishima	*Chevaux échappés (La mer de la fertilité, II).*
2232.	Jorge Amado	*Les chemins de la faim.*

2233.	Boileau-Narcejac	*J'ai été un fantôme.*
2234.	Dashiell Hammett	*La clé de verre.*
2235.	André Gide	*Corydon.*
2236.	Frédéric H. Fajardie	*Une charrette pleine d'étoiles.*
2237.	Ismaïl Kadaré	*Le dossier H.*
2238.	Ingmar Bergman	*Laterna magica.*
2239.	Gérard Delteil	*N'oubliez pas l'artiste !*
2240.	John Updike	*Les sorcières d'Eastwick.*
2241.	Catherine Hermary-Vieille	*Le Jardin des Henderson.*
2242.	Junichirô Tanizaki	*Un amour insensé.*
2243.	Catherine Rihoit	*Retour à Cythère.*
2244.	Michel Chaillou	*Jonathamour.*
2245.	Pierrette Fleutiaux	*Histoire de la chauve-souris.*
2246.	Jean de La Fontaine	*Fables.*
2247.	Pierrette Fleutiaux	*Histoire du tableau.*
2248.	Sylvie Germain	*Opéra muet.*
2249.	Michael Ondaatje	*La peau d'un lion.*
2250.	J.-P. Manchette	*Le petit bleu de la côte Ouest.*
2251.	Maurice Denuzière	*L'amour flou.*
2252.	Vladimir Nabokov	*Feu pâle.*
2253.	Patrick Modiano	*Vestiaire de l'enfance.*
2254.	Ghislaine Dunant	*L'impudeur.*
2255.	Christa Wolf	*Trame d'enfance.*
2256.	***	*Les Mille et une Nuits,* tome I.
2257.	***	*Les Mille et une Nuits,* tome II.
2258.	Leslie Kaplan	*Le pont de Brooklyn.*
2259.	Richard Jorif	*Le burelain.*
2260.	Thierry Vila	*La procession des pierres.*
2261.	Ernst Weiss	*Le témoin oculaire.*
2262.	John Le Carré	*La Maison Russie.*
2263.	Boris Schreiber	*Le lait de la nuit.*
2264.	J. M. G. Le Clézio	*Printemps et autres saisons.*
2265.	Michel del Castillo	*Mort d'un poète.*
2266.	David Goodis	*Cauchemar.*
2267.	Anatole France	*Le Crime de Sylvestre Bonnard.*
2268.	Plantu	*Les cours du caoutchouc sont trop élastiques.*
2269.	Plantu	*Ça manque de femmes !*

2270. Plantu — *Ouverture en bémol.*
2271. Plantu — *Pas nette, la planète !*
2272. Plantu — *Wolfgang, tu feras informatique !*
2273. Plantu — *Des fourmis dans les jambes.*
2274. Félicien Marceau — *Un oiseau dans le ciel.*
2275. Sempé — *Vaguement compétitif.*
2276. Thomas Bernhard — *Maîtres anciens.*
2277. Patrick Chamoiseau — *Solibo Magnifique.*
2278. Guy de Maupassant — *Toine.*
2279. Philippe Sollers — *Le lys d'or.*
2280. Jean Diwo — *Le génie de la Bastille (Les Dames du Faubourg, III).*
2281. Ray Bradbury — *La solitude est un cercueil de verre.*
2282. Remo Forlani — *Gouttière.*
2283. Jean-Noël Schifano — *Les rendez-vous de Fausta.*
2284. Tommaso Landolfi — *La biere du pecheur.*
2285. Gogol — *Taras Boulba.*
2286. Roger Grenier — *Albert Camus soleil et ombre.*

Impression Bussière à Saint-Amand (Cher),
le 3 juin 1991.
Dépôt légal : juin 1991.
1er dépôt légal dans la collection : août 1986.
Numéro d'imprimeur : 1840.

ISBN 2-07-037754-7./Imprimé en France.
Précédemment publié par les Éditions Denoël
ISBN 2-207-28057-8

53048